Haydn a Rhys

Geraint Lewis

Argraffiad cyntaf: 2024
(h) testun: Geraint Lewis 2024

ISBN clawr meddal: 978-1-84527-912-7

ISBN elyfr: 978-1-84524-626-6

CYNGOR LLYFRAU CYMRU
Cyhoeddwyd gyda chymorth Cyngor Llyfrau Cymru

Cynllun y clawr: Dafydd Owain, Cyngor Llyfrau Cymru

Cyhoeddwyd gan Wasg Carreg Gwalch,
12 Iard yr Orsaf, Llanrwst, Dyffryn Conwy, Cymru LL26 0EH.
Ffôn: 01492 642031
e-bost: llyfrau@carreg-gwalch.cymru
lle ar y we: www.carreg-gwalch.cymru

Argraffwyd a chyhoeddwyd yng Nghymru

HAYDN A RHYS

I GARETH

am dy gyfeillgarwch

Diolchiadau

Hoffwn ddiolch i Nia Roberts a holl staff Carreg Gwalch am eu cymorth wrth hwylio'r llyfr trwy'r wasg ac am gefnogaeth y Cyngor Llyfrau.

Diolch hefyd i Dafydd Owain am gynllunio'r clawr trawiadol, ac i Rhiannon Ifans am ei hanogaeth.

Pennod 1

Chwefror 1956, Ceredigion

Trwy ffenest ei chegin mae Gwyneth yn gwylio'i mab, Rhys, yn chwarae yn y pwll tywod yn yr ardd gyda'i ffrind, Ann. Edrycha'n ciwt yn ei gôt ddyffl ddu, fel mynach bach diwyd, a theimla'n browd iawn ohono. Mae Ann hefyd yn ei chôt ddyffl, ond mae cwfl ei chôt hi i lawr, gan ddangos ei dwy blethen frown, sgleiniog. Canolbwyntia'r ddau yn astud ar lenwi eu bwcedi coch, gan ddefnyddio'u rhofiau plastig yn ddeheuig. Yn daclus.

Heddiw mae parti pen-blwydd Rhys yn bedair oed – y tro cyntaf iddo allu dathlu ar union ddyddiad ei eni gan iddo ddod i'r byd ar ddiwrnod olaf Chwefror mewn blwyddyn naid – ac mae ei fam ar bigau'r drain, yn ysu iddo fwynhau'r achlysur prin.

Mae Gwyneth hefyd yn gwylio Haydn, ffrind pedair oed Rhys sy'n siglo'n egnïol ar y siglen â'r olwg ddireidus arferol ar ei wyneb. Tafla Rhys gipolwg arno bob hyn a hyn, bron fel tad gofalgar, ond mae Ann yn esgus anwybyddu Haydn yn gyfan gwbl.

Yn ôl ei fam, mae Haydn eisoes wedi cwympo mas o goeden yn y parc dair gwaith eleni, a chael ei ben yn sownd yn rheiliau'r fynwent ddwywaith. Yr wythnos ddiwethaf bu bron iddo â boddi yn yr afon tra oedd yn 'hela crocodeil'. Yr haf diwethaf, ar drip ysgol Sul, bu'n rhaid trefnu criw i fynd i chwilio amdano ar draeth Porthcawl. Cafodd ei ddarganfod yn eistedd ar wal beryglus, yn arwain tonnau'r môr gyda'i bren lolipop, yn methu deall pam fod pawb yn gwneud y fath ffwdan.

Mae Gwyneth yn gwneud ei gorau i beidio casáu Haydn gan ei fod yn ffrind i Rhys – dim ond dau ddiwrnod sydd rhyngddyn nhw mewn oedran. Nid ei fai e yw bod ei dad bant trwy'r adeg, yn yrrwr lorri i J.T. Owen, na bod ei fam mor ddi-glem. A gyda lwc, bydd ei ddannedd go iawn yn edrych yn well na'i ddannedd babi melyn, igam-ogam. Mae rhywbeth yn reit drawiadol am ei wallt coch llachar, a cheisia Gwyneth argyhoeddi'i hun fod rhyw elfen chwareus, ddiniwed, fel gwiwer goch, iddo. Ond mae'n gwybod yn ei chalon ei fod e'n debycach i gadno cyfrwys.

Ond cafodd Rhys garden ben-blwydd ddigon dymunol gan Haydn heddiw, un roedd e wedi'i gwneud ei hun. Llun creon o jiráff gwyrdd oedd arni – dyna beth mae e'n galw Rhys: jiráff. Falle'i fod e'n gwneud hyn oherwydd bod Rhys eisoes rai modfeddi'n dalach nag e, ond mae Haydn yn hoffi enwi pobl ar ôl anifeiliaid. Dafad yw ei fam. Mwnci yw Gwyneth. Pengwin yw Ann. Ar ei aelwyd ei hun, un o dai stad Maes-glas ar gyrion y dref, mae Haydn yn hoffi sefyll lan ar y soffa fel petai mewn cwch, gan weiddi gorchmynion fel 'Land ahoy!' i wahanol 'anifeiliaid'. Efallai y dylai ei rieni fod wedi'i alw'n Noa. Neu Dennis, ar ôl Dennis the Menace.

Treuliodd Gwyneth y bore yn pobi'r gacen ben-blwydd a gwneud treifful. Cynigiodd Bethan, mam Haydn, helpu gyda'r bwyd ond gofynnodd Gwyneth iddi gadw golwg ar y plant yn yr ardd yn lle hynny ... gan feddwl yn benodol, wrth gwrs, y dylai gadw golwg ar Haydn. Sylweddola Gwyneth taw presenoldeb Haydn sy'n ei rhoi ar bigau'r drain, a phenderfyna gymryd tabled at ei nerfau. Beth ddaeth drosti i wahodd cymaint o blant i'w noddfa lân? Oedd, roedd yn ddiwrnod mawr i Rhys, ond byddai cynnal y parti yn rhywle fel yr *ante-room* yn y neuadd, neu hyd yn oed festri'r capel, wedi bod yn llai gofidus o lawer. Rai wythnosau ynghynt awgrymodd Bethan y byddai'n sbort i Haydn a Rhys gael parti ar y cyd, ond doedd hynny ddim yn mynd i ddigwydd. Byth bythoedd.

Nid bod gan Gwyneth unrhyw beth yn erbyn Bethan, wrth gwrs, jyst bod yn rhaid cadw pellter, cadw safonau. Mae'n rhyfedd sut mae rhai rhieni'n gallu tyfu'n ffrindiau oherwydd cyfeillgarwch eu plant ... ac eraill ddim. Mae Gwyneth yn ddigon bodlon cydnabod bod Bethan yn fenyw garedig ac yn meddu ar ysbryd hael, er ei bod yn ofnadwy o chwit-chwat, ond sut ar y ddaear mae rhywun yn gallu 'colli' crwt tair oed ar drip ysgol Sul?

Diolcha Gwyneth ei bod hi wedi derbyn cynnig Bethan i fenthyg chwe chadair bren sy'n plygu. Gyda'r rhain dylai'r deg plentyn fedru gwasgu o amgylch bwrdd y gegin, gyda'r oedolion yn sefyll lan. Fyddai dim rheswm i'r plant adael y gegin, a dweud y gwir, heblaw i fynd i'r tŷ bach lan staer, a dylai hynny fod yn iawn gan ei bod hi wedi rhoi arwydd mawr ar y drws cefn yn atgoffa pawb i dynnu'u hesgidiau wrth ddod i mewn i'r tŷ.

Edrycha Gwyneth yn llawn balchder ar y bwyd ar y bwrdd. Brechdanau samwn a chiwcymbr a chaws a ham, i gyd wedi'u torri'n drionglau bach cymen, y crystiau wedi'u gwaredu. Plât yn llawn bisgedi siocled. Dwy ddysgl fawr o Jelly Babies. Dysgl o dreiffl i bob plentyn, ynghyd â gwydr o sgwash oren, napcyn papur a het liwgar. Ac yn goron ar y cwbl, y gacen ben-blwydd yng nghanol y bwrdd, a'i phedair cannwyll mewn parau. Dylai ofyn i Dan, ei gŵr, dynnu llun o'r bwrdd cyn iddo gael ei ddifetha.

Mae Gwyneth yn hanner difaru peidio â chynnal y parti cyfan yn yr ardd. Wedi'r cyfan, mae'n ddiwrnod heulog gyda theimlad o sioncrwydd y gwanwyn yn yr aer, ac mae'r plant yn edrych yn ddigon dedwydd yn eu cotiau. Erbyn hyn mae Rhys yn eistedd yn y tywod, yn siarad yn hamddenol gydag Ann, sy'n gwisgo sbectol drwchus sy'n gwneud iddi edrych fel llyfrgellydd bychan, druan. Ger y garej mae rhai o'r merched eraill yn chwarae hop-sgotsh gyda rhai o'r mamau yn eu gwylio, gan gynnwys Bethan.

Yn sydyn, mae cynnwrf ger y siglen, a Haydn yn gwingo a gweiddi ar ôl llwyddo i rwydo'i hun yn sownd yn ei chadwyni. Rhuthra Bethan draw i gysuro'i mab a'i helpu i'w ddatod o'i garchar, ac o'r diwedd torra Haydn yn rhydd yn y ffordd fwyaf dramatig bosib, gan foesymgrymu'n fuddugoliaethus i gyfeiriad ei ddau ffrind yn y tywod. Mae'n edrych yn syth ar Ann, yn amlwg yn chwilio am ryw ymateb, ond dyw hi ddim wedi cynhyrfu o gwbl. Edrycha Rhys ar Haydn, gan ysgwyd ei ben fel hen ŵr doeth.

Mae angen eiliad o lonydd ar Gwyneth ac mae'n ei heglu hi i'r stafell molchi. Anadla i mewn ac allan yn ddwfn – arfer sydd wastad yn ei helpu i ymlacio. Mae hi wedi canfod bod ceisio meddwl am rywbeth pleserus, a chanolbwyntio ar y ddelwedd honno, yn gysur mawr, felly meddylia am y noson sydd o'i blaen, ar ôl i Rhys fynd i'w wely. Dychmyga sut y bydd hi a Dan yn dawnsio o flaen y tân yn yr ystafell ganol – bydd Dan yn chwyrlïo'i gorff yn y ffordd gyfoes, newydd honno sy'n peri i Gwyneth chwerthin, wrth ddawnsio i 'Rock-A-Beatin' Boogie', cân newydd Bill Haley and his Comets.

Llynca dabled gyda gwydraid o ddŵr, ac edrych yn y drych. Mae rhyw debygrwydd arwynebol rhyngddi a Marilyn Monroe, ystyria: ei gwallt golau, ei gwefusau llawn, ei llygaid mawr glas â'r awgrym lleiaf o dristwch ynddynt. Sylwa ar bloryn llachar, coch, sydd wedi codi ar ei gên, fel top pen Jelly Baby mafon. Straen y parti sydd wedi dod â fe i'r wyneb, fwy na thebyg, ac wrth i Gwyneth dreial ei gwato gyda cholur mae'n clywed cnoc ar ddrws y stafell molchi.

'Pwy sy 'na?'

'Fi. Bethan. Ma' Haydn moyn mynd i'r tŷ bach. Oedd rhywun yn yr un tu fas, a chiw wrth y drws.'

'Dynnest ti ei sgidie fe?'

'Do. Mae'r ddou ohonon ni yn ein sanau.'

Mae crybwyll y tŷ bach tu fas yn gwneud i Gwyneth wingo mewn embaras. Cafodd wared â sawl gwe pry cop, a hyd yn oed gosod sedd tŷ bach newydd yno, ond anghofiodd newid yr hen ddrych hirgrwn, ei ochrau'n frith o frychni rhydlyd. Golcha ei dwylo'n frysiog ac agor y drws i Bethan a'r crwt sydd â smwt yn rhedeg o'i drwyn yn ffrwd felyn nid annhebyg i gwstard ei threiffl. Caiff ei hatgoffa o un o jôcs dwl Dan, fod trwynau yn rhedeg yn y teulu.

Erbyn i Gwyneth ddod i lawr y grisiau mae Dan wedi dod

â'r plant o'r ardd i'r gegin, ac mae'r esgidiau sy'n bentwr ger y drws cefn yn dod ag arogl trwm, annisgwyl lledr chwyslyd a sanau drewllyd i gystadlu ag arogl siwgr eisin y parti.

Mae'r rhan fwyaf o'r plant yn setlo o amgylch y bwrdd ac yn bihafio. Yr unig eithriad yw Haydn, sydd o dan y bwrdd, yn defnyddio un o greons newydd Rhys fel sbaner i geisio trwsio'r bwrdd, neu'r 'car', yn ôl Haydn. Eistedda Rhys ar un pen i'r bwrdd, yn tynnu gweddill y creons mas o'u bocs fesul un yn ofalus, gan arogli pob un yn ei dro fel petai'n fwyd amheuthun, prin.

Ar ôl i bawb arall setlo, mae Bethan yn perswadio Haydn i ddod mas o dan y 'car' ac eistedd ar ei gadair, wrth ochr Rhys. Mae Rhys moyn ei greon yn ôl – anrheg oedd y bocs creons oddi wrth Haydn – ond styfniga Haydn, gan ddal ei afael yn dynnach ar y creon. Yn synhwyro'r tyndra, daw Dan ag un o'r dysglau mawr o Jelly Babies o amgylch y bwrdd.

'Pethe rhyfedd i'w bwyta, on'd y'n nhw? Babis?' medd wrth y plant. 'Nage babis o'n nhw i fod, ond eirth. Wnaeth y mowldiau ddim gweithio'n iawn ac o'n nhw ddim yn edrych unrhyw beth tebyg i dedi-bêrs, felly penderfynodd y dyn losin eu galw nhw'n fabis yn lle 'nny.'

'Dy'n nhw ddim byd tebyg i fabis chwaith,' ateba Ann yn gall.

'Na. 'Sdim llyged 'da nhw, na chlustie. Na cheg na thrwyn,' cytuna Rhys.

'Ma' nhw'n ffaelu neud pw!' gwaedda Haydn, gan chwerthin yn swnllyd ar ei jôc ei hun. Wrth i rai o'r lleill ymuno yn y chwerthin mae Gwyneth yn rhoi ei llaw i fyny, gan ddangos bocs melyn Swan o fatsis. Mae'n cynnau'r pedair cannwyll, ac am unwaith mae'r plant i gyd yn dawel, wedi'u swyno.

'Nawr 'te, mae'n bryd i ni ganu cân fach arbennig i Rhys, wy'n credu.'

Er mawr ryddhad i Gwyneth, mae'r plant a'r oedolion fel ei gilydd yn canu 'Pen-blwydd hapus i ti, pen-blwydd hapus i ti, pen-blwydd hapus i Rhy-ys, pen-blwydd hapus i ti!' gydag arddeliad. Mae Dan yn cario'r gacen draw at Rhys a'i rhoi o'i flaen ar y bwrdd, ond cyn i Rhys gael cyfle i gymryd anadl mae Haydn yn eu diffodd gydag un chwythiad cryf. Edrycha Rhys yn syn ar ei ffrind.

'Sori, sori,' ymddiheura Bethan druan, gan estyn am y bocs matsis. 'Wna i eu cynnau nhw eto. Nawr, dere, Haydn. Ddim dy ben-blwydd di yw hi.'

Wrth i Bethan ailgynnau'r canhwyllau mae Haydn yn pwyntio'i fys tuag at Rhys, gan weiddi, 'Jiráff! Jiráff! Jiráff!'

Pwysa Rhys draw a hwpo creon coch yn llygad Haydn.

'Rhys!' dwrdia Dan.

Mae Haydn yn bloeddio llefain ac yn dala'i ddwy law dros ei lygad, ond mae Gwyneth yn dala'i wên slei i gyfeiriad Ann Parry.

Mae Ann yn methu peidio â gwenu'n ôl arno.

Teimla Gwyneth ei chalon yn curo'n gynt ac yn gynt. Mae'n edrych ar ei mab, sy'n syllu'n llawn dicter ar ei ffrind, ac mae hi'n gobeithio, yn deisyfu yn ddwfn yn ei henaid, y bydd y cythrwfl hwn yn rhoi'r farwol i egin gyfeillgarwch y ddau grwt.

Pennod 2

Mehefin 2024, Arfordir Môn

Un noswaith ffein o haf, eisteddai dau ŵr saith deg dwy oed, Haydn a Rhys, wrth fwrdd plastig gwyn tu fas i'w carafán ger arfordir dwyreiniol Ynys Môn yn yfed gwin coch. Merlot oedd y gwin, a 'Merlota' oedd y term hynod a fathwyd ganddynt i ddisgrifio'u harferiad mynych. Roedd Haydn yn ffidlan â'i ddegan newydd – sbienddrych drud a brynodd Rhys iddo am hanner y pris arferol ar eBay – a gyferbyn ag ef roedd Rhys yn ceisio dysgu mwy am yr ardal drwy gyfrwng arweinlyfr lleol. Roedd y cyfeillion bore oes wedi teithio'r holl ffordd o Geredigion i Ynys Môn i geisio datrys problem a fu'n chwarae ar feddwl Haydn ers tro, sef cyflwr priodas ei ferch, Teleri, a'i gŵr ysgeler, Scott.

Byddai rhywun yn tybio taw'r mwyaf o'r ddau, Rhys, â'i fochau cochion, ei ddwylo rhawiau a'i ysgwyddau wardrob, oedd y cyn-adeiladwr, ond byddai'n anghywir. Dyn busnes oedd â'i fys mewn sawl briwes cyn ymddeol yw Rhys. Yn ôl ei arfer mae wedi'i wisgo'n gymen mewn *loafers* cyffordus o ledr glas heb sanau, *chinos* trwsiadus lliw hufen a chrys-T Ralph Lauren glas. O dan ei het Panama mae pen moel, garw, a gaiff ei eillio'n ofalus bob dydd. O edrych yn nes arno byddai rhywun yn sylwi fod ei lygaid ambr trawiadol bron fel pelydrau laser: llygaid fyddai'n fwy addas i deigr ym mhydew du coedwigoedd y nos nag i ddyn mewn carafán. Hyd yn oed nawr, yn hydref ei fywyd, mae gwahoddiad yn ei wefusau twyllodrus o ddeniadol, sydd yr un mor barod i gnoi ag i gusanu, a'i osgo yn beunaidd. Ond pan fydd angen, gall symud fel barcud ysglyfaethus bro ei febyd.

Er gwaethaf ei ddwylo bach main, melfedaidd, a'i lais meinach byth, Haydn yw'r cyn-adeiladwr. Mae'n gwisgo un o'i grysau Hawaiaidd niferus – un oren a melyn – gyda siorts khaki a sandalau brown. Dim ond pum troedfedd saith modfedd yw

Haydn, jyst digon o faint i fod wedi canfod trwbwl ar hyd ei oes. Mae arwyddion o frwydrau'r gorffennol yn addurno'i gorff: rhesi o bwythau hwnt ac yma fel dannedd bach gwynion yn sgleinio yn yr haul. Â'i drwch o wallt hir, llwyd, a oedd unwaith yn goch llachar, mae'n edrych fel un o broffwydi'r Hen Destament, neu aelod o'i hoff fand, y Rolling Stones.

'Mae'r llyfr 'na'n un da, Rhys. Oedd y Rhufeiniaid ffor' hyn – ti wedi darllen 'na 'to? A 'mhell cyn hynny o'dd derwyddon. A nage giang y Steddfod wy'n sôn amdanyn nhw. Bygyrs danjerus. Lladd ei gilydd. *Human sacrifice* a chwbwl.'

'Mae'n *human sacrifice* weithie i watsio'r Steddfod, Haydn.'

'Na, wir i ti nawr. Ma' mwy o hen fannau claddu yn Sir Fôn nag yn unrhyw le arall ym Mhrydain. Ddim hanner call. O'dd y Rhufeiniaid 'u hofn nhw. Wedi cael eu dychryn 'da'u hudo a'u gweiddi cyntefig. A gwaed yn diferu dros bobman.'

'Swnio fel y Llew Coch ar nos Sadwrn.'

Dyma'r patrwm fu rhwng y ddau ers cyn cof: Haydn yn ymosodol, siaradus a gorddramatig a Rhys yn bwyllog, yn goeglyd a smala.

'Mae'n gas gweld y patio 'ma. Dyw e ddim yn strêt.' Edrychodd Haydn yn feirniadol o gwmpas y garafán statig. 'Allai rhywun faglu'n hawdd. Ac ma' gwynt piso cath 'ma. Ti 'di gweld cath, Rhys?'

'Gwynto dy hunan wyt ti. Arogl henaint.'

Er ei fod yn dal i ystyried ei hun mor ifanc ag erioed, allai Haydn ddim gwadu ei fod bellach yn edrych yn hen. Wedi'r cyfan, roedd wedi pasio oed yr addewid. Er iddo gael clun newydd bum mlynedd yn ôl roedd e'n dal yn wargam a dihyder ar ei draed, yn bennaf oherwydd ei fod yn aros am lawdriniaeth ar ei ben-glin chwith. Roedd ar y rhestr aros ers dwy flynedd – gallai fforddio mynd yn breifat, doedd dim amheuaeth, ond roedd Ann yn erbyn hynny o ran egwyddor. Ac er nad oedd hi yma bellach, rhaid oedd parchu ysbryd y meirwon. Byddai'n cael ambell fwgyn drwg i leddfu'r boen ... y boen o golli'i wraig yn ogystal ag erydiad ei ben-glin.

Gwyliodd Rhys ei gyfaill yn parhau i ffidlan â ffocws y sbienddrych. 'Ti'n siŵr bo' ti ddim whant mynd mewn i ddala diwedd gêm 3bacn a Chroatia?' holodd.

'Na. Alla i ddim diodde gwylio'r Ewros a Chymru ddim 'na. Yn enwedig Croatia, a ninnau wedi ennill yn 'u herbyn nhw. Ond sa' i am stopio ti, Rhys.'

Ysgwyd ei ben wnaeth Rhys. Roedd e o'r un farn â'i gyfaill mewn gwirionedd, yn enwedig petai Lloegr yn mynd yn bell yn y twrnamaint. Edrychodd unwaith eto ar Haydn, oedd yn tynnu wyneb wrth wasgu un o fotymau'r sbienddrych.

'Camera deche sydd 'i angen arnot ti, fel wedes i, dim beinociwlars. Tystiolaeth. Dyw llun ddim yn gweud celwydd.'

Roedd llais dwfn, soniarus Rhys fel petai'n dod drwy dwnnel tywyll, yn adleisio trwy awyr glaear y nos. Anwybyddodd Haydn e a pharhau i ffidlan â'r ffocws gyda manylder asasin, ei dafod mas. Roedd honiad Rhys nad oedd llun yn dweud celwydd wedi aflonyddu ar Haydn ar lefel elfennol iawn, ond doedd wiw iddo ddangos hynny. Ceisiodd beidio â dilyn y trywydd hwnnw, ond allai e ddim peidio â meddwl am ei ferch, Teleri. Ei thebygrwydd o ran pryd a gwedd i'w mam, a'i annhebygrwydd iddo yntau. Tebyg at ei debyg. Roedd e wedi clywed yr ymadrodd hwnnw droeon, ond heb fod yn siŵr iawn beth roedd e'n ei olygu. Doedd e ddim yn hoffi'r ymadrodd.

Teleri, wrth gwrs, oedd y rheswm eu bod nhw ym Môn yn y lle cyntaf. Roedd ganddo un llun, wedi'i dynnu yn y parc gwyliau hwn, o'r ddau wrthrych dan sylw – 'personau o ddiddordeb' fyddai'r heddlu'n eu galw – sef y ddau berson yr oedd Haydn a Rhys wedi dod yno i'w gwylio. Nhw oedd ffocws 'yr ymgyrch' fel y mynnai Haydn ei galw. Llun oedd e o Scott, gŵr Teleri, yng nghwmni merch o'r enw Rachel, oedd yn hen ffrind coleg i Teleri. Roedd Rachel yn berchen ar garafán yma, ac roedd cymydog i Haydn, Eirlys Gwyngoed Fach, wedi tynnu llun o Scott yn ymweld â hi un penwythnos pan oedd e wedi dweud wrth Teleri ei fod yn 'gweithio bant'.

Dyn camera cynorthwyol oedd Scott, ac roedd e wedi 'crwydro' yn y gorffennol gyda thechnegydd sain ifanc o'r enw Sioned. Roedd dwy flynedd ers hynny ac roedd Teleri wedi maddau iddo – yn bennaf er mwyn y plant, Iwan a Manon, ym marn Haydn. Nid oedd Haydn mor faddeugar. Roedd y dystiolaeth ddiweddaraf hon yn dân ar ei groen, gan mai Teleri, ei unig blentyn, oedd cannwyll ei lygad.

Ni ddaeth yr affêr fel sioc i Haydn, gan nad yw llewpart byth yn newid ei frychni. A gorau po gyntaf iddyn nhw gasglu'r dystiolaeth angenrheidiol – gallai Teleri wedyn symud ymlaen â'i bywyd a gadael y dihiryn gwalltog, myfiol. Roedd gan Scott lot gormod o feddwl ohono'i hun, ym marn Haydn. Dim ond deugain oed oedd ei ferch o hyd, a byddai ganddi ddigon o amser i ganfod partner newydd.

Bu Rhys, yn nodweddiadol, yn fwy pwyllog ei asesiad o'r sefyllfa. Roedd gan y cwpwl ddau o blant yn eu harddegau, ac er bod Scott wedi cael affêr yn y gorffennol bu Teleri ac yntau gyda'i gilydd am ddeunaw mlynedd, ac yn briod am bymtheg. Pwyll oedd piau hi.

Doedd hi ddim yn helpu'r achos nad oedd Haydn wir wedi hoffi Scott o'r dechre'n deg gan eu bod ill dau yn adar tra gwahanol. Gwisgai Scott ddillad du, gan ffafrio siacedi lledr tebyg i'r rhai a wisgid gan yrwyr motor-beics, er nad oedd yn berchen ar un, ac roedd yn ddyn ifanc carismataidd fyddai'n strymio'i gitâr drydan yn swnllyd yn ei garej. 'Cŵl' fyddai gair y to iau amdano, mae'n siŵr. Roedd ganddo wyneb bachgennaidd, di-flew, a llygaid llwyd a oedd yn denu â'u dyfnder annelwig. Roedd ganddo drac-record o gwna eisoes, ond efallai fod y diawl wedi twyllo Teleri sawl tro arall, ystyriodd Haydn, ond heb gael ei ddal. Petai Haydn yn sgidiau Teleri fyddai e ddim wedi maddau mor hawdd i Scott, ond gwyddai fod ei ferch yn rhoi hapusrwydd ei phlant o flaen popeth arall. Cadw'i huned deuluol yn gyflawn wnaeth Teleri, a gwyddai Haydn fod angen iddo droedio'n ofalus wrth drafod ffyddlondeb Scott â hi. Dyma pam roedd tystiolaeth ddigamsyniol mor hanfodol.

Yn sydyn, sythodd Rhys yn ei gadair ac ystumio i gyfeiriad y llwybr bach oedd yn arwain heibio eu carafán. Gwelodd Haydn fenyw tua deugain oed, mewn dillad rhedeg llachar melyn a phatrwm du arnynt, yn anelu lan y llwybr tuag atynt. O fewn dim rhedodd y fenyw heibio iddyn nhw fel banana enfawr chwimwth. Pwy yn y byd oedd yn mynd i redeg am saith o'r gloch ar nos Sadwrn? Yn reddfol, rhoddodd Haydn y sbienddrych i lawr ar y bwrdd ger ei wydr gwin a'i heglu ar ei hôl hi.

Wrth i'r fenyw redeg lan y rhiw heibio i res o garafannau eraill, allan i gyfeiriad yr heol a'r bythynnod gwyliau, ni chlywodd y sŵn rhyfedd, bron fel cyfarth ci bach, y tu ôl iddi. Canolbwyntiodd ar rythm ei rhedeg ac ar eiriau un o ganeuon y Manic Street Preachers oedd yn llifo drwy'r seinyddion bychan bach yn ei chlustiau.

Petai hi wedi troi'n ôl byddai wedi sylwi ar hen ŵr yn gwingo ar lawr, yn gafael yn ei bigwrn ac yn diawlio'r byd rhwng ei ddannedd.

A hen ŵr arall yn dod tuag ato, yn gwenu fel giât.

Yng nghlydwch y garafán caeodd Haydn ei lygaid, gan deimlo'r oerfel yn treiddio'n braf o'r cwdyn pys rhew i'w bigwrn blin. Ochneidiodd, bron mewn pleser.

'O'n i'n gwybod 'se'r pys yn gweithio, Haydn. Birds Eye, t'wel. Pys o safon.'

'Hi oedd hi, ontife? Rachel. Mynd mas i redeg yr adeg hyn o'r nos, wir! Cwrdd â Scott oedd hi, siŵr i ti. Alle hi fod yn cwrdd ag e'r eiliad 'ma, ar lan y môr. 'Sneb yn mynd i neud ffŵl o'n Teleri i, wy'n gweud 'thot ti nawr.'

'Callia am funud nawr. 'Sdim iws jwmpo i gasgliadau di-sail,' meddai Rhys.

'Rhys bach, rhaid i ni neud rhwbeth, w. Yn glou 'fyd. Ar lan y môr mae swsys cochion, ar lan y môr mae wilis gwynion!'

Chwarddodd Rhys ar sylwadau nodweddiadol or-ddramatig Haydn, gan gymryd llwnc arall o'i Merlot. Meddalodd wrth weld wyneb gofidus ei ffrind.

'Fydde hi ddim yn cwrdd â Scott yn whys i gyd, achan. Dere, Haydn bach, wir.'

'Ddylen i ddim bod wedi rhedeg ar ei hôl hi. Ond 'na fe. Fel'na wy 'di bod erioed. Shoot first, ask questions later.'

'Mae 'da fi gwestiwn i ti, Haydn.'

'Clatsia bant.'

'Wyt ti'n siŵr o dy ffeithiau? Falle bod e ddim yn wir. Yr affêr. Mae'n rhibin hir i Scott ddod lan i fan hyn o Geredigion.'

'Mae'n *source* i'n sownd. Eirlys Gwyngoed Fach. Ei charafán hi yw hon, achan. Jyst lawr yr hewl o un Rachel. Welodd hi nhw â'i llygaid ei hunan, a thynnu llun hyd yn oed, fel ti'n gwybod.'

'Ie, ie, alla i weld o'r llun 'u bod nhw wedi cwrdd. Sa' i'n gwadu hynny, Haydn. Ond dy'n nhw ddim yn lapswchan â'i gilydd, y'n nhw? Hefyd, falle bo' ni'n gwastraffu'n hamser achos wedodd Scott wrth Teleri 'i fod e'n gweithio dros y penwythnos.'

Fel dyn camera cynorthwyol roedd Scott yn aml yn gweithio oriau rhyfedd ac yn teithio cryn dipyn hefyd. Swydd ddelfrydol i gynnal affêr, ym marn Haydn.

'Ar *shoot* wedodd y diawl, am saith diwrnod o'r bron. *Shoot*, myn diain i. Geith e *shoot* rhwng 'i lygaid, os ga i afael arno fe. Pwy dad sy'n gweithio ar Sul y Tadau, gwed?' meddai Haydn yn gynddeiriog.

'Ie, falle bo' ti'n reit. Ac mae'n gyfleus iawn, 'i fod e'n gweithio yn y gogledd,' atebodd Rhys, yn y gobaith o gau ceg ei ffrind cynyddol bryderus.

Edrychodd Haydn yn betrusgar o dan y cwdyn pys wrth iddo deimlo lleithder yn diferu i lawr ei droed. Roedd y chwyddo a'r cochni wedi gostegu rhywfaint. Cyffyrddodd â bwlyn ei bigwrn a'i fyseddu'n dyner, fel rhywun yn mwytho talcen ar wely angau.

'Paid bod yn fabi nawr, Haydn. Ti heb dorri dim.'

Na, doedd dim wcdi'i dorri heblaw ei galon, ystyriodd Haydn, gan feddwl am Ann. Rhag iddo lithro i'r trobwll hunandosturiol arferol, ceisiodd feddwl am ddelwedd gyfarwydd, gadarnhaol. Un a ddeuai i'w ben yn weddol aml, am ryw reswm, oedd delwedd o'r tri ohonynt – Teleri, Ann ac yntau – ym mharc Cae Swings yn y dref: Haydn yn gwthio Teleri ar siglen a'r groten fach wrth ei bodd, yn sgrechian wrth fynd lan yn uwch ac yn uwch. Mae Ann yn bwyta hufen iâ ar fainc gerllaw, ac mae Teleri'n codi'i llaw arni. Mae Ann yn codi llaw yn ôl, ac yn gwenu.

Gosododd Haydn y cwdyn pys yn ôl yn ei le ac edrych draw ar Rhys yn fwy sionc, gan godi'i lais main.

'Ti'n meddwl y gwelodd Rachel ni? Falle wnaeth hi nabod fi. Gwrddes i â hi unwaith. Daeth Teleri â hi 'nôl o'r coleg ... er, ma' dros ugain mlynedd ers 'nny. Fyddet ti byth yn gweud 'i bod hi'n ddeugain oed.'

'Ffit, whare teg. Alla i weld yr atyniad.'

'Actia dy oed, Rhys. Rho gwlwm ynddi.'

'Jyst gweud.'

'Aaaa!'

'Dere, Haydn bach, wir. Gad lonydd i dy bigwrn. Drycha ar yr olygfa drwy'r ffenest. Mae'n bert 'ma, whare teg. Drycha ar yr oren 'na'n dechre dod i'r awyr, fel tân yn dechre cydio.'

'Wy'n falch wnes i ddarllen m'bach am Sir Fôn cyn dod 'ma,' meddai Haydn.

'I beth? Gewn ni ddim cyfle i weld unrhyw beth, ddim os ti'n mynnu cadw golwg ar y Rachel hyn rownd y ril.'

'Dyw hi ddim yn mynd i aros yn ei charafán trwy'r adeg, yw hi?'

'Ti'n mynd i'w dilyn hi?'

'Na. *Ti*'n mynd i'w dilyn hi. A paid edrych fel'na. Alla i ddim – wy 'di troi'n bigwrn.' Ceisiodd Haydn wneud ei hun yn gyfforddus ar soffa'r garafán. Doedd hynny ddim yn hawdd, ac yntau'n ceisio dal y cwdyn pys ar ei bigwrn ar yr un pryd. Pam o'dd raid iddo fe gael anaf? Roedd Rhys wedi ei atgoffa am ei dueddiad i gael damweiniau ar y siwrnai lan i Sir Fôn, ac yntau wedi gorfod cytuno. Mentro heb feddwl oedd yn gyfrifol am hynny, gan amlaf, fel rhedeg ar ôl Rachel jyst nawr. Byddai'n rhaid iddo gofio nad aiff ysbryd glaslanc yn bell yng nghorff hen ŵr.

Er gwaetha'r crwydro meddyliol a'r boen yn ei bigwrn, syrthiodd Haydn i gysgu ar soffa'r garafán mewn dim o dro. Roedd e wedi cael diwrnod hir, ac yntau ddim wedi arfer â gyrru mor bell.

Agorodd Rhys botel arall o Merlot a syllu ar ei hen gyfaill a oedd, erbyn hyn, yn anadlu'n ddwfn trwy ei drwyn yng nghanol y clustogau blodeuog oedd bellach wedi pylu. Roedd y cwdyn pys wedi syrthio ar y carped rhad, synthetig. Llefydd diflas, llawn hen aer a phersawr artiffisial oedd carafannau statig, ac roedd yn gas gan Rhys y fath bethau dienaid. Gwartheg metel yr ugeinfed ganrif, yn sownd ar lethrau sigledig cyfalafiaeth.

Gafaelodd yn y sbienddrych a chynnau'r lamp fach ar y wal, gan oleuo pen blewog Haydn. Synhwyrodd hwnnw'r symudiad, gan grychu'i drwyn ryw fymryn ond heb ddeffro o'i drwmgwsg. Ffocysodd Rhys lens y sbienddrych ar y gwallt llwyd a gwenu wrth i gudynnau cyrliog ei gyfaill ddisgleirio dan y lamp, fel pad Brillo. Beth sy'n mynd ymlaen yn y pen bach 'na, myfyriodd. Beth yw dy wir gynllun, gyfaill?

Roedd Rhys eisoes wedi synhwyro taw gêm beryglus fyddai treulio deng niwrnod yn Ynys Môn. Oedd, roedd angen canfod y gwir am Scott a'r Rachel hyn, er lles hirdymor Teleri, ond gallai hynny fod wedi digwydd yn haws o lawer – gafael yn Scott gerfydd ei goler ar ryw nos Sadwrn dywyll, efallai, a dweud wrtho am fihafio neu fynd. Neu gnocio ar ddrws y garafán i lawr yr heol a dweud y drefn wrth Rachel ei hun. Na, esgus cyfleus ar gyfer agenda amgenach oedd y 'gwyliau' hwn yn y maes carafannau, a gwyddai'r ddau ohonynt hynny'n iawn. Blaenoriaeth Rhys oedd ceisio dyfalu beth roedd Haydn am ei wybod ... a beth roedd e'n ei wybod eisoes.

Pennod 3

Byddai Rhys yn aml yn deffro cyn toriad gwawr. Hwn oedd ei hoff gyfnod o'r dydd, ac roedd wrth ei fodd â'r llonyddwch a'r tawelwch. Eisteddodd ar ochr ei wely gan edrych allan ar y coed draw ar y llethr ger ochr y maes carafannau – roedd llonyddwch eu silwetau yn rhyfeddol, fel petaent wedi'u paentio ar yr awyr welw. Rhaid oedd iddo gyfaddef fod lleoliad y garafán, ar ymyl y maes, yn ddelfrydol, gan gynnig golygfa o'r arfordir gwyrdd a Thraeth Coch yn y pellter.

Chwarddodd wrtho'i hun wrth gofio pa mor eiddgar oedd Haydn i'w rhentu hi gan Eirlys Gwyngoed Fach er mwyn iddyn nhw gael chwarae ar fod yn dditectifs preifat. Roedd y peth yn ddwl, ym marn Rhys. Cymerodd bythefnos i Haydn geisio'i argyhoeddi o bwysigrwydd y dasg dan sylw. Teimlai Rhys yn reddfol y dylai Haydn gadw mas o unrhyw gynnen ddomestig, yn enwedig un oedd yn effeithio ar ei deulu, ond roedd fel siarad â'r wal unwaith roedd Haydn wedi cael chwilen yn ei ben.

Roedd yr awyr stêl, drymaidd yn gwneud i Rhys ddylyfu gên, er nad oedd wedi blino. Dim ond pedair neu bum awr o gwsg oedd ei angen arno byth ers ei flynyddoedd cynnar yn Llundain pan fu'n cymryd gwaith ychwanegol fel bownsar clybiau nos. Pan fyddai'n dychwelyd i'w fflat yn Clapham am dri y bore, a'r adrenalin yn dal i bwmpio, byddai'n tawelu'i hun drwy wrando ar ychydig o jazz ac ysmygu joint. Neu weithiau, petai rhyw fenyw wedi dod adref gydag e, fyddai 'na fawr o gysgu o gwbl. Yn ddiweddarach, pan oedd yn berchennog ar ei glwb nos ei hun, byw gyda'r nos oedd ei batrwm arferol. Byddai'n cyffwrdd bywydau pobl yn ysgafn ysbeidiol o'r cysgodion, fel ystlum. Bryd hynny hefyd, fel yr ystlum, roedd yn cael ei warchod rhag niwed fel rhywogaeth brin gan ei fod yn rhan werthfawr mewn cadwyn olchi arian budr. Roedd wedi cael ei dynnu i'r cawl hwnnw yn ddamweiniol, bron, ond erbyn y diwedd bu iddo elwa'n sylweddol o'r trefniant.

Dychwelodd i'w gynefin, tref ei febyd yng Ngheredigion, saith mlynedd yn ôl, jyst cyn iddo ddechrau tynnu pensiwn y wlad. Roedd Hen Felin, un o dai mwyaf sylweddol y dref, wedi dod ar werth. Ann dynnodd ei sylw at y ffaith fod y tŷ ar y farchnad – gwyddai'r ddau y byddai cael Rhys yn berchennog ar Hen Felin yn fanteisiol, er na chrybwyllwyd y rheswm yn benodol gan y naill na'r llall. Eu cyfrinach hwy, a neb arall, oedd yr hyn a ddigwyddodd yno un penwythnos yn 1983. Aeth Ann â'r gyfrinach honno i'w bedd ... neu dyna roedd Rhys yn ei gredu, ac yn gobeithio amdano.

Gorweddodd Rhys yn ôl ar ei wely i wylio corryn yn cripian i fyny'r wal, yna'n rhuthro ar hyd y nenfwd cyn troi yn ôl i'w ddechreubwynt, ar hast i unman penodol. Cyn hir denwyd yr haul, oedd yn dwym yn barod, i mewn i'r garafán gan roi rhyw ffresni siarp i'r ystafell. Roedd y diwrnod yn dechrau o ddifrif. Sul y Tadau. Meddyliodd am ei dad, Dan, a'i hoffter o jôcs sâl fyddai'n peri cymaint o embaras i Rhys. Ond roedd Dan yn meddu ar ryw ysbryd anturus hefyd, rhyw ysfa am hwyl. Cofiodd Rhys am yr adeg y bu i Dan logi caiacs i'r ddau ohonynt ynghyd â Haydn a'i dad – cafodd y pedwar ddiwrnod i'w gofio yn Llyn Cadfan, trysor cudd o lyn rhwng dwy goedwig uwchben y dref. Erbyn meddwl, efallai mai Sul y Tadau oedd y diwrnod hwnnw, ystyriodd Rhys. A oedd y fath beth yn bodoli yr adeg honno? Roedd y tadau wedi stopio i gael mwgyn ar ymyl y llyn tra oedd y bechgyn yn eu helfen yn rhwyfo, gan fwynhau'r profiad newydd o yrru'r cwch ar hyd y dŵr. Yn anochel, rhwyfodd Haydn nerth ei freichiau i ganol y llyn a throi wyneb i waered eiliadau yn ddiweddarach, wrth droi'r caiac rownd yn rhy gyflym. Meddwl chwim Rhys achubodd ei gyfaill deuddeg oed, gan iddo lwyddo i dynnu'r *spray deck* yn rhydd o'r caiac er mwyn i Haydn allu rhyddhau ei hun. Oni bai am Rhys byddai Haydn yn siŵr o fod wedi boddi, fel y bu Rhys yn ei atgoffa am ddegawdau wedi'r digwyddiad.

Gwisgodd Rhys ei ddillad yn dawel. Wrth iddo gilagor drws ei ystafell wely gallai glywed chwyrnu cyson Haydn o'r ystafell fyw, yn union lle y gadawodd ef neithiwr. Roedd Rhys wedi addo rholiau bacwn a choffi ffres i frecwast, ac roedden nhw wedi stopio'n unswydd ym Mhorthaethwy ar y ffordd i Benllech y diwrnod cynt i brynu'r hanfodion. Ceisiodd Rhys beidio ildio i'r demtasiwn o brynu deunydd glanhau, ond ni allai wrthod y cynnig hanner pris ar y chwistrell amlbwrpas. Tynnodd y botel o'r cwpwrdd o dan y sinc a gwasgu'r chwistrell sawl gwaith nes i'r ewyn gwyn dasgu ar hyd cownteri'r gegin fechan. Llanwyd y lle ag arogl newydd, cyfarwydd: arogl melys, synthetig afalau. Gwyliodd Rhys y swigod bach yn byrstio ar yr arwynebau brown cyfoglyd, a chafodd ei atgoffa am ryw reswm o lygredd afon Teifi. Defnyddiodd gadach i rwbio'r ewyn i mewn a cheisiodd ddyfalu pam roedd y ddefod syml yn rhoi cymaint o foddhad iddo. Gwyddai fod ganddo natur obsesiynol, fel ei fam, a gallai egluro'r rhan fwyaf o'i obsesiynau – er enghraifft, roedd yn cerdded deng mil o gamau bob dydd rhag iddo gwympo'n farw o drawiad ar y galon, fel y gwnaeth ei dad yn bum deg pump oed. Yn yr un modd roedd wedi plannu coed newydd ar dir Hen Felin, oherwydd ... oherwydd beth yn gwmws? Yn sicr, nid jyst er mwyn helpu i achub y blaned, ystyriodd Rhys. I geisio achub ei enaid, efallai.

Mor dawel â phosib, tynnodd badell ffrio allan o ddrâr gwaelod uned fwyaf y gegin. Sylwodd fod yr wyneb du, a oedd i fod yn *non-stick*, wedi'i dolcio'n wael gan ddatgelu'r metel sgleiniog oddi tano. Gorfodwyd ef unwaith i wylio dyn yn cael ei guro'n ddidrugaredd â phadell ffrio. Ond roedd hynny mewn bywyd arall, gwahanol.

Wrth iddo ddechrau paratoi'r brecwast sylwodd Rhys fod rhyw wynt peri-pen-tost ger y ffwrn. Oedd y nwy heb ei ddiffodd yn iawn, tybed? Ceisiodd danio un o'r pentanau â matsien ond doedd dim nwy. Roedd yn gweithio'n iawn y noson gynt – doedd y ddau ganister nwy enfawr wrth ochr y garafán erioed yn wag?

Mor dawel ag y gallai, agorodd Rhys brif ddrws y garafán a chysylltu'r bachyn i'w ddal yn agored. Llifodd awyr iach a heulwen groesawgar i mewn i'r fan. Wrth iddo fynd i lawr y grisiau bach metel a arweiniai i'r patio clywodd floedd o gyfeiriad y soffa.

'Eee? Hei!'

Roedd Haydn wedi dihuno o'r diwedd.

'Ble ti'n mynd?' bloeddiodd, wrth geisio eistedd lan. Ymestynnodd Haydn i'w lawn hyd gan deimlo'i gymalau'n crecian. Petai'n beiriant byddai angen chwistrelliad sylweddol o WD-40 arno, meddyliodd. Wrth iddo sefyll ar ei draed teimlodd wayw poenus yn ei bigwrn.

'Aaa!' gwaeddodd yn reddfol, gan eistedd yn ôl i lawr yn syth. Clywodd lais y tu allan i'r garafán. Gogleddwr, yn siarad gyda Rhys.

'Fedra i'ch helpu chi?'

'Wy ddim yn siŵr. Sa' i'n credu bod nwy 'da ni.'

'Peidiwch â phoeni. Ma' isio troi'r pethma du 'ma i bwyntio at y canister llawn a llacio'r falf fan'cw. Ddangosa i i chi rŵan. Er, mae 'na gyfarwyddiadau yn y Llyfr Croeso, w'chi.'

Allan yn yr heulwen braf ni allai Rhys dynnu ei sylw oddi ar y gŵr byrdew cymwynasgar â llond pen o wallt golau a safai o'i flaen. Roedd tatŵs amryliw yn gorchuddio ei freichiau a chlustdlws trawiadol y Ddraig Goch yn ei glust dde. Dilynodd Rhys y dyn i ochr y garafán. Dilynodd hwnnw ei gyfarwyddiadau ei hun, ac mewn dim o dro clywodd Rhys sŵn hisian tawel wrth i'r nwy ailgysylltu. Cyn i Rhys gael cyfle i ddiolch iddo roedd y dyn wedi hwpo'i ben drwy ddrws agored y garafán.

'Oes 'ma bobol?'

'Ym ... ie, wy'n credu,' atebodd Haydn yn betrusgar.

'Roeddach chi'n swnio'n reit boenus gynna.'

Gwenodd Haydn yn ddryslyd ar y dyn dieithr, fel petai newydd deithio yno o blaned arall.

'Ddim yn lecio'r gwlâu dach chi?' gofynnodd y dyn â gwên, wrth sylwi ar y *duvet* osododd Rhys dros Haydn ganol nos.

Unwaith eto, dim ond nodio fel llo wnaeth Haydn.

'O'dd e 'di setlo'n gyfforddus ar y soffa. Siwrnai hir,' cynigiodd Rhys.

'Mae'n braf cael Hwntws yma yn lle Sgowsars a Mancs, w'chi. Ac ma' newid yn tshiênj, tydi, y?'

Tro Rhys oedd hi i edrych yn syn.

'Fi 'di'r Pen Bandit yma yn Nôl Cwningod, w'chi. Robat. O, ia – ma' goriad y sied dan y tostar. Os fyddwch chi isio rwbath, rhowch ganiad i mi. Mae'r rhif yn y Llyfr Croeso.'

'Diolch yn fawr,' meddai Rhys. 'O's papur dydd Sul i'w gael o gwbl? Ac mae angen brwsh dannedd arna i hefyd.'

'Mi gewch chi'r ddau yn y siop 'cw. Dyna lle mae fy swyddfa i hefyd, w'chi, wrth y parc, a mynedfa'r maes. Oriau Sul heddiw yn y siop, naw tan dri. Hwyl 'wan!'

'Hwyl 'wan,' mentrodd Haydn, yn dal i fod yn ddryslyd.

Ar ôl i Robat fynd aeth Rhys yn ôl at y ffwrn a thanio un o'r pentanau'n llwyddiannus.

'Houston, we have lift-off. Cooking on gas,' meddai, yn twymo i'w dasg. Wrth iddo nôl y bacwn o'r oergell, amneidiodd â'i ben at y drws agored lle bu Robat yn sefyll. 'Bachan deche, whare teg.'

'Ti'n meddwl?' atebodd Haydn, yn crychu ei dalcen.

'Ti ddim 'te?'

'Ddeallais i ddim gair wedodd e.'

'Dere, Haydn bach, wir. Be ti'n lapan 'mbytu?'

'Wir i ti. Wy'n credu o'dd e'n meddwl taw rhyw foi arall o'n i. O'dd e'n galw fi'n Wchi trwy'r amser.'

'Ffordd y Gogs o weud "ontife" yw 'na, achan. W'chi. "Wyddoch chi", ife.'

'Ife?'

'Ie, y barlat,' meddai Rhys, gan ysgwyd ei ben wrth roi'r bacwn yn y badell ffrio.

'Ma' nhw'n fwy ... yn fwy, ti'n gwybod, na ni, on'd y'n nhw,' dechreuodd Haydn.

'Yn fwy beth?' holodd Rhys.

'Ti'n gwybod. Yn fwy Cymraeg.'

'Paid siarad dwli.'

'Odyn, ma' nhw, Rhys. Wy'n gweud 'thot ti. Sa' i'n nabod neb ag *earring* y Ddraig Goch. Ma' nhw'n fwy *extreme* na ni. Wy'n licio 'na 'mbytu nhw. *Take no prisoners*, ife. Dim whare. Gyda'r iaith. Dim nonsens. Mynd amdani, cant y cant.'

'*Extremists*, ti'n feddwl?'

'Ie, mewn ffordd. Er, dim ond mynnu cael beth sy'n iawn ma' nhw'n treial neud, ife. Lot o nhw 'di bod i'r carchar, t'wel. Ambell un yn Llydaw yr un peth, mae'n debyg. Pwsio pethe i'r pen.'

'Wy'n credu mai ti oedd bach yn *extreme* yn Llydaw, os gofia i'n iawn,' meddai Rhys, yn gwenu.

'Gad hi fanna,' meddai Haydn, yn difaru codi'r pwnc.

'Paid bod yn fabi nawr, Haydn bach. Gethon ni sbort 'na. Y ddou o'n ni'n cystadlu i gael sylw Ann. Ti'n cofio?'

'Gad hi, wedes i,' meddai Haydn yn flin.

A dyna wnaeth Rhys am y tro, er iddo ildio i'r demtasiwn ddigon naturiol i wenu'n smala wrth gofio'r achlysur pan oedden nhw yn eu harddegau.

Pennod 4

Awst 1969, Llydaw

Mae dwy ar bymtheg yn oedran peryglus. Dyw'r ymennydd ddim wedi aeddfedu digon i ymdopi â'r newidiadau niferus sy'n digwydd yng nghorff gŵr ifanc, ac roedd hyn yn arbennig o wir am Haydn a Rhys.

Yn dilyn eu harholiadau allanol yn yr ysgol roedd y ddau wedi mynd i wahanol gyfeiriadau. Roedd Haydn, ar dân eisiau ennill arian, wedi gadael yr ysgol ar y cyfle cyntaf, a chael ei dderbyn yn labrwr gan gwmni adeiladu Gwilym Harris. Dysgu bach o bopeth wrth fynd ymlaen oedd y bwriad, rhyw fath o brentisiaeth, gan fod Gwilym a'i giang o weithwyr yn athrawon penigamp yn ogystal â bod yn grefftwyr dawnus. Byddai'r seiliau cadarn hyn yn talu ar eu canfed i Haydn yn ddiweddarach yn ei yrfa.

Aros yn yr ysgol ar gyfer yr arholiadau uwch oedd penderfyniad Rhys, nid bod ganddo fawr o glem beth roedd e am ei wneud yn y pen draw. Roedd rhan ohono'n genfigennus fod Haydn yn derbyn cyflog wythnosol, a hynny ers cryn amser erbyn 1969, ond roedd gan Rhys garden dda i fyny ei lawes. Roedd Ann hefyd wedi aros ymlaen yn yr ysgol, a byddai eu llwybrau felly'n croesi'n hollol naturiol.

Gallai Haydn a Rhys fod wedi tyfu ar wahân wrth iddyn nhw weld ei gilydd ar benwythnosau yn unig, gyda Haydn yn enwedig wedi meithrin ffrindiau newydd yn y byd mawr y tu hwnt i'r ysgol. Yn ddigon rhyfedd, yr hyn a unodd y ddau yn y pen draw oedd côr meibion newydd y dref a ffurfiwyd yng ngaeaf 1968, gyda'r addewid o daith ddeng niwrnod i Lydaw yn Awst y flwyddyn ganlynol yn foronen ddeniadol iawn.

Syniad ysbrydoledig yr athro cerddoriaeth, Dr Dafydd Prys, oedd ffurfio'r côr. Cymeriad bochgoch, boliog, gyda barf Siôn

Corn a llygaid gwyrdd trawiadol oedd Dafydd, a'i frwdfrydedd yn heintus. Roedd yn benderfynol nad côr i ddynion canol oed yn unig roedd e am ei sefydlu, felly bu'n annog aelodau'r Chweched Dosbarth i ddod i'r ymarferion yn festri'r capel bob nos Sul. Roedd cael rhywun ifanc y tu allan i'r ysgol, fel Haydn, i ymuno yn gaffaeliad, er bod ei lais tenor main yn echrydus o denau o ran ansawdd.

Roedd Gwenel, yr athrawes Ffrangeg a gwraig Dafydd, yn Llydawes denau, ddwys yr olwg â llygaid brown. Gan ei bod yn frodor o Quimper roedd yn gam gweddol naturiol i drefnu i aelodau'r côr aros gyda theuluoedd yn yr ardal honno yn ystod eu cyfnod yn Llydaw. Er cystal y wobr o fynd dramor, y prif reswm roedd Haydn a Rhys wedi ymuno â'r côr oedd bod eu ffrind bore oes, Ann, yn cyfeilio iddynt ar y piano.

Bu'r côr yn fwy o sbort nag oedd yr un ohonynt wedi'i ddisgwyl, a bu cryn edrych ymlaen at y daith i Lydaw. Pan ddaeth y diwrnod mawr i groesi'r Sianel bu aelodau'r côr yn atyniad mawr i'r teithwyr eraill ar y fferi, yn canu dogn helaeth o'u *repertoire* wrth y bar. Yno hefyd roedd ffrind Ann yn y Chweched, Delyth, a swynodd pawb gyda'i hacordion. Merch dal â gwallt ac aeliau du fel y fagddu, fel aelod o'r teulu Addams enwog oedd ar y teledu ar y pryd, oedd Delyth. Er ei bod yn drwsgl ei ffordd roedd yn ferch *formidable*, ys dywed y Sais, ac roedd gan Haydn ryw barchedig ofn tuag ati.

Hwn oedd y tro cyntaf i Haydn fynd dramor, ac wrth iddo sefyll ar ddec uchaf y llong yn gwylio Roscoff yn nesáu trwy des Awst, diolchodd nad oedd yn sâl môr fel Rhys. Bu hwnnw'n wyn fel y galchen am y rhan fwyaf o'r daith. Roedd Haydn eisoes wedi cael sawl profiad newydd, gan gynnwys blasu bwyd Llydewig mewn bwffe arbennig ar y fordaith, gydag ambell wydraid o seidr i'w olchi i lawr. Cafodd afael, hyd yn oed, ar becyn o sigaréts Ffrengig ac esgus eu mwynhau, yn swagro o gwmpas y dec yn rêl boi. A pham lai? Roedd ganddo deimlad ym mêr ei esgyrn ei fod ar antur y byddai'n ei chofio am byth. Dim ond dair wythnos ynghynt bu'n gwylio Neil Armstrong yn camu ar y lleuad ac roedd ei hoff fand, y Rolling Stones, ar frig y siartiau gyda 'Honky Tonk Women' – roedd unrhyw beth yn bosib, a'i fywyd ar groesffordd bwysig, o bosib gydag Ann.

Siwrnai hunllefus gafodd Rhys, ar y llaw arall. Methodd â wynebu danteithion y bwffe gan iddo dreulio'r rhan helaethaf o'r siwrnai'n chwydu yn nhai bach y dynion. Aelod arall o'r baswyr a ffrind i'w dad, y clocsiwr hynaws Ifan ap Morgan, fu'n gofalu amdano ar ôl i Haydn roi'r gorau iddi'n siomedig o glou.

Yn ffodus, daeth Rhys ato'i hun ar gyrraedd Ffrainc. Roedd wedi bod dramor lond llaw o weithiau o'r blaen, gan gynnwys trip sgïo yn yr Alpau Ffrengig, felly doedd gweld ceir ar 'ochr rong yr hewl', chwedl Haydn, yn ddim byd newydd iddo. Eisteddodd Haydn ac yntau nesaf at ei gilydd ar y bws, gyda Haydn yn syfrdan wrth wylio'r rhyfeddodau newydd drwy'r ffenest: cerrig hynafol Concarneau, traeth gwyn Benodet a chaeau di-ri o flodau haul.

Hedfanodd y deng niwrnod a bu holl berfformiadau'r côr yn llwyddiant ysgubol. Bu cryn drafod rhwng Haydn a Rhys ynglŷn â gogoniannau a ffaeleddau menywod ifanc Llydaw – yr acen a'u hagwedd ffwrdd-â-hi oedd yn eu plesio fwyaf, ond doedd eu crwyn gwelw a'r anadl garlleg ddim cymaint o atyniad. Cyd-destun anghyfforddus hyn oll oedd y ffaith fod Ann wedi tueddu i anwybyddu'r ddau ohonynt gydol y daith – roedd ganddi hi lawer mwy o ddiddordeb yn y myfyrwyr o goleg Aberystwyth oedd wedi ymuno â'r côr i chwyddo'r niferoedd ar ddechrau'r haf. Roedd un ohonynt, Ifan Bowen, gogleddwr o'r Bala, yn unawdydd yn y côr, gyda Dr Dafydd yn meddwl y byd ohono. Nid fe oedd yr unig un ... roedd Ann yn chwerthin ar ei jôcs rownd y ril. Ond daeth tro ar fyd, wrth i Ifan orfod gadael Llydaw cyn y noson olaf oherwydd argyfwng teuluol.

Roedd tylwyth Gwenel am ffarwelio â'r Cymry gyda noson arbennig, felly cynhaliwyd Fest Noz ar y sgwâr yn Quimper. Cafodd Ann a Delyth fenthyg ffrogiau Llydewig a chlocsiau ar gyfer yr achlysur, gan fod nifer o'r brodorion hefyd mewn gwisgoedd traddodiadol. Er bod digonedd i'w fwyta ac i'w yfed, gan gynnwys wystrys roedd Haydn yn eu disgrifio fel 'mwydod tew, afiach', roedd yn anodd i Rhys archebu alcohol oherwydd presenoldeb yr athrawon. Er bod Haydn dipyn yn llai na'i gyfaill, a chanddo wyneb bachgennaidd, roedd ei ysgwyddau wedi lledu a'i holl osgo wedi aeddfedu ers iddo ddechrau gweithio fel labrwr. Yn amlach na pheidio byddai'n gwisgo crysau llewys byr neu grysau-T er mwyn dangos cyhyrau ei freichiau, ac oherwydd ei fod wedi gadael yr ysgol roedd yn fwy rhydd i archebu alcohol wrth y bar, nid yn unig iddo'i hun ond i Rhys, Ann a Delyth hefyd. Ond er gwaethaf eu hymdrechion daeth yn bur amlwg nad oedd Rhys na Haydn yn agos i lwyddo yn eu hymgais i ddenu sylw Ann, na'i chalon.

'Falle bo' rhaid i ni jyst derbyn taw ffrind fydd Ann, ein bod ni'n nabod ein gilydd yn rhy dda,' meddai Rhys, yn ceisio bod yn gall ynglŷn â'r sefyllfa.

'*Non*,' atebodd Haydn yn ei acen Ffrengig eithafol.

'Beth wyt ti'n awgrymu 'te?' gofynnodd Rhys.

'Ma' eisiau cynllun arnon ni, i ffeindio mas beth mae Ann yn feddwl ohonon ni. Rhaid i ni neud iddi deimlo'n *jealous*,' meddai Haydn, ei lygaid yn goleuo. 'Mae'r dawnsio dwl hyn yn gyfle da – tria di fynd off 'da Delyth a wna i'r un peth 'da Lena, a gawn ni weld pa effaith gaiff hynny arni.'

Nodiodd Rhys gan feddwl fod Haydn, am unwaith, wedi taro ar syniad gwerth chweil. Byddai paru Haydn gyda Delyth yn edrych yn od gan ei bod hi hanner troedfedd yn dalach nag ef, ac roedd Lena a Haydn eisoes yn nabod ei gilydd yn eitha da, gan ei fod e a Rhys wedi bod yn aros yn ei chartref yn Quimper.

Dechreuodd Rhys yn reit addawol gyda Delyth wrth iddi adael iddo brynu gwydraid o win iddi. Cytunodd i fynd am wâc i lawr un o'r strydoedd cefn oddi ar y sgwâr gydag ef, hyd yn oed, cyn i'r dawnsio ddechrau.

Roedd gorchwyl Haydn ychydig yn fwy cymhleth gan nad oedd Saesneg Lena yn dda, er ei fod yn well na'i Ffrangeg carbwl ef. Canfuwyd rhyw dir canol rhwng y ddau wrth i Lena sylweddoli fod ambell air Cymraeg yn golygu'r un peth yn Llydaweg, ac wrth iddyn nhw frasgamu drwy barc cyfagos ceisiodd Haydn ei orau i gyffroi wrth i Lena ddatgan 'eglwys' a 'bara' a 'llygad', ond doedd ei galon ddim ynddi.

Wrth i'r noson fynd rhagddi, chwalu'n raddol wnaeth eu cynllun. Roedd y dawnsio yn fwy o brofiad torfol i bawb o bob oedran yn hytrach nag i gyplau'n unig, felly ddaeth y ddau ddyn ifanc ddim yn agos at wireddu eu nod o wneud Ann yn eiddigeddus. Prin y sylwodd hi ar eu hymdrechion o gwbl – roedd hi'n rhy brysur yn taflu'i hun i mewn i bob dawns Lydewig gydag arddeliad.

Yn ystod hoe fach yn y dawnsio a'r gerddoriaeth daeth Haydn a Rhys ynghyd i asesu'r sefyllfa.

'Shwt ti'n meddwl ma' pethe'n mynd?' holodd Rhys.

'Wy'n falch fod y sŵn uffernol 'na wedi stopio am funud. Mae e fel gwrando ar haid o bryfed yn suo yn dy ben di,' atebodd Haydn.

Chwarddodd Rhys a syllu ar y sêr uwchben Quimper. 'Mae'r awyr fan hyn fel 'se fe'n dywyllach na'r awyr adre,' meddai.

''Na'r math o rwtsh ti 'di bod yn ddweud wrth Delyth, ife?' holodd Haydn yn chwareus.

'Ie, fel mae'n digwydd. Gair am air,' atebodd Rhys â gwên lydan.

'Ti'n gweld? 'Na'r broblem. Dyw dy galon di ddim yn y peth. Na 'nghalon inne chwaith,' meddai Haydn.

'Y broblem yw ein bod ni'n dou â'n llygaid ar yr un ferch,' cytunodd Rhys.

'Ac wedi bod ers dyddiau cynnar yr ysgol uwchradd, os ni'n onest,' meddai Haydn, gan ochneidio.

'Ma'r peth wedi bod mor amlwg am flynydde. Nage jyst i ni'n dou, ond iddi hi hefyd,' meddai Rhys.

'Ma' hi wedi'n whare ni fel pypedau bach dwl,' meddai Haydn.

'Beth ddylen ni neud, gwed? Pen neu gynffon? Taflu *centime* yn yr awyr?'

'Na. Mae 'da fi well syniad. Gewn ni gystadleuaeth. *Arm wrestle*. Y gorau o dri sy'n ennill, a'r enillydd wedyn yn cael y rhyddid i gwrso Ann fel y mynnith e, heb unrhyw ymyrraeth gan y llall.'

Ystyriodd Rhys y cynnig yn bwyllog. Petai dieithryn yn edrych ar y ddau ohonynt, tybiodd y byddai'n rhoi ei arian arno fe yn hytrach na Haydn. Wedi'r cyfan, roedd yn fwy o ran taldra ac o ran maint, ac ers iddo ddechrau serennu yn nhîm rygbi'r ysgol roedd ei gyhyrau wedi tyfu'n weddol hefyd. Ond er gwaethaf ei faint corfforol roedd golwg go dda ar gyhyrau breichiau Haydn, oedd yn cael eu hymarfer yn feunyddiol yn ei waith. A Haydn ei hun oedd wedi awgrymu'r ornest, oedd yn dangos hyder yn ei allu ei hun. O'r diwedd rhoddodd Rhys ei ateb i awgrym Haydn.

'Iawn. Ond mae'n rhaid cael dyfarnwr o ryw fath, a gosod rheolau clir,' meddai.

Nodiodd Haydn ei ben yn frwd, yn falch 'i fod e wedi cael ei ffordd ei hun. Cododd Rhys ei law ac ystumio i gyfeiriad Ifan ap Morgan, y clocsiwr, oedd yn ysmygu ar ei ben ei hun ar gyrion y criw Llydewig. Pan ddaeth hwnnw draw atynt, eglurodd Rhys eu bwriad a chytunodd Ifan i fod yn ddyfarnwr.

Tynnodd Rhys ei siaced wen felfaréd ac ystwytho'i fraich dde, gan ei chodi i fyny ac i lawr bron fel petai'n chwifio'i law ar rywun. Tanio sigarét Ffrengig wnaeth Haydn, i'w helpu i ganolbwyntio. Llygadodd y ddau ei gilydd wrth aros yn eiddgar am gyfarwyddiadau Ifan. Cyfrodd hwnnw i lawr, fel petai'n lawnsio Apollo 11, wrth i Haydn a Rhys chwysu a llygadu'i gilydd fel dau gi newydd eu rhyddhau oddi ar eu tenynnau. Ar ôl gornest fer Rhys oedd yn fuddugol, a hynny er mawr gywilydd i Haydn.

'Un i ddim i Rhys,' meddai Ifan yn uchel, yn cymryd ei ran o ddifri. Dechreuodd torf fach ymgasglu o gwmpas y bwrdd wrth i bobl ddechrau deall fod gornest yn cael ei chynnal. Ar ôl 'tri, dau, un' dramatig arall dyma Haydn yn gwthio mor galed nes i'w wyneb droi'n goch gyda'r ymdrech. Ond yn ofer. Roedd llaw Rhys fel feis, yn gafael a gwrthod gollwng. Unwaith eto fe enillodd, a'r tro hwn cafodd gryn gymeradwyaeth gan y dorf.

'Rhys wedi ennill, o ddau i ddim,' meddai Ifan yn uchel, gan rwbio halen i friw Haydn. Wnaeth Haydn ddim llongyfarch ei gyfaill pennaf, dim ond gafael yn ei sigarét a cherdded i ffwrdd yn flin. Sylwodd Rhys o gornel ei lygad fod Ann ar gyrion y dorf, yn gwenu fel petai ganddi syniad go dda beth oedd yn mynd ymlaen.

Ailddechreuodd y gerddoriaeth a'r dawnsio, ond aeth Haydn i archebu mwy o *cognac* ac eistedd ar fainc ar gyrion y sgwâr i'w yfed. Ar ôl rhyw hanner awr, wedi iddi sylwi nad oedd ymhlith y criw dawnsio, aeth Lena i chwilio amdano.

'Dawnsio? Fest Noz?' meddai wrtho'n syml.

Cododd Haydn ar ei draed, ac yn hollol ddirybudd gafaelodd yn llaw Lena a'i thynnu tuag ato am gusan. Ond nid cusan gafodd Haydn ond slap galed ar ochr ei foch a llith o gerydd mewn Llydaweg blin. Gwaethygodd pethau pan ddaeth Llydäwr ifanc, oedd yn amlwg yn adnabod Lena, draw i roi llond pen iddo. Deallodd Haydn ergyd ei neges, yn enwedig yr 'English pig' a boerwyd ato'n llawn dirmyg. Gan ei fod bellach yn weddol feddw, dechreuodd Haydn sgwario, swagro a chodi'i ddyrnau. Aeth pethau'n weddol niwlog iddo o'r eiliad honno ymlaen.

Yn ôl adroddiadau ar y bws drannoeth, ar y ffordd i ddal y fferi, roedd wedi derbyn dwy ergyd, un i'w wefus ac un arall i ochr ei ben, cyn i Rhys ddod i'w achub a tharo'r Llydäwr i'r llawr gydag un ergyd ddeheuig i'w ên.

Ar y bws, honnodd Haydn nad oedd e'n cofio unrhyw beth o'r digwyddiad, ond doedd hynny ddim yn wir. Roedd ei ffrind nid yn unig wedi ei achub eto fyth, ond hefyd wedi mynd yn gwmni gydag ef i'r ysbyty, wrth i Haydn gael pwythau i'w wefus. Roedd yn cofio Dr Dafydd blin iawn yn sedd flaen y tacsi, yn ymddiheuro yn ei Lydaweg gorau i'r gyrrwr am y drafferth a achoswyd gan Haydn. Cofiai fod Rhys ac yntau, a'u breichiau o gwmpas ei gilydd yn y sedd gefn, wedi canu un o ganeuon y côr, corws enwog 'Cytgan y Milwyr' allan o'r opera *Faust*, yr holl ffordd i'r ysbyty.

Pennod 5

'Shwt ma' dy bigwrn di bore 'ma 'te?' holodd Rhys.

Anwybyddodd Haydn ef. Roedd yn addasu'r ffocws ar ei sbienddrych eto fyth.

'O't ti'n swnio'n ddigon poenus pan ddihunaist ti,' mentrodd Rhys eto.

'Ma' fe'n itha stiff, ac wedi chwyddo.'

'Wy'n synnu clywed 'na, o ystyried dy oedran di. Ond beth am dy bigwrn di?' meddai Rhys, yn gwenu fel giât.

'Paid bod yn fochynnaidd.'

'Cssssshh,' meddai Rhys, gan esgus taro symbal dychmygol.

'O'dd Ceri'r YFC yn iawn. Ddylet ti 'di cael gyrfa ar y llwyfan, Rhys. A pham o't ti'n gofyn i'r Gog 'na am bapur Sul? Chei di ddim amser i ddarllen papur – beth 'se Rachel yn gadael y seit? Bydd eisiau i ti ei dilyn hi.'

'Dyw hi ddim wedi bod mas o gwbl eto,' meddai Rhys wrth daenu menyn ar rôl fara.

'Ond ma' eisiau i ti fod yn barod, o fewn eiliadau, i fynd. Red Alert.'

Chwythu rhwng ei ddannedd wnaeth Rhys.

'Peth cas i neud, cofia, cael affêr 'da gŵr un o dy ffrindie coleg,' meddai Haydn, yn ysgwyd ei ben.

'Falle nad y'n nhw wedi cadw mewn cysylltiad â'i gilydd, Rachel a Teleri. Neu jyst drwy Facebook?'

Nodiodd Haydn a phwyntiodd at y bacwn yn y badell ffrio.

'Ma' hwnna'n gwynto'n ffein 'da ti.'

'Ti'n gwybod beth, Haydn? Gollon ni gyfle 'da'r boi Robat 'na. Ddylen ni fod wedi holi'i berfedd e am Rachel.'

'Ni'n gwybod 'i bod hi'n byw a bod 'ma, yn ôl Eirlys Gwyngoed Fach,' meddai Haydn.

'Ie, ie, ond ma' Eirlys yn licio troi cawl ei chlecs yn drwchus, cofia, gyda llwy anferth,' atebodd Rhys, gan sylwi fod Haydn yn edrych arno'n syn. 'Dere, Haydn. Mae'n amlwg 'i bod hi'n mwynhau'r embaras mae affêr Scott yn 'i greu i chi fel teulu. Bydde gwybodeth y Robat hyn yn fwy dibynadwy, mae'n siŵr. Does 'dag e ddim agenda.'

Ystyriodd Haydn ei eiriau. Oedd, roedd gan Rhys bwynt. Byddai'n ymchwilio ymhellach ar ôl brecwast, penderfynodd.

'Awn ni'n dou i'w weld e. Ddangosa i'r llun o Scott a Rachel iddo fe, i weld be wedith e.'

'Fyddi di'n iawn i gerdded draw, neu ti moyn mynd yn y car?' gofynnodd Rhys.

Taflodd Haydn gipolwg dirmygus ato. 'Dyw e ddim yn bell, os fyddi di'n amyneddgar 'da fi. Mae hen ffon Dad-cu ym mŵt y car yn rhywle,' meddai, 'ddefnyddia i honno.'

'O, reit. Af i i'w nôl hi i ti nawr,' dechreuodd Rhys.

'Na!' meddai Haydn, yn torri ar ei draws a cheisio neidio ar ei draed. 'Canolbwyntia di ar y bacwn 'na. Fydd e'n dda i ddim i neb wedi llosgi,' mynnodd wrth geisio canfod ei gydbwysedd. Cliciodd ei ben-glin yn swnllyd, fel darn o iâ yn dadmer.

'Paid bod yn rhy hir 'te. Bydd hwn yn barod 'da fi mewn dwy funed,' meddai Rhys.

Rai munudau'n ddiweddarach roedd y ddau o amgylch y bwrdd plastig gwyn ar y patio yn mwynhau eu rholiau bacwn a'u coffi. Roedd Rhys wedi gofyn am gael golwg arall ar y llun o Scott a Rachel tu allan i'w charafán hi, a syllodd arno wrth gnoi ei fwyd, fel petai'n ceisio torri cod cudd. Ar ôl ychydig ysgydwodd ei ben.

'Na. Mae 'na rwbeth sydd ddim cweit yn iawn am y llun hyn. Dy'n nhw ddim yn edrych fel cariadon i fi,' meddai.

'Wel, ti yw'r arbenigwr ar affêrs,' meddai Haydn, gan roi mwy o sos coch ar ei rôl.

'Sa' i'n gwybod pam ti'n gweud 'na,' meddai Rhys, yn dal ei dir yn erbyn y sarhad diangen.

'Achos ti 'di bod gyda dros hanner cant o fenywod, meddet ti,' atebodd Haydn yn ddigon smala.

'Ond o'n i erioed yn briod. A doedd y rhan fwya o'r

menywod fues i gyda nhw ddim yn briod chwaith. Perthynas ti'n galw 'na, nage affêr,' meddai Rhys, yn benderfynol o wneud ei bwynt.

'Y rhan fwya. Felly te fuest ti 'da menywod priod? Ti'n cyfadde hynny?' meddai Haydn gan edrych i fyw llygaid ei gyfaill.

Edrych ar y llawr wnaeth Rhys, a gollwng ochenaid rwystredig.

'Beth yw hyn? Pwl o gydwybod yn dy henaint?' parhaodd Haydn, yn dechrau mwynhau embaras anghyfforddus Rhys.

'Dyw e ddim yn rhywbeth wy'n falch ohono fe ... bo' fi 'di bod gydag ambell fenyw briod,' meddai Rhys yn syml, heb godi'i lygaid oddi ar y gwair ar ymyl y patio. 'O'dd dim lot o' nhw. 'Na'r pwynt wy'n neud,' mwmialodd. 'Llond llaw.'

Cymerodd y wâc fer i swyddfa Robat ddeng munud i'r ddau gyfaill oherwydd arafwch Haydn, ond roedd yn werth yr ymdrech.

'Chi wedi gweld y bachan hyn ar y seit o gwbl?' holodd Haydn yn frwd.

Codi ei ysgwyddau wnaeth Robat. Prin yr edrychodd ar y ffoto roedd Haydn yn ei ddal o flaen ei lygaid ar sgrin ei ffôn.

'Mae'n gwestiwn digon syml,' dechreuodd Haydn, mewn llais oedd fel matsien yn tanio.

'Beth ma' fy ffrind yn treial ei ddweud yw efallai fod y boi hyn wedi aros ar y seit, mewn carafán, heb dalu,' torrodd Rhys ar ei draws.

'Tydi o ddim yn gwestiwn syml,' meddai Robat, yn crychu'i dalcen fel gwyddonydd oedd ar fin datgelu datblygiad newydd cyffrous i'r byd. 'Yn fama dwi fel gweinidog neu ddoctor,' eglurodd, 'ac mae 'na'r fath beth â chyfrinachedd y cwsmer, w'chi.' Wrth iddo ddweud y geiriau, trawodd ochr ei drwyn â'i fys mewn ffordd hollwybodus. Llwyddodd hynny i wylltio Haydn yn fwy fyth.

'Wneith "Ie" neu "Na" syml y tro,' meddai'n ddig.

'Ond be am "ella"?' holodd Robat.

'Ella?' ailadroddodd Rhys.

'Ia. Ella 'mod i wedi'i weld o. Ella nad ydw i ddim. Mae cannoedd yn mynd a dŵad ar y maes 'ma, w'chi, a does 'na'm posib cofio pob un wan jac, heblaw'ch bod chi'n ...' meddai Robat, gan ledu ei lygaid a gadael ei frawddeg yn benagored.

'Oni bai bo' chi'n beth?' holodd Rhys mor gwrtais â phosib.

'Eich bod chi'n godwr cyrtans,' meddai Robat, â rhyw wên yn tanio yn ei lygaid am y tro cyntaf.

Edrychodd Haydn ar Rhys ac ysgwyd ei ben. Yn amlwg, doedd ganddo ddim syniad am beth roedd Robat yn sôn.

'Faswn i fy hun byth yn medru datgelu un dim,' meddai Robat yn amddiffynnol, 'ond, fel ddeudis i, tasach chi'n digwydd siarad efo codwr cyrtans fatha Hilda Howells yng ngharafán B127, sy'n weddol agos i'r un dach chi'n aros ynddi, wel ... ella bysach chi'n cael mwy o synnwyr. Ond ella ddim. Dibynnu sut hwyl fydd arni.'

'Wy'n eich deall chi nawr. Mae Hilda'n un i gario clecs, yw hi? "Codwr cyrtens"? Ha, ie, da iawn,' meddai Rhys.

'Ie. Feri gwd,' ychwanegodd Haydn, wedi'i blesio ryw fymryn o'r diwedd.

'Ma' Hilda yma am y naw mis mae'r seit ar agor, w'chi, ac yn nabod pawb,' meddai Robat.

'Diolch am eich help, Robat,' meddai Rhys yn foneddigaidd, cyn ei throi hi i gyfeiriad carafán Hilda. Trodd at Haydn gyda gwên ar ôl mynd allan o glyw perchennog y parc gwyliau. 'Wel, o'dd 'na fel cael gwaed mas o garreg.'

'Mae'r boi'n meddwl 'i fod e yn MI5, weden i,' cytunodd Haydn, yn gwingo wrth i'w bigwrn frathu.

Roedd Hilda'n fenyw heini iawn o ran corff ac ysbryd, o ystyried ei bod hi'n wyth deg dau mlwydd oed, gyda chorff main balerina a phen oedd yn edrych yn annaturiol o fawr o ganlyniad i'r helmed o wallt iachus oedd yn union yr un lliw â hoff win coch Haydn a Rhys. Gwisgai sandalau plaen, slacs du a chrys gwyn.

Pan ddaeth y ddau ar ei thraws hi yn tacluso'i decin gydag ysgub hen ffasiwn fe daflwyd Haydn yn llwyr, gan fod ei llygaid brown siarp yr un ffunud â rhai Ann. Sylwodd Hilda ar ymateb Haydn yn syth.

'Mi wn i mai ysgub ydi hwn, ond 'sdim isio i chi boeni, dydw i ddim yn wrach,' meddai, ei gwên gam yn datgelu o leiaf dri dant aur.

'Hilda, ie?' holodd Rhys yn ei lais dwfn mwyaf bonheddig.

'Ia. Sut fedra i'ch helpu chi? Er, dwi'n amau 'mod i'n gwybod yr ateb i'r cwestiwn yna'n barod,' meddai'r hen wraig. Edrychodd Haydn a Rhys ar ei gilydd. 'Dowch rŵan,' meddai, 'mi fedrith unrhyw ffŵl weld bod gynnoch chi ryw obsesiwn efo carafán 120. Rachel Daniels, ia? Yn enwedig chi,' meddai, gan bwyntio at Haydn. 'Yn sbio arni drwy'r teclyn 'na. Dyna'r cwbl dach chi wedi'i neud ers i chi gyrraedd. Ddylwn i'ch riportio chi i Robat mewn gwirionedd.'

'Am beth?' holodd Haydn yn amddiffynnol.

'Am fod yn stelciwr, siŵr iawn.' Sylwodd Hilda ar ddryswch Haydn. '*Stalker*?' eglurodd mewn llais nawddoglyd, fel petai'n siarad â phlentyn bach.

Taflodd Rhys gipolwg ar Haydn i'w siarsio i gadw'i ben. 'Chi'n nabod Rachel Daniels 'te?' holodd.

'Nabod? Hmm. Dwn i'm am hynny. Dwn i'm os fedrith unrhyw un nabod rhywun arall go iawn,' atebodd Hilda. Roedd golwg braidd yn ddirmygus arni – y dirmyg hwn, mae'n amlwg, oedd ei tharian yn erbyn y byd.

'Ry'ch chi yma am y rhan fwyaf o'r flwyddyn, ni'n clywed?'

'Heblaw Rhagfyr, Ionawr a Chwefror pan fydda i efo fy merch yn Awstralia,' meddai mewn ffordd ddigon ffwrdd-â-hi.

'Felly ry'ch chi'n gwybod pwy yw pwy, a beth yw beth,' meddai Rhys, gan godi un o'i aeliau'n obeithiol.

'Mae'n dibynnu yn union be dach chi isio'i wybod,' meddai Hilda, yn pwyso ar bolyn yr ysgub.

'Unrhyw beth am Rachel Daniels, a'r bobl sy'n dod i'w gweld hi,' meddai Haydn yn frwd.

'Mi gostith o i chi,' meddai Hilda'n ofalus, ac edrychodd Haydn a Rhys ar ei gilydd eto. 'Dwi'm yn sôn am bres. Rwbath o'r siop. Rwbath a dipyn o fybls ynddo fo. Nid lemonêd.'

'Siampên, neu Prosecco?' holodd Rhys, wedi deall yn syth.

'Dewiswch chi, ond dewiswch yn ddoeth,' meddai Hilda, a'r dirmyg unwaith eto yn agos iawn at yr wyneb.

'Gewn ni weld os yw'r wybodaeth werth e gynta,' meddai Haydn yn styfnig, ond ystumiodd Rhys ar Haydn i ddangos y llun ar ei gamera.

'Pwy mor aml y'ch chi wedi gweld y dyn 'ma gyda Rachel, er enghraifft?'

Astudiodd Hilda'r llun yn ofalus, gan dynnu sbectol o boced frest ei chrys er mwyn gwneud hynny. 'Dwi erioed wedi ei weld o,' meddai'n bendant, a rhoi ei sbectol yn ôl yn ei phoced.

Crebachodd osgo Haydn ryw fymryn, a sylwodd yr hen wraig ar hynny.

'Cofiwch, ella'i fod o wedi bod yma,' meddai'n fwy gobeithiol, 'a 'mod inna heb ei nabod o,' ychwanegodd gan wenu.

'Beth y'ch chi'n feddwl?'

'Mae 'na *rywun* 'di bod draw efo hi fwy nag unwaith, yn gwisgo hwdi, trowsus tracsiwt a threiners gwyn. Ddim isio i neb 'i nabod o, debyg.'

Goleuodd llygaid Haydn drachefn o glywed hyn, ond roedd Rhys yn fwy gwyliadwrus.

'Pwy sy'n cyflenwi cyffuriau ar y seit?' holodd.

'Am gwestiwn! Wn i ddim, dwi dros fy mhedwar ugain! Ond mi welis i *chi*'n tanio joint y peth cynta bora 'ma, efo'r wawr, felly 'swn i'n meddwl bod gynnoch chi well syniad na fi,' meddai hi'n biwis.

'Reit. Wel, diolch i chi am eich help, Hilda. Os welwch chi'r dyn yn y llun, wnewch chi roi gwybod i ni, plis? Wna i adael potel o siampers tu fas i'ch drws chi nes mlaen. Hwyl am y tro,' meddai Rhys, gan droi i adael.

'Da boch chi rŵan,' meddai Hilda, gan roi ysgubiad bach olaf i'r decin cyn mynd i mewn i'w charafán.

Wedi iddyn nhw ddychwelyd i'r garafán daeth yn amlwg yn weddol sydyn fod Rhys yn anniddig.

'Mae'n drueni bod yn styc rhwng pedair wal trwy'r dydd, nagyw hi, yn y tywydd hyn? Ddylen ni weld bach o'r ynys,' cynigiodd.

'Ie, iawn. Cer di os ti moyn,' atebodd Haydn yn ddigynnwrf.

'A beth wyt ti'n mynd i neud trwy'r dydd 'te? Gorwedd ar dy din fan hyn, ife?'

'*Injured in action*, achan, whare teg.'

'Ti'n ddigon da i ddod yn y car 'da fi. Dere, Haydn.'

Yn sydyn, sylweddolodd Haydn nad oedd e am i Rhys fod yn y car ar ei ben ei hun. Cododd ar ei draed gan achosi i'w benglin glician yn swnllyd eto.

'Wedodd y Robat 'na rywbeth am allwedd i'r sied, yn do fe?' gofynnodd.

'O'n i'n meddwl bo' ti heb ddeall gair wedodd e,' atebodd Rhys.

'Ble wedodd e o'dd yr allwedd?'

'Pam ti moyn e, Haydn?'

'Jyst moyn tsieco'r sied mas, 'na i gyd,' meddai, yn ceisio'n aflwyddiannus i beidio swnio'n amheus. Aeth Rhys i nôl yr allwedd oedd o dan y tostiwr, a'i rhoi i Haydn.

Gwenodd Haydn wrth deimlo'r allwedd yng nghledr ei law. Straffaglodd i lawr y grisiau metel gan ddefnyddio'r hen ffon i'w helpu, a gwasgu botwm ar allwedd ei gar i agor y bŵt. Cododd fag Sainsbury's oren ohono, a chau'r bŵt ar ei ôl, gan ofalu nad oedd Rhys yn ei wylio trwy'r ffenest. Yna cerddodd i ben draw'r garafán.

Wrth ymyl y ddau ganister nwy coch roedd sied fach fetel weddol newydd yr olwg. Trodd Haydn fwlyn y drws wrth droi'r allwedd. Roedd pob math o drugareddau y tu mewn i'r sied, oedd yn fwy na'r disgwyl: cynfas blastig werdd, can dyfrio, wetsiwt ac esgidiau rwber a bocs yn llawn taclau garddio. Roedd hyd yn oed beic yn hongian oddi ar resel. Cwatodd Haydn y bag Sainsbury's y tu ôl i bedwar bag o wrtaith, gan daflu rhywfaint o'r gynfas werdd dros y cyfan. Wrth gloi drws y sied, sylwodd fod ei law yn crynu. Roedd hynny'n hollol naturiol, ystyriodd Haydn. Wedi'r cwbl, anaml iawn y byddai'n gafael mewn dryll wedi'i lwytho, dryll oedd yn barod i'w danio.

Pennod 6

Rhygnodd gweddill y bore yn ei flaen heb unrhyw olwg o Rachel. Roedd ei Vauxhall Corsa coch wedi'i barcio wrth ymyl ei charafán, ond er mawr rwystredigaeth i Haydn, roedd bleinds y garafán ynghau, felly nid oedd modd cadarnhau ei bod hi'n dal yno. Ffocysodd ei sbienddrych ar y ffenestri, yn effro i'r symudiad lleiaf.

Er bod ei bigwrn fymryn yn well roedd ei anaf yn dal i fod yn ergyd i'w ymgyrch. Byddai'n rhaid iddo ddibynnu mwy ar Rhys nag y byddai wedi'i hoffi, er ei fod e'n amau nad oedd calon ei gyfaill yn y gwaith.

Roedd ei ffrind bore oes wedi newid ei feddwl am fynd am dro yn y car ac wedi penderfynu picio i'r siop i brynu papur Sul. Roedd Rhys hefyd angen prynu brwsh dannedd, medde fe – pan agorodd ei fag ymolchi ar ôl cyrraedd y garafán y noson gynt roedd wedi darganfod bod yr un a gadwai yno fel arfer wedi diflannu. Doedd Haydn ddim am gyfaddef mai fe gipiodd y brwsh at ei ddibenion ei hun ryw bythefnos ynghynt, wrth esgus mynd i'r tŷ bach yng nghartref ei ffrind.

Clywodd Haydn ei ffrind yn chwibanu alaw 'Rwy'n canu fel cana'r aderyn' wrth nesáu at y garafán. Ar ôl dringo'r grisiau metel gosododd dri phapur newydd gwahanol ar y bwrdd, a'r etholiad a oedd ar y gorwel oedd yn hawlio mwyafrif y penawdau.

'O'dd angen prynu tri papur 'te?' gofynnodd Haydn wrth eu bodio. Roedd y tudalennau chwaraeon yn frith o sylwadau disgwylgar am gêm gyntaf Lloegr yn erbyn Serbia y noson honno yn nhwrnamaint pêl-droed yr Ewros.

'O'dd, rhag ofn y bydd angen i ni aros 'ma trwy'r dydd. Ac o'n i moyn gweld shwt mae'r gwynt yn chwythu gyda'r polau piniwn diweddaraf. Mae'r lecsiwn bythefnos i ddydd Iau.'

'Pwy bynnag blaid enillith, wneith yr un o'r diawliaid fawr

o wahaniaeth i Gymru. Dy'n ni'n golygu dim iddyn nhw yn Llundain,' meddai Haydn.

'Beryg bod ti'n iawn,' atebodd Rhys.

'Ti 'di newid dy gân,' meddai Haydn â syndod yn ei lais.

Cododd Rhys ei ysgwyddau'n ddifater.

'O't ti'n arfer bod o blaid giang Blair. Llundain o'dd y cwbl. O't ti'n edrych lawr dy drwyn ar Blaid Cymru.'

'Paid gor-weud nawr, Haydn. Wedes i erioed hynny.'

'O'dd dim isie i ti.'

'Be ti moyn i fi weud, 'te? Y gwir yw, mae bod 'nôl yng Nghymru Fach wedi 'nghallio i, wy'n credu,' meddai Rhys, yn gwenu.

Wrth setlo i ddarllen ger y bwrdd, ystyriodd Rhys ei eiriau ei hun. Ers iddo ddychwelyd i'w gynefin roedd hi'n wir fod ei bersbectif ar y byd wedi newid mewn ffyrdd cynnil. Teimlai'n fwy o Gymro, yn sicr. Yn fwy o genedlaetholwr hefyd. Roedd rhyw atyniad rhyfedd wedi'i dynnu at ei wreiddiau, bron fel magned, ac er mawr syndod iddo roedd yn dwli ar fyd natur eto, fel petai'n gweld popeth o'r newydd. Pethau syml fel rhediad nant, neu gip annisgwyl o grychydd cam. Neu hyd yn oed defaid mewn cae. Roedd y cyfan yn llesol i'w enaid.

Sylweddolodd, jyst cyn gwneud y penderfyniad i symud adre i Geredigion, ei fod wedi bod yn cwrso'i gynffon am ddegawdau yn y ddinas fawr. Wastad ar hast. Wastad dan bwysau. A rhyw deimlad annelwig o fygythiad yn yr awyr. Roedd y palmentydd llychlyd a'r wynebau dienaid, dieiriau ar y trenau yn troi arno erbyn y diwedd. A'r synau diderfyn, y seirenau di-baid. Bloeddiadau disymwth rhyw wehilyn mas o'i ben ar gyffuriau a neb, gan gynnwys Rhys ei hun, fel petaen nhw'n becso dam. Pennau lawr, bwrw mlaen â'u dydd.

Ers iddo gyrraedd adre roedd yn fwy goddefgar, a llawer mwy o amynedd ganddo gyda phobl. Yn wir, roedd wedi mwynhau cymaint ar y saith mlynedd diwethaf roedd yn difaru peidio gadael Llundain ynghynt. Ond eto, yr un person oedd e yn y bôn, doedd bosib? Wedi meddalu rhywfaint, efallai, a da o beth oedd hynny. Sylwodd fod y tegell ar fin berwi.

'Te neu goffi ti moyn?' holodd.

'Dere â phaned o de tro hyn 'te. Diolch,' atebodd Haydn, yn parhau i edrych trwy'r ffenest rhag ofn iddo gólll rhyw symudiad o garafán Rachel.

Yn sydyn, canodd ei ffôn symudol. Pwysodd Haydn draw i weld pwy oedd yn galw, a gwelodd enw Teleri ar y sgrin fach. Yna, fel rhyw dric hud a lledrith, ymddangosodd ei hwyneb i lenwi'r sgrin.

Lliwiodd Teleri ei gwallt yn binc yn ddiweddar, a doedd Haydn yn dal ddim yn gyfarwydd ag e. Doedd e ddim yn credu bod y fath olwg yn siwtio mam i blant yn eu harddegau, er, i fod yn deg, ei bod hi'n ddeugain oed ifanc ei ffordd a'i hysbryd. Gwenodd Teleri arno, gan godi'i llaw a gweiddi, 'Sul y Tadau hapus, Dad!'

Gwasgodd Haydn y botwm priodol ar ei ffôn er mwyn dangos ei wyneb yntau. 'Diolch, cariad,' atebodd.

'Chi'n joio? Ody Wncwl Rhys 'da chi?'

'Ody, ody. Ma' fe'n neud paned i ni,' meddai Haydn.

Gwingodd rhywbeth tu mewn iddo o glywed Teleri'n arddel yr hen arferiad o alw Rhys yn 'wncwl', er ei bod yn ffordd annwyl, ddigon cyffredin, o gyfarch ffrindiau i'r teulu. Daeth Rhys draw a rhoi ei ben wrth ymyl un Haydn.

'Haia, Teleri fach. Shwt wyt ti?'

'Grêt, diolch. Er ... dyw hi ddim yn Sul y Tadau braf iawn i Manon ac Iwan, gyda Scott yn gweithio. Nid bo' nhw'n gweld 'i isie fe chwaith. Pennau yn eu ffôns trwy'r dydd!'

'*Teenagers*, ife,' meddai Haydn, yn ysgwyd ei ben. 'Cofia fi atyn nhw.'

'Wna i. Shwt le sy 'da chi fanna 'te? Chi 'di bod mewn i'r môr eto?'

'Na. Dim eto. Falle awn ni pnawn 'ma,' meddai Haydn yn gelwyddog.

'Chi 'di cwrdd â phobol eraill 'to? Odyn nhw'n bobol neis ar y seit?'

'Lot o Gogs 'ma. A Sgowsers, ife,' meddai Haydn yn ddifeddwl.

Symudodd Rhys allan o'r llun ac ysgwyd ei ben yn ffyrnig ar Haydn er mwyn ei atgoffa eu bod nhw wedi dweud wrth Teleri taw mynd i Benrhyn Gŵyr am wyliau oedden nhw, rhag i Scott ddod i wybod eu bod nhw ar ei drywydd. Edrychai Teleri ychydig yn ddryslyd, os nad yn amheus.

'Bach yn bell i ddod, nagyw e, o Lerpwl i Benrhyn Gŵyr?' gofynnodd.

'Na, na. O'r Cymoedd maen nhw'n dod. Sgowsers yn byw yn y sowth,' meddai Haydn, yn ceisio adfer y sefyllfa. 'A'r Gogs o Gaerdydd,' ychwanegodd, heb fawr o argyhoeddiad.

Drwy gornel ei lygad gallai Haydn weld Rhys yn chwifio'i freichiau'n ôl ac ymlaen yn wyllt, fel petai'n arwain awyren i lanio mewn maes awyr. Tynnodd ei law dde ar draws ei wddf mewn symudiad clou, i ddynodi y dylai Haydn orffen yr alwad ffôn. Edrychodd Haydn yn ddryslyd arno, cyn sylwi fod Rhys yn pwyntio'n frwd i gyfeiriad carafán Rachel. Syrthiodd y geiniog o'r diwedd.

'Sori, cariad, well i fi fynd. Ma' rhywun wrth y drws. Hwyl i ti nawr.'

Diffoddodd Haydn yr alwad a rhuthro ar ôl Rhys draw at y ffenest. Roedd gan Rachel ymwelydd gwrywaidd, oedd yn camu allan o Volvo du trydan newydd sbon. Daeth Rachel allan o'i charafán, yn wên o glust i glust, a'i gofleidio'n wresog.

Daeth Rhys i'r casgliad digon rhesymol taw sboner Rachel oedd piau'r car drudfawr. Roedd hyn yn achos i ddathlu – gallai'r ddau fynd i gael cinio Sul ar lan y Fenai, nawr nad oedd angen iddyn nhw aros i Scott gyrraedd. Roedd *tip-off* Eirlys Gwyngoed Fach wedi'u harwain nhw ar y trywydd anghywir. Os oedd affêr yna hwn oedd y bachan, nid Scott, doedd dim amheuaeth.

Doedd Haydn dim yn cytuno.

'Ddylen ni ddim neud unrhyw benderfyniadau mowr am y boi hyn nes bo' ni'n gwybod pwy yw e,' mynnodd.

'Wyt ti'n gyfarwydd â theori'r hwyaden?' gofynnodd Rhys.

Roedd hyn yn beth arall am Rhys fyddai'n mynd dan groen Haydn – rhyw ddamcaniaethau dwl nad oedd neb normal wedi clywed amdanyn nhw. Nid arhosodd Rhys am ateb.

'Ma' fe i neud â'r hyn ti'n weld o dy flaen di. Os yw e'n edrych fel hwyaden, yn cerdded fel hwyaden ac yn cwacian fel hwyaden, yna siŵr o fod mai hwyaden yw e.'

'Beth yffach sy 'da hwyaden i neud ag unrhyw beth?' meddai Haydn yn flin.

'Fel y rhaglen gwis 'na ar nos Sadwrn. *Catchphrase*.'

'Say what you see,' mentrodd Haydn.

'Ti 'di 'i deall hi. Dim ond cariadon fyddai'n cwtsio a chusanu fel'na,' mynnodd Rhys yn daer.

'Sa' i'n gwybod. Ei brawd hi, falle? Neu ffrindiau da,' cynigiodd Haydn.

'Ffrindiau da iawn 'sen i'n gweud. Edrych – mae'r bleinds ar gau.'

'O'dd y bleinds ar gau cynt.'

'Ond dyw hi heb 'u hagor nhw, i'r *guest*, yw hi? Achos bo' nhw moyn cwato beth sy'n mynd mlaen. Wy'n gweud 'thot ti, Haydn, os yw Rachel yn cael affêr, yna 'da'r boi hyn mae'r hanci-panci.'

'Ni ddim yn gollwng y busnes Scott hyn i fynd, Rhys. Alle hi fod yn cael mwy nag un affêr.'

'Yffach, Haydn bach, wy'n gwybod o't ti erioed yn licio Scott, ond ma' isie i ti gredu'r hyn ti newydd weld o flaen dy lygaid di. Dyna'r affêr, nage Scott.'

Sylwodd Rhys ar olwg bell, synfyfyriol Haydn. Roedd e'n meddwl am barti pen-blwydd Teleri'n ddeugain oed, gwta fis yn ôl. Huriwyd pabell fawr i'w gosod yn ei gardd a daeth llu o'i ffrindiau yno i ddathlu'r achlysur. Aeth y diwrnod fel watsh, ond gyda'r nos dechreuodd Teleri a Scott ddadlau'n ffyrnig o flaen pawb. Er i Haydn ofyn beth oedd asgwrn y gynnen, ni ddywedodd Teleri wrtho. Goryfed y ddau gafodd y bai am y cecran, ond wedi iddo weld y llun dynnodd Eirlys Gwyngoed

Fach o Scott a Rachel gyda'i gilydd bu i Haydn Poirot roi dau a dau at ei gilydd. Dyna oedd gwir achos y gynnen, heb os, i Haydn. Roedd Teleri eisoes yn amau ei gŵr, a rôl ei thad oedd canfod y dystiolaeth.

Ceisiodd Rhys dynnu Haydn allan o'i bendroni llesmeiriol.

'Ol-reit, wnawn ni barhau i gadw golwg, os mai 'na beth ti moyn,' meddai.

Dihunodd Haydn, gan ffocysu unwaith eto ar yr orchwyl dan sylw.

'Ma' angen i ni ddod i'w nabod hi, t'wel, Rhys. Ei phatrwm bob dydd hi. Cael proffeil seicolegol ohoni, fel y boi mowr 'na ar y teledu flynydde 'nôl, Albanwr ...'

'Robbie Coltrane,' torrodd Rhys ar ei draws.

'Ie, 'na ni. Cracyr. Yffach o gyfres dda.'

'Ma' fe 'di'n gadael ni,' meddai Rhys yn ddwys.

'Ody e?'

'Do, do. Tua'n oedran ni o'dd e, wy'n credu.'

'Paid dechre nawr ...'

'Dechre beth?'

'Sôn am ein hoedran ni. Mae'n dipresing.'

'Jyst gweud o'n i.'

'Wel, 'sdim isie i ti weud.'

Oedodd Rhys am ychydig eiliadau cyn parhau. 'Gweud o'n i taw saith deg dou oedd e, wy'n credu, pan adawodd e ni.'

'O'dd e'n cario pwysau,' meddai Haydn, fel petai hynny'n ddigon i egluro ymadawiad disymwth yr actor.

'Fydda inne hefyd, os na gaf i'n wâc deng mil o gamau.'

'Pam ti moyn mynd i rywle trwy'r adeg?'

'Wel, ni ar Ynys Môn, Haydn bach. Os ti'n cofio, gytunais i i dy helpu di os gelen i 'mbach o wylie yr un pryd. 'Na beth o'dd y ddêl. Ma' cymaint i'w weld 'ma, yn enwedig ar ddiwrnod fel heddi, heb 'run cwmwl yn yr awyr. Jyst gweud y'f i 'i bod hi'n drueni aros fan hyn trwy'r dydd ...'

Stopiodd Rhys ar ganol ei frawddeg wrth sylwi ar yr olwg ddwys ar wyneb Haydn, a oedd yn edrych draw at garafán

Rachel. Edrychodd yntau i'r un cyfeiriad a gweld y dieithryn yn arwain Rachel i'w gar.

'Falle gei di weld bach o Sir Fôn, wedi'r cwbl,' meddai Haydn. 'Dere, glou, Rhys. Ar 'u hole nhw. Thunderbirds are go.'

Pennod 7

Sgrialodd y Volvo allan o'r maes carafannau fel cath i gythraul, a bu bron i Rhys eu colli nhw o fewn y munudau cyntaf wrth iddo geisio ymgyfarwyddo â char awtomatig Haydn.

'Cofia nawr, ma' fe fel un o geir y bympyrs yn y ffair, jyst defnyddio un troed,' eglurodd Haydn gan ddiawlio anaf ei bigwrn am y canfed tro.

'Car dyn pwdwr. O'n i byth yn disgwyl gweld ti mewn awtomatig a tithau wedi bod yn ralio,' meddai Rhys, yn mwynhau tynnu ar Haydn.

'Syniad Ann. O'dd e'n help i gael trwydded barcio anabl – gweud bo' fi'n gorfod cael awtomatig oherwydd y gwynegon yn fy nhroed.'

'O, yffach, ie. Mae'r trwyddedau 'na fel aur,' cytunodd Rhys.

Dechreuodd Rhys fwynhau'r helfa wrth ddilyn y ddau allan o'r maes carafannau i ymuno â'r lôn fawr.

'Tipyn o bôc yn hwn, whare teg,' meddai Rhys, yn gwenu.

'BMW, ife. Jyrmans wedi'i deall hi,' cytunodd Haydn.

'Mae'r boi'n dreifio fel rhywun hanner call a dwl, achan. Ti'n meddwl bod e 'di sylwi bo' ni'n 'i ddilyn e? Bod e'n treial dianc?' meddai Rhys, yn canolbwyntio ar heol droellog yr arfordir.

'Nag yw. Cadw dy bellter. 'Sdim isie mynd yn rhy agos, rhag ofn iddi hi fy nabod i,' atebodd Haydn o'r tu ôl i'w sbectol haul rad, gan daro'r dashfwrdd â'i ffon.

'Ni fel Starsky and Hutch!' chwarddodd Rhys.

''Sen i 'di licio bod yn blisman, wy'n credu,' meddai Haydn. Nid atebodd Rhys.

'Yn enwedig yn rhywle fel Llundain,' ychwanegodd Haydn, heb sylwi ar y wên smala a oedd wedi ymddangos ar wep ei ffrind.

Parhaodd Rhys i edrych yn ei flaen, a throi oddi ar heol yr arfordir ar ôl y Volvo, oedd yn anelu i gyfeiriad canolfan arddio.

Yn anterth ei yrfa roedd Rhys yn adnabod sawl un o swyddogion y Met yn bersonol, ac arferai ambell un dderbyn amlen lawn arian parod ganddo o dro i dro. Prynu ffafrau oedd e, sicrhau y bydden nhw'n edrych i gyfeiriad arall ar adegau neilltuol pan fyddai rhywbeth llai na chyfreithlon ar droed yn ei glwb nos neu yn un o'i ddau westy yn ardal Victoria yn Llundain. Ac fe weithiodd y trefniant fel watsh am flynyddoedd.

Ar ôl cyrraedd y ganolfan arddio parciodd Rhys y BMW yn yr un maes parcio â'r Volvo, rhyw ugain llath ddiogel i ffwrdd.

'Ddylen ni eu dilyn nhw,' meddai Haydn, gorchymyn yn hytrach na chwestiwn.

'I beth?' holodd Rhys. ''Sdim byd yn cadarnhau bo' nhw'n gwpwl yn fwy na mynd i ganolfan arddio gyda'i gilydd, achan!'

'Mae rhywbeth yn od amdanyn nhw. Dyw'r *body language* ddim yn iawn.'

''Sdim disgwyl iddyn nhw lapswchan yn y tŷ gwydr ynghanol y tomatos, o's e?' chwarddodd Rhys.

Anwybyddodd Haydn ei sylw. 'Dere. Ar eu holau nhw,' mynnodd, gan agor drws y car a defnyddio'r ffon i'w helpu i godi ar ei draed.

Dilynodd y ddau ddyn y cwpwl ieuengach o gwmpas y ganolfan arddio fel dau stelciwr. Ar un adeg, allan yn y cefn yn adran y blodau, meddyliodd Haydn fod Rachel wedi ei weld. Neidiodd y tu ôl i blanhigyn bambŵ tal i gwato – drwy lwc, roedd melyn ei grys Hawaiaidd yn asio'n berffaith â'r prennau a'r dail. Yn slei bach, tynnodd Rhys lun ohono ar ei ffôn.

Ar ôl eu dilyn am ugain munud doedd Haydn a Rhys fawr callach am y berthynas rhwng y dieithryn a Rachel. Rhyddhad o'r mwyaf iddynt oedd gweld Rachel, o'r diwedd, yn prynu *hydrangea* mewn potyn a'i throi hi am y maes parcio.

Yn ôl yn sedd y gyrrwr, lleisiodd Rhys ei anfodlonrwydd. 'Dyna o'dd gwastraff amser.'

'Yn ara deg mae dal iâr,' myfyriodd Haydn.

'Bwyta iâr licen i neud,' atebodd Rhys, gan ychwanegu ei fod e'n clemio eisiau bwyd.

'Dere, Haydn, er 'i bod hi'n Sul y Tadau, wy'n siŵr y gallwn ni gael cinio Sul yn rhywle deche.'

Ond dilyn y Volvo drachefn wnaeth y ddau, nes iddo stopio mewn maes parcio ar lan y môr ger cildraeth heb fod yn bell o bentref Marian-glas. O fewn dim setlodd Rachel a'r dyn ar ddarn o draeth, gyda Rachel yn rhwbio eli haul i'w chorff yn frwd.

'Ti'n gweld?' meddai Haydn, yn dechrau cyffroi, ''sen nhw'n gwpwl byddai'r boi wedi rhwbio'r eli haul ar ei chefn hi.'

Roedd yn rhaid i Rhys gydnabod yn dawel fach efallai fod pwynt gyda'i gyfaill, ond doedd wiw iddo gydnabod i Haydn ei fod yn iawn.

'Wel, os ni'n mynd i eistedd ar y wal hyn yn eu gwylio nhw trwy'r prynhawn, man a man i ni gael hufen iâ,' meddai.

''Na'r peth calla ti 'di gweud trwy'r dydd,' atebodd Haydn.

Ar ôl i Rhys fynd draw i'r ciosg bach i archebu'r hufen iâ parhaodd Haydn i wylio Rachel a'r dyn, trwy ei sbienddrych erbyn hyn. Roedd beic dŵr yn taranu'n swnllyd yn y pellter, a Land Rover gyda threlar ar y traeth, mwy na thebyg yn aros iddo ddod i'r lan. Roedd hi'n hen broblem, wrth gwrs, er taw cychod modur oedd y broblem flynyddoedd yn ôl. Cafodd ei atgoffa o ddigwyddiad pan oedd Teleri tua naw oed, ac yn chwarae yn y môr yng Ngheinewydd. Wrth i gwch modur lanio ar y traeth cafodd rhyw Sais rhodresgar bryd o dafod gan Haydn ac aeth pethau'n flêr. Y diwrnod hwnnw roedd Haydn wedi ymuno â'i ferch a'i wraig ar ôl diwrnod caled o adeiladu, ac wedi dod yno yn ei fan waith. Ar ôl cwympo mas â'r dyn, dychwelodd Haydn i'w fan i nôl morthwyl gyda'r bwriad o greu tolc yn ochr y cwch, ond erbyn iddo ddychwelyd i'r traeth roedd y Sais a'i gwch wedi diflannu.

Er i Haydn geisio cuddio'r morthwyl mewn bag plastig roedd Ann wedi sylweddoli beth oedd ar ei feddwl. Roedd hi'n llawer rhy hirben i roi stŵr iddo o flaen Teleri, ond yn nes ymlaen y noson honno bu'n holi Haydn am y morthwyl ac am ei dymer, oedd fel matsien.

Yn sydyn, daeth ton o hiraeth drosto. Roedd yn gweld eisiau'r agosatrwydd cymhleth hwnnw nad oedd ond yn dod gyda chymar oes. Roedd y ddau ar y traeth, Rachel a'r dyn, wedi ei atgoffa am eiliad o Ann ac yntau pan oedden nhw tua'r un oedran. Synhwyrodd y dagrau'n cronni o dan ei sbectol haul, a phan welodd fod Rhys yn dychwelyd, sychodd ei lygaid yn glou cyn codi ar ei draed.

'Ti 'di cofio fy ffefryn i, whare teg,' meddai, a gwenu'n foddhaus wrth gymryd ei *raspberry ripple*.

'Dal sownd,' meddai Rhys, oedd wedi sylwi bod dyn y Volvo bellach yn cerdded i fyny tuag atynt. 'Ble ma' hwn yn mynd nawr?'

'Falle'i fod e chwant hufen iâ,' cynigiodd Haydn.

Ond i'w gar aeth y dyn, gan yrru ymaith. Edrychodd y ddau ar ei gilydd yn gegrwth. A oedd y ddau wedi ffraeo? Wedi'r cwbl, roedd y dyn wedi gyrru i ffwrdd yn gyflym, fel petai wedi gwylltio. Ond yn ôl Haydn, ni fu unrhyw arwydd o gweryl.

Roedd Rhys yn mynd yn fwyfwy diamynedd. 'Reit, ma' Rachel mewn lle cyhoeddus ar ei phen ei hun. Allen i fynd lan ati, fel petawn i ar wyliau, i geisio dysgu mwy – dyw hi ddim yn fy nabod i.'

'Na,' mynnodd Haydn. 'Wy ddim moyn iddi sylweddoli'n bod ni'n ei hamau hi. Os welith hi ni ar y maes carafannau wedyn bydd hi'n gwybod ein bod ni wedi'i dilyn hi.'

Ar ôl rhyw ugain munud o bendroni a chynllunio'u camau nesaf, dychwelodd y dyn … yng nghwmni gwraig a dau o blant, a redodd i lawr y traeth dan weiddi 'Anti Rachel!'. Doedd dim amheuaeth. Brawd Rachel oedd y dyn, ac ar ôl eu holl ymdrechion doedd Haydn a Rhys fawr callach ynglŷn â'i haffêr honedig â Scott.

Cafodd Rhys ei ginio Sul yng ngardd gwrw tafarn ar lan y Fenai. Llowciodd blataid mawr o gig oen Cymreig gyda gwydraid mawr o Merlot yn gyfeiliant persain iddo.

'Ew, Haydn bach, ni'n byw mewn gwlad bert, 'sdim dowt am 'nny.'

'Ti'n iawn,' atebodd Haydn yn dawel, gan edrych draw ar fynyddoedd ysblennydd Eryri yn y pellter.

'Dere mlaen 'te, i'w gael e mas o'r ffordd,' meddai Rhys gyda goslef smala.

'Beth?'

'Ti'm yn mynd i weud "wedes i, do?" wrtha i? O't ti'n iawn am y bachan 'na reit o'r dechre.'

'Dyw e ddim yn rhoi unrhyw bleser i fi dy brofi di'n rong, Rhys. Rhaid i ni fod yn amyneddgar, 'na i gyd. Deith Scott at hon mor sicr â gwenynen at bot jam.'

'A ni'n dou 'ma i gau'r caead arno fe,' meddai Rhys yn hamddenol. 'A beth nei di wedyn, os ddaliwn ni fe'n *red-handed*? Beth yw'r cynllun, Haydn? Ti 'di dod â phinsiwrn sbaddu?'

Symudodd Haydn yn ôl ac ymlaen yn ei gadair blastig werdd, ar bigau'r drain. Doedd ganddo ddim cynllun, neu o leiaf dim un roedd e am ei rannu gyda Rhys. Yn sicr, doedd e ddim am sôn wrth ei ffrind am yr hyn roedd e wedi'i guddio yn y sied. Edrychodd o gwmpas yr ardd gwrw, oedd yn orlawn o deuluoedd yn dathlu gyda'u tadau.

'Wnaethon ni'n dda i gael ford,' meddai Haydn, yn newid y pwnc.

Synhwyrodd Rhys ryw brudd-der yn llais ei gyfaill. Doedden nhw ddim wedi sôn rhyw lawer am Ann ond roedd hi'n amlwg fod Haydn yn gweld ei heisiau, yn enwedig ar ddiwrnod fel heddiw.

'Ffonia Teleri 'nôl os ti moyn,' meddai Rhys yn dyner. 'Gest ti dy styrbio ar hanner dy sgwrs â hi.'

'Na, mae'n ol-reit,' atebodd Haydn. 'Ges i garden 'da hi llynedd – o'n i erioed wedi cael carden Sul y Tadau ganddi o'r blaen. Sa' i'n siŵr pam,' ychwanegodd, yn freuddwydiol bron. Yna taflodd gipolwg i fyw llygaid Rhys, ciplowg a aflonyddodd ar ei gyfaill nes iddo faglu'n lletchwith dros ei eiriau.

'Whare teg iddi. Halodd hi un llynedd, siŵr o fod, achos, ti'n gwybod ...' Stopiodd Rhys ar ganol ei frawddeg, gan obeithio y byddai Haydn yn ei chwblhau ar ei ran. Aros yn dawel wnaeth hwnnw, gan sipian ei win coch yn feddylgar. 'Achos o't ti ar fin bod ar ben dy hunan,' eglurodd Rhys.

'Ie, siŵr o fod,' atebodd Haydn.

Rhys oedd ar bigau'r drain bellach. Edrychodd o gwmpas yr ardd ar yr amrywiaeth o deuluoedd. Dynion o'r un genhedlaeth â Haydn ac yntau, yn cael tynnu'u lluniau yn cofleidio meibion a merched canol oed a wyrion. Tadau ifainc yn dal babis a phlant bach. Sawl cwpwl yn wynebu'i gilydd hefyd: tad a merch neu dad a mab. Roedd rhyw naws unig i'r byrddau hynny, a dyfalodd Rhys taw tadau penwythnos oedd y rhain, wedi ysgaru oddi wrth famau'r plant.

'Wy'n gwybod mai rhywbeth masnachol yw e, ond ma' rhywbeth neis 'mbytu fe hefyd ... Sul y Tadau,' mentrodd ar ôl saib byr.

'Shwt yffarn fyddet ti'n gwybod?' meddai Haydn, yn methu cwato'r dicter yn ei lais.

'Wel, ie, ti'n iawn. Wy ddim yn gwybod yr union deimlad, gan nago'n i'n ddigon ffodus i gael plant, a –'

'Falle bod plant 'da ti,' torrodd Haydn ar ei draws.

'Wel, ie, falle. Ond 'sneb wedi gweud hynny wrtha i erioed, ac ma' hi'n mynd braidd yn hwyr yn y dydd i hynny nawr,' atebodd Rhys yn ofalus.

'Dewis bod yn sengl wnest ti,' parhaodd Haydn, 'gest ti sawl cyfle.'

Nodiodd Rhys ei ben yn amyneddgar, yn hanner disgwyl beth oedd i ddod.

'Gest ti gyfle 'da Ann a chwbl,' meddai Haydn.

'Do, achan, ond ti ddewisodd hi yn y diwedd, ife. Ti, Haydn.'

Llyncodd Haydn weddill ei win coch a gwisgo'i sbectol haul, yn rhannol er mwyn cwato'r gynddaredd oedd yn ei lygaid.

Pennod 8

Mehefin 1979, Ceredigion

Ar ddiwrnod crasboeth o haf yn 1979 roedd dros gant o westeion wedi ymgynnull ym mhrif ystafell Gwesty'r Seabank ar lan y môr yn Aberystwyth i ddathlu priodas Haydn Thomas ac Ann Parry. Roedd angen codi calon ambell un ar y pryd, gan i Gymru wrthod cynnig o ddatganoli mewn refferendwm dri mis ynghynt. I rwbio halen yn y briw, jyst dros fis ynghynt cipiodd y Blaid Geidwadol fwyafrif sylweddol yn Nhŷ'r Cyffredin, dan arweiniad Margaret Thatcher. Nid bod fawr o ots gan Rhys James, y gwas priodas, am y naill ddigwyddiad na'r llall. Gadawodd e dir Cymru y cyfle cyntaf gafodd e, yn ddeunaw oed, i ddechrau cwrs y Gyfraith yng ngholeg King's yn Llundain.

Roedd Rhys yn tynnu tua therfyn ei araith, heb unrhyw nodiadau, a phelydr o olau'r haul yn dod trwy'r ffenest fawr y tu ôl i'r prif fwrdd i oleuo'i wyneb fel petai dan sbotolau ar lwyfan theatr. Edrychai fymryn yn angylaidd ... ond dyna ni, angel oedd Satan hefyd ar un adeg.

'Fel mae nifer ohonoch chi'n gwybod, gath Haydn a finnau ein geni yn yr un ward yn yr un wythnos, yn y dref hon, fel mae'n digwydd. Er bo' ni wedi cael ein *ups and downs*, ni wedi bod 'na i'n gilydd o'r cychwyn cyntaf. Ac er 'mod i'n byw yn Llundain nawr ers naw mlynedd, ni'n dal i weld ein gilydd yn rheolaidd. Wy'n siŵr y bydd hynny'n parhau, os bydd Mrs Thomas yn gadael iddo fe ddod i'r ddinas fowr ddrwg, ife. Wy'n ystyried Haydn fel cath fach ffyddlon – nid yn unig achos 'mod i'n llythrennol wedi achub ei fywyd e bron â bod naw o weithie'n barod, ond achos 'i fod e, ar sawl achlysur yn slei bach, wedi piso yng nghornel 'yn stafell i.'

Chwarddodd nifer o bobl mewn ymateb i'r darlun hwn o'r

priodfab ond arhosodd wyneb Gwyneth, mam Rhys, yn sarrug o sur, fel hen lemwn.

Buasai Rhys wedi gwneud cyfreithiwr da, meddyliodd Delyth, y forwyn briodas, wrth ei wylio'n traethu ei araith i gynulleidfa oedd yn gwrando arno'n astud. Roedd e'n rheoli'r sefyllfa yn llwyr, yn gyfforddus yn ei rôl am y dydd. Ac yn ei siwt streipiog las tywyll roedd e'n eitha pishyn, meddyliodd, ei lygaid ambr trawiadol yn ei denu fel magned.

Parhaodd Rhys â'i araith. 'Ac fel unrhyw berthynas rhwng ffrindiau da mae'n gweithio'r ddwy ffordd. Ma' Haydn wedi bod 'na i fi. Pan golles i 'nhad yn sydyn yn fy ail flwyddyn yn y coleg, yn ugain oed, o'n i ar goll. Do'dd e ddim yn help 'mod i'n casáu'r pwnc o'n i'n ei astudio, sef y Gyfraith. Y peth ystrydebol i ffrind neud fyddai fy annog i gadw i fynd, i gadw'n fisi, ond nid boi cyffredin yw Haydn. Dyw e byth yn neud y pethe amlwg, confensiynol. "The law is an ass," meddai e wrtha i, gan roi ei fraich o 'nghwmpas i. A gadael y cwrs, gyda Haydn yn fy nghefnogi, oedd y peth gorau wnes i erioed.'

Edrychodd Rhys draw ar Haydn ar y pwynt hwn gan nodio'i werthfawrogiad. Roedd ei lygaid yn dechrau dyfrio: golygfa anghyffredin dros ben. 'Wy wedi bwrw mlaen ym myd busnes yn Llundain ers hynny, ac rwy'n falch o ddweud 'mod i wedi gallu helpu Haydn i ddod i benderfyniad pwysig. Na, nid y penderfyniad i ofyn i Ann ei briodi – o'dd hwnnw'n un amlwg yn dilyn y noson sosej a seidr honno i godi arian i'r clwb rygbi 'nôl yn haf crasboeth 1976. Rai blynyddoedd ynghynt wnes i gawlach o 'nghyfle i, ond stori arall yw honno.' Er mai un ysgafn oedd y sylw, edrychodd Rhys yn reddfol draw ar Ann i weld ei hymateb. Gwenu'n gwrtais wnaeth hi a gafael yn dynnach yn llaw ei gŵr newydd. 'Na – a sa' i'n meddwl bod hyn yn gyfrinach – mae Haydn am fentro i sefydlu ei fusnes adeiladu ei hun, ac wy'n falch o ddweud 'mod i wedi cael y cyfle nid yn unig i'w gynghori, ond i roi hwb ariannol sylweddol iddo i'w helpu ar ei ffordd.'

Cafwyd rhywfaint o guro dwylo wedyn, fel cymeradwyaeth i haelioni Rhys, ond sylwodd ambell un o'r gwesteion ar yr olwg syn ar wyneb Ann. Roedd hi'n amlwg fod yr 'hwb ariannol sylweddol' y soniodd Rhys amdano yn newyddion iddi hithau'n ogystal.

Gwenodd Rhys a chododd ei wydr peint. 'Felly, wrth ddathlu'r Mr a Mrs Thomas newydd, edrychwn ymlaen at weld fan waith newydd Haydn Thomas, Adeiladwr, neu maes o law, Haydn Thomas a'i Feibion, Adeiladwyr ... pwy a ŵyr?'

Cafwyd bonllefau o gymeradwyaeth ac ambell floedd o 'hwrê' a chwibanu brwd, ond nid oedd Haydn yn rhy bles fod ei ffrind wedi gadael y gath mas o'r cwdyn parthed ei fwriad i adael Gwilym Harris a mynd ar ei liwt ei hun. Sylwodd fod ei fòs ers dros ddegawd yn edrych draw arno, ac yn codi'i aeliau mewn syndod.

'Beth yw'r hwb ariannol hyn o'dd e'n sôn amdano?' holodd Ann, gan arllwys mwy o win gwyn i'w gwydr.

'Wna i egluro rywbryd 'to. Dim heddi, ife,' atebodd Haydn yn frysiog.

Yn nes ymlaen gyda'r nos, a'r byrddau a'r cadeiriau wedi'u clirio i ochrau'r ystafell, roedd disgo Hefin Bodyshaker yn dechrau codi stêm. Gan ddilyn y traddodiad, y pâr priod oedd i fod i ddawnsio i'r gân gyntaf, a dewis gwreiddiol Haydn ar gyfer yr achlysur hwnnw oedd 'Angie' gan y Rolling Stones, ond roedd Ann yn teimlo nad oedd digon o fynd ynddi. Dyna sut y canfu Haydn ei hun yn ceisio dawnsio i 'Staying Alive' oddi ar drac sain y ffilm *Saturday Night Fever*. Er gwaetha'i siwt wen, a'i chwe sesiwn ymarfer gydag Ann yn ystod y mis blaenorol, roedd Haydn druan yn fwy fel John Trefenter na John Travolta, a'i symudiadau amrwd, amaethyddol, er eu bod wedi'u cyflawni gydag arddeliad, yn peri i'r dorf chwerthin nerth esgyrn eu pennau. Ond doedd fawr o ots gan Haydn, nac Ann chwaith. Roedden nhw'n hapus. Gallai unrhyw un weld hynny. Fel roedd Rhys wedi'i ddatgan yn ei araith, roedden nhw'n siwtio'i gilydd i'r dim. Y syndod mwyaf oedd eu bod nhw wedi cymryd cyhyd i briodi.

Y gân nesaf o drofwrdd Hefin Bodyshaker oedd 'Pishyn' gan Edward H. Dafis, un arall i annog y cyrff i symud. Achubodd Rhys ar ei gyfle i ddatgan ei bod hi'n draddodiad i'r gwas priodas ddawnsio gyda'r forwyn.

'Nethon ni ddawnsio unwaith o'r blaen,' atebodd Delyth, 'a wnest ti ddamsgyn ar fy nhroed.'

'Nid dawnsio oedd y Fest Noz 'na yn Llydaw, achan, jyst cerdded lletchwith,' atebodd Rhys gan wenu.

'Rhai'n fwy lletchwith na'i gilydd,' atebodd Delyth wrth ymuno ag ef ar y llawr dawnsio. Wrth i'r ddau gydsymud yn ddeheuig sylwodd Delyth ar Ann yn eu llygadu fel barcud. Pan ddaeth y gân i ben, cerddodd Delyth at y briodferch.

'Bydda'n ofalus 'da hwnna,' sibrydodd Ann yn ei chlust. 'Ma' tro yn 'i gynffon e.'

Allan ar y promenâd ryw hanner awr yn ddiweddarach, taniodd Rhys sbliff wrth wylio'r haul yn machlud i'r môr. Roedd yn hapus ei fyd ac yn dawel ei feddwl ei fod ar y trywydd iawn â'i fywyd yn Llundain. Er bod y ffaith i Ann benderfynu mynd mas gyda Haydn yn hytrach na fe wedi brifo'n ofnadwy ar y pryd, roedd yn hapus ar ran ei ddau ffrind.

Dysgodd Rhys wers bwysig gan Ann: gallai'r byd fod yn greulon, a doedd dim modd gweld beth oedd rownd y gornel. O ganlyniad, roedd e wastad yn wyliadwrus ac yn gwneud y gorau o bob cyfle ddeuai i'w ran, ac wedi dysgu jyst digon am y Gyfraith yn y coleg i'w alluogi i'w thorri yn gynnil effeithiol. Ac yntau ond yn saith ar hugain oed roedd eisoes wedi dechrau meithrin portffolio bach o eiddo. Y siop gornel yn ardal Finsbury Park agorodd y drws iddo. Daethai hen lanc o ewythr i'w dad lan o Geredigion i Lundain i redeg siop a rownd laeth yn ugeiniau'r ganrif, a phan benderfynodd ymddeol roedd yn awyddus i gadw'r siop yn y teulu felly gwerthodd y busnes am bris rhesymol i Rhys. Rhoddodd Gwyneth, ei fam, gyfran o arian yswiriant bywyd ei dad i'w helpu, a gweithiodd Rhys bob awr o'r dydd yn y siop er mwyn gwneud iddi dalu'i ffordd, gan dderbyn shifftiau gyda'r nos fel swyddog diogelwch mewn clwb nos cyfagos yn ogystal. Yn raddol, daeth i wybod pwy oedd pwy, a phwy oedd yn bwysig. Gadawodd i arian amheus lifo'n lân trwy'r siop heb ofyn gormod o gwestiynau, ac erbyn hyn roedd ganddo *guest house* yn ardal Paddington – helpodd Haydn ef i droi'r gragen o adeilad brau a brynwyd yn rhad yn balas bach i Arabiaid cyfoethog ymweld â phuteiniaid yn y prynhawniau.

Ymhen sbel, anwybyddodd Delyth gyngor Ann ac ymunodd â Rhys ar y promenâd. Pwysodd wrth ei ymyl ar y rheiliau gwyn heb yngan gair.

'Wnest ti golli'r machlud,' meddai Rhys, gan ddal i syllu allan i'r môr.

'Mae pobol yn gofyn ble wyt ti,' meddai Delyth.

'Jyst cael bach o awyr iach, a mwgyn i gadw fi i fynd,' atebodd Rhys, gan gynnig y sbliff i Delyth.

'Well i fi wrthod,' atebodd hithau, 'rhag i rywun weld yr athrawes Cerddoriaeth yn smygu mwg drwg yn gyhoeddus.'

Chwarddodd Rhys. 'Sa' i wedi clywed y term 'na o'r blaen. Mwg drwg. Mae'n dda. Ac fel athrawes Cerddoriaeth ddylet ti fod yn cynnig peth i dy ddisgyblion. Wy'n siŵr y bydden nhw'n cyfansoddi pethe mwy diddorol wedyn.'

Trodd Rhys i edrych arni. Roedd e wastad wedi hoffi Delyth. Hi oedd un o'r merched cyntaf iddo'i chusanu go iawn, ar y daith gofiadwy honno i Lydaw pan oedd y ddau ohonynt yn y Chweched Dosbarth.

'Nage jyst dawnsio 'da'i gilydd mae'r gwas priodas a'r forwyn fel arfer, ti bownd o fod yn gwybod 'nny,' mentrodd Rhys.

'Wel, well i ni gadw'r hen draddodiadau hyn i fynd, ontife,' atebodd Delyth â'i llygaid tywyll yn llawn direidi. Taflodd Rhys weddill ei sbliff i'r traeth graeanog oddi tanynt a thynnu Delyth tuag ato i'w chusanu.

'Wel, wel,' meddai Ann, oedd yn eu gwylio o ffenest ffrynt y gwesty.

'Ha,' gwenodd Haydn ar ôl ymuno â'i wraig newydd, 'o'n i'n meddwl falle fydde 'na'n digwydd.'

'Cyfrinach arall rhyngot ti a Rhys, ife?' holodd Ann.

'Dere nawr. 'Sdim byd yn bod ar ffrind yn cynnig arian i ffrind, o's e? Benthyciad di-log, cofia.'

'Mae'n dibynnu,' atebodd Ann yn ofalus.

'Dibynnu ar faint yw e, ife? Ol-reit, iawn. 'Sdim cyfrinachau i fod rhwng gŵr a gwraig. Pum mil.'

'Dibynnu pwy yw'r ffrind, o'n i'n feddwl,' meddai Ann.

'Ti'n nabod Rhys, w. Bod yn hael ma' fe.'

'Ma' fe wedi newid, Haydn. Sa' i'n siŵr os ti'n ei nabod e'n iawn erbyn hyn. Wy moyn i ti addo i fi y gwnei di droi ei gynnig e lawr.'

Edrychodd Haydn ar ei wraig newydd yn syn.

'Wy ddim am i ni fod ag unrhyw ddyled iddo fe,' meddai â phendantrwydd newydd yn ei llais.

'Ond fydda i ddim. Jyst talu'r pum mil 'nôl pan alla i, 'na beth wedodd e. Dyw e ddim yn codi unrhyw log arna i. 'Sen i'n ffŵl i wrthod ei gynnig e.'

'Ti mor naïf weithie, Haydn. Beth yw'r ymadrodd Saesneg? There's no such thing as a free lunch. Plis, trystia fi. Addo i fi wnei di wrthod.'

Oedodd Haydn am ychydig eiliadau. Sylwodd fod Rhys a Delyth ar eu ffordd yn ôl i'r gwesty, a chododd ei law arnyn nhw. Roedd Ann yn dal i edrych arno'n ddisgwylgar. Nodiodd ei ben yn gynnil.

'Wy moyn clywed ti'n gweud e,' mynnodd Ann.

'Wna i wrthod ei gynnig e, wy'n addo. Ti'n gwybod y gwna i rwbeth i ti.'

Ymlaciodd Ann yn syth a gwenu'n ddiolchgar ar Haydn. Byddai'n mwynhau gweddill noson ei phriodas. Roedd hi wedi priodi'r dyn yr oedd hi'n ei garu'n angerddol.

Pennod 9

Roedden nhw wedi bwrw wal gyda'r ymgyrch, meddyliodd Haydn. Ni fu unrhyw sôn am Scott ar gyfyl yr ardal ac roedd Rachel i'w gweld yn mwynhau ei chwmni ei hun. Ar ôl iddi ddychwelyd o'r traeth y pnawn Sul hwnnw bu'n yfed gwin a darllen ar gadair hamdden wrth ymyl ei charafán, yn diogi ar ei phen ei hun.

Er iddo gael ei siomi gydag arafwch y gwaith dan sylw, roedd Haydn yn dal yn grediniol eu bod nhw ar y trywydd iawn, ac y byddai Scott yn ymweld â Rachel cyn hir.

'Rhaid i ni gael tystiolaeth, 'na i gyd,' meddai mewn goslef sionc fel petai newydd gael *brainwave*.

'A shwt wyt ti'n gobeithio neud hynny?' gofynnodd Rhys gan hollti top ei wy wedi'i ferwi wrth y bwrdd brecwast.

'Mae angen i ni dorri mewn i'w charafán hi pan dyw hi ddim 'na. Ddylen i fod wedi neud hynny pan aeth hi i redeg nos Sadwrn, erbyn meddwl,' atebodd Haydn.

'Falle eith hi i redeg eto,' cynigiodd Rhys.

'Neu hyd yn oed os eith hi i'r siop, ni'n siŵr o gael cyfle,' meddai Haydn yn frwd.

'Beth wyt ti'n gobeithio'i ffeindio draw 'na, Haydn bach? Trôns Scott? Poster ohono fe ar y wal?'

'Paid bod yn ddwl,' meddai Haydn, yn gwgu. 'Yn ddelfrydol 'se hi'n gadael ei ffôn 'na, ac allen ni weld llun o Scott arno fe, falle, neu tecsts i'w gilydd.'

'Dere, Haydn. Dyw hi ddim yn debygol o adael ei ffôn ar y bwrdd, yw hi? A hyd yn oed os bydde hi, 'sdim dal y gallet ti fynd mewn iddo fe wedyn.'

Cododd Haydn oddi wrth y bwrdd ac edrych draw i gyfeiriad carafán Rachel. Roedd ar bigau'r drain. Gwyddai fod Rhys yn dweud y gwir – gobaith tenau iawn oedd y byddai e'n canfod rhywbeth o bwys, ond eto roedd hi'n werth treial. Allai e ddim rhoi ei fys ar pam yn union roedd e mor awyddus i ddal ei fab yng nghyfraith yn camfihafio, ond gwyddai nad oedd am weld ei ferch mewn rhyw hanner perthynas. Roedd dal Scott yn ffordd iddi gael symud ymlaen, efallai hyd yn oed canfod perthynas newydd. Perthynas hapusach. Oedd, roedd hi'n werth treial. Efallai y byddai dyddiadur yn ei bag llaw ac ynddo fanylion cyfarfyddiadau â Scott. Neu rywbeth yn y garafán roedd Scott wedi'i adael ar ôl yn ddamweiniol.

Yn sydyn, daeth Rachel allan trwy ddrws ei charafán yn yr un dillad rhedeg du a melyn ag yr oedd yn eu gwisgo echnos.

''Co'n cyfle ni,' galwodd Haydn yn gyffrous, gan bwyntio draw ati. Roedd ei galon yn dechrau cyflymu. 'Cer di i ochr y cae fel lwc-owt, a tecsta fi pan weli di hi'n dod 'nôl,' gorchmynnodd.

'Sa' i moyn dy siomi di ond mae hi newydd gloi'r drws,' meddai Rhys.

'Bydd rhyw ffenest ar agor, Rhys, yn saff i ti.'

'Beth am dy bigwrn di?'

'Bydd raid i fi 'i mentro hi. Mae 'na rai manteision o fod yn fach, a torri mewn i lefydd yw un ohonyn nhw,' meddai Haydn, yn gwenu'n obeithiol wrth i Rachel redeg i gyfeiriad y llethr ar ochr y cae fel rhyw filgi ar ôl cwningen.

Roedd Haydn yn llygad ei le: gadawodd Rachel ffenest ei stafell molchi'n gilagored. Gan ddefnyddio cadair fel platfform lansiodd Haydn ei hun i fyny fel rhyw gyw-Superman trwy'r bwlch cul, gan lanio'n swp blêr ar lawr y stafell fach.

Dylai fod wedi tynnu ei esgidiau cerdded trymion, ystyriodd, wrth edrych ar y marciau roedden nhw eisoes wedi'u gadael ar y leino lliw hufen. Cydiodd Haydn mewn cadach a rhwbio'r marciau tywyll i gyd i ffwrdd yn amyneddgar, cyn tynnu ei esgidiau rhag iddo wneud mwy o annibendod. Cariodd e nhw yn ei law chwith wrth iddo fynd i edrych o gwmpas y garafán.

Y peth cyntaf darodd Haydn oedd pa mor gymen oedd y lle, fel pìn mewn papur. Gwyntodd gymysgedd o arogleuon:

diheintydd, llathrydd a rhyw bersawr melys, benywaidd. Yn ardal y gegin roedd gwynt garlleg. Er nad oedd y pentan wedi'i gynnau roedd sosban arno. Cododd Haydn y caead a chanfod cawl brown yn arogleuo o gyrri. Cawl pannas, o bosib. Peth od i'w goginio ganol haf, ystyriodd. Agorodd ambell ddrâr ond doedd dim o bwys yno. Ar y bwrdd roedd cwpwl o ganhwyllau wedi'u llosgi i'w hanner, eu gwêr yn creu patrymau ar y soseri fel rhaeadrau wedi rhewi. Arwydd o bryd rhamantus, efallai?

Rhewodd yn ei unfan wrth sylwi ar rywbeth ar y bwrdd bach ger y teledu. Potel ddŵr, y math roedd athletwyr yn eu defnyddio i fynd i redeg. Oedd Rachel wedi'i hanghofio hi? Er nad oedd yn ddiwrnod arbennig o boeth, byddai'n siŵr o fod angen dŵr ... beth petai'n dychwelyd i'w nôl? Wrth i'r posibilrwydd hwnnw droi o gwmpas ei ben clywodd sŵn allwedd yn y clo. Heglodd hi yn nhraed ei sanau i un o'r ystafelloedd gwely.

O'i guddfan, clywodd Rachel yn mynd i'r stafell molchi. Ceisiodd gofio a oedd e wedi gosod y ffenest yn ôl fel ag yr oedd hi. Ar ôl ychydig clywodd y tŷ bach yn fflysio a Rachel yn golchi ei dwylo yn y basn. Mewn hanner munud byddai hi wedi mynd drachefn, meddyliodd Haydn, ond ar ôl iddi ddod allan o'r stafell molchi bu distawrwydd. Beth oedd hi'n wneud? Daliodd ei wynt a chraffu am unrhyw smic o sŵn.

Yna, tarfwyd ar y distawrwydd gan dincian o ffôn Haydn. Clywodd sŵn traed yn nesáu at yr ystafell. Yna llais Rachel.

'Helô?'

Doedd gan Haydn ddim dewis. Daeth allan o'r ystafell. Sylwodd fod gan Rachel gyllell fara yn ei llaw, felly gwenodd yn nerfus arni.

'Y ... fydd dim angen honna. Chi wedi camddeall. Nid lleidr ydw i.'

'Be dach chi'n neud yn fama?'

'Mae 'na eglurhad hollol resymol, ond rhowch y gyllell i lawr gynta. Ma' hi'n neud fi'n nerfus.'

Daliodd Rachel ei gafael yn y gyllell ond mewn ffordd lai

ymosodol, i lawr wrth ochr ei chorff. Yna, yn sydyn, crychodd ei thalcen ac ymlaciodd ryw fymryn.

'Dwi wedi'ch gweld chi o'r blaen,' meddai, â'i llais yn llawn chwilfrydedd.

'Na. Sa' i'n credu.'

'Chi ydi tad Teleri, 'de?'

Rhewodd Haydn, yna gwenodd yn nerfus. Doedd e ddim yn siŵr beth i'w ddweud.

'Handel, ia?'

'Haydn.'

'Ia, wrth gwrs, ma'n ddrwg gen i. Wnaethon ni gyfarfod ryw ugain mlynedd yn ôl. O'n i yn y coleg efo Teleri, yn Aberystwyth.'

'Ie ... ma' rwbeth yn gyfarwydd amdanoch chi, nawr bo' chi'n gweud,' mentrodd Haydn.

Trodd wyneb Rachel yn sarrug eto. 'Be dach chi'n neud yn fama, 'lly, yn fy ngharafán i?'

'Ym, glywais i sŵn. Y larwm mwg,' atebodd Haydn, gan feddwl yn chwim. 'O'n i'n meddwl fod angen achub rhywun.'

'Sut ddaethoch chi i mewn?'

'Trwy ffenest y bathrwm.'

'Pam dach chi'n cario'ch sgidia?'

'O'n i ddim digon tal, ch'wel, i gnocio'r larwm bant, ar y nenfwd. Iwses i'n esgid, i estyn yn iawn.'

'Ond pam tynnu'r ddwy?'

'Ym ... jyst i fod yn saff, ife. Rhag ofn fod y gynta heb weithio,' meddai Haydn yn hyderus, fel petai ei rwtsh geiriol yn gwneud synnwyr perffaith, ond achubwyd ef wrth i Rhys ddod i'r drws.

'Shwmae heddi,' meddai hwnnw yn ei lais dyfnaf, mwyaf dwys.

'Aa, Rhys. Ti ddim yn mynd i gredu hyn, achan. Aeth y ledi 'ma i'r coleg 'da Teleri ni.'

'Wel, wel,' meddai Rhys, yn syllu ar yr esgidiau yn llaw Haydn ac ar y gyllell yn llaw Rachel.

'Mae'r byd yn fach, on'd yw e?' meddai Haydn, gan geisio chwerthin wrth eistedd ar gadair i wisgo'i esgidiau.

'Gobeithio na wnaethon ni'ch distyrbo chi,' dechreuodd Rhys. 'Mynd i redeg, ife?' ychwanegodd gan bwyntio'n ddiangen at wisg Rachel. 'Neu wneud brechdan?' holodd, gan bwyntio at y gyllell.

Gosododd Rachel y gyllell yn ôl yn y drâr. 'Mi fu'n rhaid i mi droi'n ôl. Anghofio fy mhotel ddŵr,' meddai, gan gerdded draw at y bwrdd i'w nôl.

'Rhaid cael dŵr,' meddai Rhys, yn nodio.

Amneidiodd Haydn â'i ben yn frwd, fel petai Rhys wedi dweud rhyw wirionedd mawr. 'O ie, ie, ie, dŵr, rhaid cael dŵr,' parablodd.

'Wnaethoch chi ddim darllen eich neges?' gofynnodd Rachel, yn edrych i fyw llygaid Haydn.

Sylwodd Rhys ar olwg ddryslyd Haydn. 'Gest ti decst, do fe?' meddai, yn pwysleisio'r gair 'tecst' fel petai'n gyfrinair.

'Dyna sut ffendis i fod 'na rywun yma,' meddai Rachel. 'Sŵn ei ffôn o'n blîpio.'

'Darllen y neges 'te,' meddai Rhys, 'falle'i fod e'n bwysig.'

Edrychodd Haydn ar neges Rhys: 'Mae hi ar y ffordd 'nôl!'

Diawliodd Haydn rhwng ei ddannedd. Mae'n amlwg nad oedd signal digon cryf yng ngharafán Rachel iddo dderbyn rhybudd Rhys mewn pryd.

'Wel?' gofynnodd Rachel, gan syllu ar Haydn.

'O, dim byd pwysig. Y cwmni trydan adre yn f'atgoffa i anfon ffigyrau'r meter mewn.'

Bu saib o dawelwch lletchwith rhwng y tri. Rachel dorrodd y distawrwydd.

'Be dach chi'n neud fama, yn Sir Fôn?' holodd.

'Cwestiwn da,' atebodd Rhys. 'Pam na ddowch chi draw i'n carafán ni ddiwedd y pnawn, Rachel, er mwyn i chi gael ateb deche. Chi'n haeddu 'na, wy'n credu. Byddwn ni wedi paratoi barbeciw yn arbennig.'

Edrychai Rhys yn bles iawn â'i feddwl chwim, felly nid oedd yn disgwyl ymateb Rachel.

'Sut dach chi'n gwybod fy enw i?'

'Wedodd Haydn, naddo fe?' atebodd Rhys, wedi ei daflu braidd.

'Naddo,' meddai Rachel â phendantrwydd morthwyl ar hoelen.

'Do, bownd o fod,' parhaodd Rhys, gan syllu ar Haydn fel petai'n crefu am gymorth i ddod mas o'r twll roedd e wedi'i greu iddo'i hun.

'Naddo. Sa' i'n credu y gwedes i unrhyw beth, na,' atebodd yntau'n swrth.

'Aa, 'na beth yw e,' meddai Rhys, 'chi'n f'atgoffa fi o Rachel Welch, ch'wel. Chi'n debyg iawn iddi. Actores enwog flynydde'n ôl.'

'Menyw bert,' ychwanegodd Haydn, 'er taw Raquel oedd ei henw hi, wy'n credu, Rhys.'

'Raquel. Rachel. Dario shwt beth. Pan chi'n dod i'n hoedran ni ma' popeth yn mynd trwy'r trwch, blith draphlith,' meddai Rhys yn obeithiol.

'Ie, wir,' porthodd Haydn, 'peth mowr yw henaint.' Sioncodd trwyddo wrth godi ar ei draed. 'Wel, diolch nad o'dd neb wedi'i losgi, ife. Ond roedd hi'n well bod yn saff. Braf eich cyfarfod chi eto, Rachel.'

Wrth i'r ddau gyfaill geisio ochrgamu allan o'r garafán, ymddangosodd Robat yn y drws fel jac yn y bocs.

'Ydi'r ddau yma'n eich hambygio chi, Ms Daniels?' holodd yn ddwys ac yn annodweddiadol fygythiol.

Edrychodd Haydn yn ddryslyd ar Rhys. Dyfalodd o oslef Robat taw gair y Gogs am haslo oedd hambygio.

'Camddealltwriaeth fach sydd wrth wraidd ein hymweliad,' atebodd Rhys yn barchus.

'Gofyn i Ms Daniels wnes i,' atebodd Robat yn swta.

Trodd tri phâr o lygaid i edrych ar Rachel. 'Dwi'm yn siŵr be ma' nhw'n neud yma, deud y gwir,' atebodd.

'Wel, os taw 'na'r diolch wy'n 'i gael am –' dechreuodd Haydn, ond cododd Robat gledr ei law o flaen ei geg er mwyn atal ei lith ar ei hanner.

'Dod yma am bwt o wyliau ma'r rhan fwya o bobol, w'chi. A phreifatrwydd,' pwysleisiodd.

'Ond –' dechreuodd Haydn brotestio, ond unwaith eto fe'i rhwystrwyd gan law benderfynol Robat, a oedd bron â chyffwrdd ei wyneb bellach.

'Os fyddwch chi'n dal i gynhyrfu Ms Daniels yna fydd gen i ddim dewis ond eich diarddel chi o Ddôl Cwningod.'

Edrychodd Haydn a Rhys ar ei gilydd yn gegrwth. Gallai Rhys weld fod wyneb Haydn yn cochi a'i fatsien o dymer ar fin tanio, felly dywedodd mewn goslef llawn cydymdeimlad eu bod nhw'n deall y sefyllfa i'r dim.

'Bu'n bleser eich cyfarfod chi, Ms Daniels, ac ymddiheuriadau mowr eto am y camddealltwriaeth. Pob hwyl nawr, Robat,' ychwanegodd, gan fflachio'i wên fwyaf swynol arnynt wrth adael. Sleifiodd Haydn allan o'r garafán ar ôl ei gyfaill, gan fytheirio rhwng ei ddannedd.

'Cofiwch ddeud wrtha i, Ms Daniels, os gewch chi fwy o drafferth gan y ddau yna,' meddai Robat yn uchel, gan swnio mor swyddogol â phosib.

'Fydda i'n siŵr o wneud. Diolch, Robat,' galwodd Rachel hithau, yn ddigon uchel i wneud pwynt.

Ar ôl i Robat adael ei charafán, gwenodd Rachel iddi'i hun. Roedd hi wedi mwynhau pob eiliad o'r perfformiad, ac edrychai ymlaen at gael mwy o hwyl yn nes ymlaen y noson honno ar draul y ddau Hwntw yn y barbeciw.

Pennod 10

Bu gwneud y prawf DNA yn rhyfeddol o hawdd. Ryw dri mis yn ôl erbyn hyn, rhoddodd Haydn ychydig flew o wallt Teleri a diferyn o'i boer ei hun yn y llestri bach plastig pwrpasol a'u hanfon mewn amlen gref i labordy'r cwmni. Pan ddaeth y canlyniad negyddol yn ôl i brofi'r hyn roedd e wedi'i amau am dros ddeng mlynedd ar hugain, roedd e'n dal yn sioc i Haydn.

Nid fe oedd tad Teleri.

Roedd e'n meddwl y byddai'n teimlo rhyddhad o gael y cadarnhad i lawr ar ddu a gwyn o'r diwedd, ond na. Cymysgedd o emosiynau cryf lifodd drwyddo: dicter am iddo fod yn gymaint o ffŵl; ofn y byddai'r canlyniad yn amharu ar ei berthynas gyda Teleri annwyl; ac yn bennaf oll, siom. Ie, siom aruthrol yn Ann. Ann, o bawb.

Bu Haydn yn ormod o gachgi i wneud y prawf tra oedd Ann yn dal yn fyw. Ai cachgi oedd y gair? Na, nid yn union. Roedd wedi hanner gobeithio nad oedd ei amheuaeth yn wir, ac am gadw'r ddysgl yn wastad oherwydd rhyw barch gwrthnysig i'w wraig. Roedd Ann yn fenyw hirben, aeddfed – llawer callach na Haydn – ac os oedd rhywbeth nad oedd hi am ei ddatgelu i'w gŵr, efallai fod rheswm da iawn am hynny.

Rhywbeth amgenach nag anffyddlondeb.

Ers i Ann farw roedd yr hen grachen wedi codi'n raddol nes iddi ddatblygu'n friw agored ym mhen Haydn: yr amheuaeth ei bod hi a Rhys wedi cael affêr. Tua phedair blynedd wedi iddo yntau ac Ann briodi roedd hynny wedi digwydd, tybiodd Haydn, gwta flwyddyn cyn i Teleri gael ei geni. Llwyddodd, gydag amser, i berswadio'i hun ei fod yn dychmygu'r peth. Roedd e'n rhy ddychrynllyd i fod yn wir. Ei wraig a'i ffrind gorau. Roedd hi'n wir fod y fath bethau'n digwydd. Ond nid i Haydn Thomas. Byth bythoedd.

Nawr, a'r ddau ar eu gwyliau gyda'i gilydd, wedi eu hynysu ym Môn, roedd Haydn wedi dewis pigo'r grachen. Tybed fyddai hi'n gwella ac yn ceulo'n iachus? Neu, yn fwy tebygol, yn agor hyd y pen i adael i'r gwaed lifo?

Eistedd wrth y bwrdd plastig gwyn oedd Haydn, yn sipian y Cwrw Cybi brynodd Rhys yn Siop y Maes, oedd yn oer braf ac yn newid adfywiol o'i win coch arferol. Roedd Rhys yn brysur yn glanhau'r barbeciw, yn gwasgu hylif golchi llestri dros y gridyll seimllyd a thywallt dŵr berw o'r tegell dros y cyfan. Roedd yn gas gan Haydn y fath sioe o lanhau. Byddai'r byrgyrs yn siŵr o flasu o Fairy Liquid, ond doedd ddim pwynt sôn wrth Rhys. Derbyniodd Haydn flynyddoedd yn ôl fod gan Rhys obsesiwn ynglŷn â glanhau, yn gwmws fel ei fam, a doedd e ddim yn mynd i newid nawr.

Oedd hi'n bosib fod y fath beth yn rhedeg yn y teulu, ystyriodd Haydn; ei fod yn y genynnau? Roedd Teleri yn union yr un fath yn ei chartref hi, a doedd hi ddim wedi etifeddu'r fath chwiw oddi wrth ei mam, na gan Haydn chwaith. Nid bod Ann nac yntau'n frwnt – roedd yr aelwyd bob amser yn lân, ond o fewn ffiniau normalrwydd glendid. Rhyw unwaith yr wythnos fyddai'r sugnydd llwch yn ymddangos, nid bob dydd fel yn achos Rhys a Teleri. Daeth yr hen ymadrodd poenus hwnnw i'w ben eto. Tebyg at ei debyg.

Daeth Rhys draw at y bwrdd i nôl potel o gwrw iddo'i hun.

'Gas gen i weld y barbeciw mor frwnt. Allen ni i gyd fod wedi cael gwenwyn yn hawdd,' meddai.

'O leia mae gwynt y Fairy Liquid yn cuddio'r gwynt piso cath,' atebodd Haydn.

'Ti'n meddwl y credodd Rachel dy stori di 'te, Haydn? Am y larwm mwg?'

'Oedd hi bach yn slei, o'n i'n meddwl. Ein riportio ni i Robat, mwy neu lai,' atebodd Haydn, yn cymryd y llwnc olaf o'i wydr cwrw.

Crychodd Rhys ei dalcen yn feddylgar. 'O'dd hi'n gwybod taw rhaffu celwyddau o't ti, siŵr o fod.'

'Trueni mowr 'i bod hi wedi fy nabod i. Mae hi'n siŵr o rybuddio Scott bo' ni 'ma nawr.'

'Ie, ti siŵr o fod yn iawn,' cytunodd Rhys wrth ddechrau taenu menyn ar roliau bara.

'Sa' i'n deall pam wnest ti ei gwahodd hi fan hyn am farbeciw chwaith, Rhys.'

'Dere, Haydn bach. Rhoi bach o alcohol iddi, llacio'i thafod, achan. Falle ddwedith hi rwbeth fydd hi'n ei ddifaru.'

'Falle wna i rwbeth wna i ddifaru,' atebodd Haydn.

'Y peth pwysig nawr yw sticio i'r stori. Jyst gweud bo' ni'n nabod Eirlys Gwyngoed Fach a'i bod hi wedi canmol y seit, a'n bod ni wedi cael rêt dda 'da hi am ddeng niwrnod o wyliau mewn carafán. 'Sdim byd amheus am ddou ddyn yn eu saithdege yn cael bach o wyliau yn Sir Fôn, achan,' meddai Rhys yn rhesymol.

'Iawn. Sticiwn ni at y stori 'nny 'te, os bydd rhaid. A dim sôn am Scott,' meddai Haydn.

'Pam? Man a man pysgota 'mbach, os gewn ni gyfle,' atebodd Rhys.

'Wel, bydd isie i ni fod yn gynnil 'te.'

'Cynnil yw'n enw canol i,' atebodd Rhys. 'Hei, falle fod honna'n gynghanedd, 'chan!'

'Paid dechre ar y nonsens 'na. Ti'n gwybod bod e'n mynd ar fy nerfe i,' meddai Haydn yn flin. 'Blydi barddoniaeth.'

'O'n i ddim yn dechre unrhyw beth –'

'Dim mwy o'r rwtsh 'na! Wy'n 'i feddwl e!' torrodd Haydn ar ei draws.

Gwenodd Rhys yn gynnil. Roedd unrhyw sôn am farddoniaeth yn dân ar groen Haydn. Bu Ann yn aelod o'r tîm Talwrn lleol, ac er iddo geisio'n galed i rannu mwynhad ei wraig yn y maes hwnnw, methiant llwyr fu ei ymdrechion. Wedi i Rhys ddychwelyd i Geredigion i ymddeol roedd Ann wedi ei annog i fynd i ddosbarth cynganeddu. Yr halen ar y briw i Haydn oedd bod ei ffrind wrth ei fodd â'r profiad. Doedd Rhys fawr o gynganeddwr ond roedd yn mwynhau'r chwarae geiriol, yn rhannol er mwyn cadw'i ymennydd yn siarp. Ralio ceir oedd diléit pennaf Haydn, ynghyd â rygbi a phêl-droed, ac roedd tship mawr ar ei ysgwydd lle roedd barddoniaeth yn y cwestiwn. Nid oedd Rhys cweit yn deall ei anniddigrwydd, ond pawb at y peth y bo.

''Sdim eisiau i ti wenu fel'na chwaith,' meddai Haydn wrtho'n flin.

'Fel beth?'

'Fel 'set ti'n well na fi,' eglurodd yn swrth.

'Paid cael croen dy din ar dy dalcen nawr, Haydn bach ... 'co, ma' hi'n dod,' meddai Rhys yn sydyn, wrth sylwi ar Rachel yn brasgamu i fyny'r llwybr tuag atynt.

Taflodd Haydn gipolwg dros ei sbectol haul i'w chyfeiriad, yna cododd ar ei draed. 'Cofia, cynnil. Pysgota â phluen, nage mwydyn,' meddai'n dawel.

Cyrhaeddodd Rachel yn cario dwy botel o win, un goch ac un wen. Roedd wedi newid i ffrog hafaidd werdd a rhoi ei gwallt golau i fyny mewn steil chwaethus. Gosododd y ddwy botel ar y bwrdd.

'Croeso i'n barbeciw bach ni,' meddai Rhys yn frwd.

'Chi'n garedig iawn,' meddai Haydn, gan amneidio i gyfeiriad y ddwy botel.

'Dim o gwbwl. Croeso i Sir Fôn,' atebodd hithau, gan wenu'n braf.

'Chi sydd berchen eich carafán? Neu y'ch chi'n ei rhentu am yr wythnos?' gofynnodd Rhys yn graff.

'Fi bia hi, ers pum mlynedd rŵan. Dwi'n byw yng Nghaernarfon, ond yn treulio lot o'r haf yn fama. Ges i fy magu ar yr ynys, ac ro'n i isio cadw cysylltiad â 'ngwreiddiau.'

'Ie, mae 'na'n bwysig iawn,' meddai Haydn, yn amneidio fel hen broffwyd.

'Lle gwyllt, Caernarfon, nagyw e?' holodd Rhys.

Chwarddodd Rachel. 'Dim mwy gwyllt na Cheredigion, siawns,' atebodd.

'Mae lot o wyliau 'da chi o'ch gwaith, o's e? Bo' chi'n gallu bod 'ma rhan fwyaf o'r haf?' holodd Haydn.

'Dwi'n lwcus iawn. Cyfieithydd ydw i, felly mi fedra i weithio o rwla. Er, mae'r signal Wi-Fi'n medru bod yn gami weithia. Fydda i'n mynd i'r siop neu i'r swyddfa i jecio e-bost a ballu.'

'Be gymerwch chi i yfed?' holodd Haydn.

'Oes gynnoch chi jin?' gofynnodd Rachel.

Edrychodd Haydn ar Rhys â mymryn o bryder yn ei lygaid. Gwenu wnaeth hwnnw.

'Fel mae'n digwydd brynes i botel, jyst rhag ofn. A thonic hefyd,' meddai.

'O'dd e wedi'ch rhoi chi lawr fel menyw jin a thonic, mae'n amlwg,' meddai Haydn.

Ac yffach, mi oedd hi'n fenyw jin a thonic hefyd. Erbyn i'r tri ohonynt gerdded i dop y llethr i gael gwell golwg ar y machlud, gan fynd â'u gwydrau gyda nhw, roedd y botel jin bron iawn yn wag. Ni fu angen fawr o bysgota – roedd Rachel yn amlwg am fachu ar y cyfle i ddod i nabod Haydn.

Daliodd Rhys yn ôl o'r sgwrs er mwyn ceisio dyfalu beth oedd ei gêm hi. Os oedd hi ar fin chwalu teulu Haydn drwy ddwyn gŵr Teleri, efallai ei bod am gael cyfle i gyflwyno'i hochr hi o'r stori. Roedd Rachel yn sôn amdani'i hun yn hollol agored, gan egluro ei bod yn ferch i gigydd ac wedi dotio ar y byrgyrs cig oen ar farbeciw Rhys. Atgoffodd Haydn ei bod hi wedi byw yn yr un tŷ â Teleri yn ei thrydedd flwyddyn yn y coleg yn Aberystwyth, a'i bod yn hoff iawn ohoni, gan ddisgrifio Teleri fel 'rêl cês'. Mae'n rhaid bod Haydn mor browd o'i ferch, meddai, a hithau wedi magu dau o blant hyfryd a gwneud swydd mor werthfawr fel gweithiwr cymdeithasol ar yr un pryd.

Roedd yn rhyfedd ei bod hi'n siarad cymaint amdani'i hun, ystyriodd Rhys, ac yn ymddwyn fel petai hi am glosio at Haydn. Mae'n rhaid bod meddwl Haydn ar yr un donfedd, gan fod golwg ychydig yn syn arno.

'Chi'n gwybod lot am Teleri ni, felly?' gofynnodd yn amheus.

'Dwi'n ffrindia efo hi ar Facebook, 'de,' atebodd Rachel.

'Chi'n *ffrindiau* â Scott, ei gŵr hi, hefyd?' holodd Haydn, mor gynnil â rhinoseros mewn llyfrgell.

'Nac'dw, ond mae o'n ymddangos yn lyfli, tydi. Wedi gwirioni ar Teleri, mae'n amlwg,' atebodd Rachel. 'Ond dyna ddigon amdana i,' ychwanegodd, wrth i'r haul ddiflannu'n ddisymwth i'r môr. Rhoddodd ei braich o gwmpas Haydn, gan edrych i fyw ei lygaid, yn llawn consýrn. 'Sut ydach chi erbyn hyn, Haydn? Ma' hi 'di bod yn flwyddyn anodd i chi ma' siŵr, a chitha 'di colli Mrs Thomas.'

'Ody. 'Sdim iws gwadu hynny,' atebodd Haydn, yn ceisio peidio simsanu.

'Ma' siŵr bod cael Rhys efo chi yn y pentra'n gaffaeliad mawr.'

Sylwodd Rhys ar y dryswch yn llygaid Haydn. 'Wel, ie, wy'n gobeithio bo' fi'n help,' meddai, gan edrych ar Haydn i weld ei ymateb.

Nodio'n betrusgar wnaeth hwnnw, gan egluro'i fod yn ei chael hi'n anodd deall ambell air gogleddol.

'Chi'n gwybod lot am deulu Haydn, Rachel?' pysgotodd Rhys ymhellach.

'Facebook eto, ife?' meddai Haydn, yn llacio'r pwysau arni, braidd.

'Ia. Be fasan ni'n neud hebddo fo, 'dwch?'

'Wel, mae Rhys wedi ymdopi'n iawn,' meddai Haydn. 'Dyw e erioed 'di bod arno fe.'

'Nagw,' cadarnhaodd Rhys. 'Fi yw'r unig berson yn y byd, wy'n credu.'

Edrychodd Rachel yn syn arno, fel petai'r peth yn amhosib. Sylwodd Haydn ar hynny a gwenu fel giât.

'Ma' gormod o bobol am ei waed e, ch'wel. Ma' fe'n gorfod cadw *low profile*.'

Wfftiodd Rhys awgrym Haydn, gan godi'i ysgwyddau'n hamddenol, ond roedd e'n falch pan newidiodd Haydn y pwnc, serch hynny.

''Sdim plant 'da chi, Rachel?'

'Na,' atebodd hithau, mewn goslef niwtral.

'Chi'n briod 'te?' parhaodd Haydn.

'Na,' atebodd eto, cyn gwenu ar y ddau a datgan, mewn llais herfeiddiol, 'ond dwi newydd ddechra gweld rhywun. A dwi mewn cariad dros fy mhen a 'nghlustia!' Chwarddodd ar dop ei llais a dechrau rhedeg i lawr y llethr, gan alw'n ôl ar y ddau heb droi ei phen, 'Dewch! Am y cynta'n ôl i'r garafán!'

Casglodd Rhys y gwydrau a gafaelodd Haydn yn ei ffon, a dechreuodd y ddau ymlwybro'n ofalus i lawr i'r maes carafannau, yn syn.

Pennod 11

Ym mherfedd y nos dihunwyd Rhys gan sgrech ddychrynllyd o gyfeiriad soffa'r garafán. Rhuthrodd draw, ond roedd Haydn yn dal i gysgu.

'Na!' bloeddiodd, a'r tro hwn dihunodd. Edrychodd o'i gwmpas, fel petai gweld ei fod yn y garafán yn gysur iddo.

'O't ti'n cael hunllef, wy'n credu,' meddai Rhys wrtho'n dyner.

'Beth y'f i'n neud fan hyn?' holodd Haydn wrth ddechrau dadebru.

'Gest ti grasfa 'da Jack Daniel. *Knock-out* ar y soffa,' meddai Rhys. 'Cer i dy wely, bydd e'n fwy cyfforddus i ti. Am beth oedd dy hunllef di? Wyt ti'n cofio?'

Cododd Haydn ar ei eistedd gan ysgwyd ei ben a gwadu popeth am unrhyw hunllef, ond gallai Rhys weld taw celwydd oedd hynny. Penderfynodd ei adael am y tro, gan ei bod hi wedi tri y bore.

Straffaglodd Haydn draw i'w ystafell wely a chysgodd fwy neu lai yn syth, yn ei ddillad. Gwyliodd Rhys e am gyfnod, rhag ofn iddo ddechrau sgrechian yn ei gwsg eto, ond dechreuodd Haydn chwyrnu'n braf, felly aeth Rhys i'w wely hefyd. Ond chysgodd e ddim llawer gan fod rhywbeth yn gwasgu arno, rhywbeth roedd e wedi'i ganfod gwpwl o oriau ynghynt.

Oriau'n ddiweddarach, roedd Haydn yn eistedd wrth fwrdd y patio yn yfed coffi du. Daeth Rhys â rôl facwn bob un iddynt heb yngan gair. Roedd hi'n un ar ddeg o'r gloch a Rhys eisoes wedi bod am ei wâc foreol ar hyd Llwybr yr Arfordir tra oedd Haydn yn cysgu mlaen.

'Diwrnod hira'r flwyddyn cyn hir,' meddai Haydn.

Nid atebodd Rhys. Eisteddai yn ei gadair yn cnoi ei rôl heb hyd yn oed edrych ar Haydn.

'Yn ôl dy lyfr teithio di,' parhaodd Haydn, 'yn yr hen

ddyddiau, pan o'dd pobol yn addoli'r haul, bydde rhyw aberth gwaedlyd yr adeg hyn o'r flwyddyn. Falle welwn ni rai o'r nytyrs 'na o't ti'n sôn amdanyn nhw. Y derwyddon. Ha!'

Unwaith eto, ddaeth 'run smic o du Rhys. Arllwysodd Haydn ychydig o sos coch ar ei facwn – gallai yntau hefyd chwarae'r gêm, meddyliodd. Gwyddai o brofiad fod Rhys yn gallu mynd yn sydyn o swrth o dro i dro, fel petai wedi pwdu ynglŷn â rhywbeth.

Allan o unman sgrechiodd un o jetiau'r awyrlu uwchben y maes.

'Yffach, mae hi fel *Top Gun* 'ma!' meddai Haydn, yn gwyro'i ben yn reddfol.

Bu saib hir wrth i'r ddau fwyta, heb edrych ar ei gilydd. Haydn oedd y cyntaf i gracio.

'Allen ni fynd i weld rhai o'r hen feddau o't ti'n sôn amdanyn nhw, os ti moyn.'

Parhaodd Rhys i fwyta'n dawel, gan anwybyddu ei ffrind.

Ceisiodd Haydn gofio diwedd y noson gynt ond roedd popeth yn niwlog iawn. Roedd ganddo frith gof o yfed rhywfaint o Jack Daniel's cyn crasio mas ar y soffa. Oedd e wedi gwneud neu ddweud rhywbeth i ddigio Rhys? Os oedd e, doedd ganddo ddim cof o hynny. Efallai taw ei ddihuno yng nghanol y nos â'i hunllef oedd wedi ei ddigio?

Bu'r barbeciw yn llwyddiant ysgubol, ystyriodd. Cadarnhaodd Rachel ei bod hi mewn perthynas – un newydd, oedd yn ei chyffroi. Ond a fyddai hi'n datgan hynny mor agored i Haydn os taw ei fab yng nghyfraith oedd ei chariad? Beth bynnag oedd yr ateb, credai Haydn fod ei hymddygiad yn rhyfedd. Roedd Rachel fel petai'n eu herio nhw i ganfod beth oedd yn mynd ymlaen, yn deisyfu i Haydn ddod i wybod y gwir.

Trodd ei sylw yn ôl at Rhys. 'Neu allwn ni fynd i Benmon os ti moyn? Neu fordaith i weld y *puffins*?' cynigiodd mor frwd ag y gallai.

Chwythu'n flin trwy ei ddannedd wnaeth Rhys, a gwylltiodd Haydn.

'Be sy'n bod arnot ti heddi, gwed? Ti fel tarw â phen tost.'

'Arth.'

'Beth?'

'Arth â phen tost, nage tarw. Os taw'r ymadrodd Saesneg *bear with a sore head* ti'n treial ei gyfieithu.'

'Ie, ie, wy'n cymysgu pethe fel'na rownd y ril, ti'n gwybod 'nny ... jyst bach o sbort,' wfftiodd Haydn. 'Os ti'n ffaelu diodde'r gwres cer mas o'r lolfa!' ychwanegodd â gwên.

Er bod wyneb Rhys yn dal i fod fel carreg, ceisiodd Haydn anwybyddu ei hwyl. 'Ma' ddigonedd o bethe i neud 'ma,' parablodd yn frwdfrydig. 'Allen ni fynd am sbin yn y car i ochr arall yr ynys ... chwilio am y wiwer goch yng nghoedwig Niwbwrch, wedyn mynd i'r traeth ar bwys Ynys Llanddwyn. Be ti'n gweud?'

Pwysodd Rhys ei gorff sylweddol ar draws y bwrdd tuag at Haydn, ac edrych i fyw ei lygaid.

'Wyt ti wedi rhoi lan ar Scott yn dod 'ma 'te?' holodd mewn goslef ddofn, dawel.

'Wel, mae'n annhebygol, nagyw e? Ma' hi'n siŵr o weud 'tho fe bo' ni 'ma. Er, wy'n dal i feddwl fod y ddou yn eitem, yn enwedig ar ôl neithiwr.'

'O? Ti'n cofio rhywfaint o neithiwr 'te?' holodd Rhys, yn dechrau dadmer.

'Dim llawer, na. Jyst bod Rachel wedi datgelu cryn dipyn i ni. O'dd hi'n eitha haden, whare teg.'

Dangosodd Rhys ei ddiffyg amynedd eto. Edrychodd Haydn o'i amgylch a sylwi fod rhannau o'r patio yn wlyb.

'Wnaeth hi fwrw yn y nos?'

'Naddo. Fi roiodd ddŵr i'r potiau blodau ar ôl i ti grasio mas.'

Teimlodd Haydn yn annifyr yn fwyaf sydyn. Pam oedd rhoi dŵr i'r blodau yn ei aflonyddu? Ceryddodd ei hun am fod mor ddi-glem am y noson gynt.

'O'dd. O'dd hi'n eitha sbarcen, Rachel,' parhaodd. 'Ac o'dd rhyw ddireidi yn ei llygaid hi tua'r diwedd, fel 'se hi'n whare 'da ni. Mae'n bosib na wedith hi air wrth Scott … ei bod hi moyn i ni eu gweld nhw 'da'i gilydd. Gwthio pethe i'r pen.'

'A be 'set ti'n neud wedyn, 'se fe'n dod 'ma, Haydn? Ei saethu fe, ife?'

Roedd tinc cas yng nghwestiwn Rhys, a golwg sarrug ar ei wep. Teimlodd Haydn ei stumog yn troi'n ddŵr, a rhoddodd rhyw chwerthiniad nerfus, rhyfedd wrth i Rhys ysgwyd ei ben yn feirniadol.

'Nelen i ddim byd dwl fel'na,' atebodd Haydn o'r diwedd.

'Pam dod â dryll 'da ti 'te? A phaid â gwadu. Weles i fe neithiwr pan es i i hôl y can dŵr o'r sied, mewn bag oren Sainsbury's. Dim rhyfedd bo' ti'n sgrechen yn dy gwsg.'

Edrychodd Haydn yn fwyfwy dryslyd, ond gallai Rhys ddarllen ei feddwl.

'Ond roedd y sied wedi'i chloi. 'Na beth ti'n feddwl nawr, ontife?'

Crychodd Haydn ei dalcen rhag iddo orfod cyfaddef fod Rhys yn llygad ei le.

'Ti'n pathetig, Haydn, ti'n gwybod 'nny? Ti ddim yn cofio rhoi'r allwedd i fi hyd yn oed.'

'Ydw … ydw, nawr bo' ti'n gweud. Ond sa' i'n gwybod am unrhyw ddryll –'

'Gad dy gelwydd!' torrodd Rhys ar ei draws yn groch. 'Fi'n nabod y blydi dryll, w. Ges i dri ohonyn nhw, ddechre'r wythdege, 'da ffrind o India. Fi roiodd e i ti flynydde'n ôl, yn wyth deg tri, rhag ofn fydde raid i ti amddiffyn dy hunan. Beth yn y byd dda'th dros dy ben di i ddod â'r fath beth fan hyn?'

Ystyriodd Haydn ei gam nesaf yn ofalus. Nid oedd unrhyw iws gwadu taw hen ddryll Rhys oedd e – roedd y gŵr sarrug yr ochr draw i'r bwrdd yn adnabod ei ynnau'n rhy dda. Bu'n berchen ar sawl un pan aeth drwy gyfnod cythryblus yn Llundain … ar un adeg bu'n rhaid iddo ffoi o'r ddinas fawr ddrwg at Haydn, a'i cyflogodd fel labrwr am bron i flwyddyn nes yr oedd yn sicr nad oedd ei fywyd mewn perygl. 1983 oedd hynny, a thra oedd e'n ôl yng Ngheredigion dysgodd Rhys ei ffrind sut i danio'r dryll yn effeithiol ac yn ddiogel. Aeth y ddau lan i ochrau hen chwarel Griffiths un prynhawn, ar hyd un o heolydd graeanog y Comisiwn Coedwigaeth. Bryd hynny, synnwyd Haydn gan fedr amlwg Rhys wrth drafod gwn.

'Des i ag e jyst rhag ofn,' meddai Haydn o'r diwedd.

'Rhag ofn beth?' holodd Rhys, yn ymwybodol iawn fod cyd-destun ehangach na sefyllfa Scott a Rachel.

'Rhag ofn bydde pethe'n troi'n frwnt,' atebodd Haydn, gan edrych fymryn yn herfeiddiol ar Rhys.

'Mae'n ddryll effeithiol iawn. Gobeithio nad o't ti'n bwriadu ei ddefnyddio fe,' meddai Rhys, â golwg flin yn ei lygaid trydanol.

Ond roedd Haydn yntau'n dechrau gwylltio, ac wedi hen flino ar agwedd Rhys. Pa hawl oedd gan rywun fel fe i dreial rhoi gwers ar foesoldeb? Roedd Haydn wedi gweld Rhys yn dyrnu un o swyddogion diogelwch ei glwb nos yn ddidrugaredd. Trodd ei westy cyntaf yn Llundain yn buteindy i Arabiaid cyfoethog. Golchodd filiynau o bunnoedd brwnt o elw cyffuriau i lu o bobl amheus. Roedd wedi gorfod edrych yn ofalus dros ei ysgwydd y rhan fwyaf o'i oes. Ac ar ben hynny, roedd Haydn yn sicr fod Rhys yn dal yn berchen ar sawl dryll.

'Ble mae'r gwn nawr?' holodd Haydn.

'Yn ôl yn y bag yn y sied,' atebodd Rhys, 'ond ma' fe'n saff nawr. Dynnes i'r getrisen mas ohono fe.'

'O'dd ddim hawl 'da ti i neud 'na!'

''Sdim eisiau cetris arnot ti, o's e, os taw jyst moyn codi ofn wyt ti.'

Edrychodd y ddau ar ei gilydd am amser hir. Yna gwenodd Haydn. 'Ti heb newid dim,' meddai'n lled gyfeillgar.

'Pam ti'n gweud 'na?' holodd Rhys, yn eistedd yn ôl yn ei gadair o'r diwedd.

'Bob amser yn mynnu cael dy ffordd,' atebodd Haydn.

'Dyw hynna ddim yn wir,' dechreuodd Rhys, gyda mymryn o wên o gwmpas ei wefusau, 'wy jyst yn cyflwyno f'ochr i o bob dadl. Wedyn perswadio'r person arall i weld 'mod i'n iawn. Nage "mynnu cael fy ffordd" yw 'na. Mae 'na wahaniaeth.'

Heb yn wybod i Rhys, Haydn oedd yn dal â'r llaw uchaf. Wrth iddo waredu hen ddogfennau ei gwmni mewn peiriant rhwygo papur yn ddiweddar, daeth ar draws cyfrifon 1983. Y rheiny wnaeth ei atgoffa fod Rhys ar lyfrau'r cwmni am y rhan fwyaf o'r flwyddyn honno, a hynny wnaeth iddo ystyried, ar ôl cael canlyniadau'r prawf DNA, y gallai Rhys fod yn dad i Teleri a anwyd ym Mai 1984.

Mater o amser oedd hi iddo ganfod y gwir am Rhys ac Ann. Roedd i fod i dderbyn canlyniad ail brawf DNA drwy'r post yr wythnos hon: ail brawf tadolaeth. Tra oedd Haydn yn nhŷ Rhys bythefnos ynghynt, dwgodd frwsh dannedd ei ffrind o'i fag ymolchi. Dyna pam y bu'n rhaid i Rhys brynu un newydd yn Siop y Maes. Roedd poer Rhys oddi ar y brwsh yn ddigon, ynghyd â chanlyniad y prawf blaenorol ar wallt Teleri, i'w yrru i ffwrdd i'r cwmni. Roedd canlyniad posib y prawf yn tician yn dawel ym mhen Haydn.

Fel bom.

Syllodd ar ei hen gyfaill yn pwyso'n ôl yn ei gadair, ei ben moel yn sgleinio yn yr haul. Edrychai fel Yul Brynner yn ei anterth, yn gyffordus ei fyd. Efallai na fyddai golwg mor hunanfoddhaus arno maes o law, meddyliodd Haydn.

Bu Rhys yn was priodas iddo: a oedd e wedi'i fradychu hefyd, rai blynyddoedd yn ddiweddarach? Doedd y ffaith fod dros ddeugain mlynedd ers y camwri ddim yn berthnasol. Os rhywbeth, roedd hynny'n gwneud y peth yn waeth. A oedd Ann a Rhys wedi byw celwydd am dros hanner eu hoes, fel petai dim byd o bwys wedi digwydd?

Ceisiodd Haydn gadw'i deimladau dan reolaeth. Aros un cam ar y blaen oedd y nod cyn i'r chwarae, o bosib, droi'n chwerw maes o law. Ond ai dyna roedd e'n ei ddymuno? Allai e ladd ei ffrind gorau petai canlyniad y prawf yn bositif? Sylweddolodd Haydn nad oedd wir wedi meddwl y peth trwyddo'n iawn. Wrth sipian gweddill ei goffi du, nid blas melys buddugoliaeth oedd yn ei geg, ond surni dryswch ac anhrefn.

Pennod 12

Medi 1983, Ceredigion

Er ei bod hi wedi hanner nos roedd Ann yn falch o weld Rhys ar garreg ei drws, gyda photel fach o Calvados yn ei law a gwên ar ei wyneb. Syllodd ar ei wallt du'n sgleinio yng ngolau'r tŷ, a gallai arogli ei sebon a llymder siarp ei bersawr. Roedd ei fochau'n goch – newydd ddod allan o'r gawod oedd e, tybiodd Ann. Arhosodd y ddau yn y drws, yn edrych ar ei gilydd, am gwpwl o eiliadau. Roedd llygaid treiddgar Rhys yn dal i fedru swyno Ann er gwaethaf popeth, a'r atyniad cyntefig, rhywiol fu rhyngddynt pan oedden nhw'n gwpwl yn dal yno. Gwyddai'r ddau hynny. Atyniad peryglus, petai'n cael rhwydd hynt. Agorodd Ann y drws led y pen i adael iddo ddod i'r tŷ, yn gwybod bod rhyw linell beryglus wedi'i chroesi.

Prin iawn oedd yr adegau pan na fyddai Haydn adref, ond roedd yn Iwerddon heno, yn rhinwedd ei swyddogaeth fel Cadeirydd y Ford Gron. Cafodd e a'r Trysorydd, Arthur Elis, wahoddiad i fynd yno am benwythnos hir i gyfnewid syniadau gyda swyddogion cangen Wexford o'r mudiad.

Eisteddodd Rhys wrth ford y gegin gan dynnu'r top oddi ar y botel Calvados gyda phop bach disgwylgar. Daeth Ann â dau wydr draw ac eistedd gyferbyn ag e. Llithrodd Rhys un o'r gwydrau draw yn bwyllog ofalus ar hyd wyneb llyfn pren y bwrdd, fel petai'n cyflawni symudiad cyfrwys mewn gêm o wyddbwyll. Roedd hithau hefyd wedi cael cawod, ac erbyn hyn yn gwisgo un o'i hoff ffrogiau: un las brynodd Haydn iddi ar wyliau diweddar yn Fenis. Roedd hi wedi gwisgo pâr o glustdlysau ac esgidiau lledr glas i fatsio, a phwt o lipstig, i gwblhau'r ddelwedd.

Arllwysodd Rhys y brandi Ffrengig i'r ddau wydr gan bwyso draw i lenwi un Ann. Trawodd hithau ei gwydr yn erbyn ei un e, gan geisio, ond methu, cuddio'r cryndod yn ei llaw. Yfodd y brandi mewn un llwnc gan ysgwyd ei phen a chrynu'n bleserus wrth deimlo'r hylif yn ei chynhesu â rhyw ias anghyffredin.

'Wy'n gwybod bo' ti'n nerfus, ond ddylet ti ddim teimlo cwilydd am heno,' meddai Rhys. 'Wy'n falch i ti gysylltu.'

'Fydde hi ddim yn naturiol 'sen i ddim yn teimlo'n euog,' atebodd Ann.

Pwysodd Rhys ymlaen eto i geisio arllwys mwy o'r brandi iddi, ond rhoddodd ei llaw dros y gwydr. Roedd hi wedi cael digon am y tro.

'Paid gweud nad wyt ti'n teimlo rhyw euogrwydd hefyd,' meddai Ann yn daer.

Codi ei ysgwyddau'n ddi-hid wnaeth Rhys.

'Wy'n cofio Dad, o bawb, yn gweud wrtha i unwaith taw cyfres o benderfyniadau yw bywyd,' datganodd Rhys. 'Ac wy'n gwybod y gwnes i gamgymeriad mwya fy mywyd 'nôl ar ddiwedd 1970, pan wnes i dy adael di lawr.'

'Pan wnes i dy ddala di yn y gwely 'da rhywun arall, ti'n feddwl,' meddai Ann yn chwyrn. 'Beth o'dd ei henw hi nawr? Y gochen o Newcastle ...'

'Alison,' torrodd Rhys ar ei thraws, yn ochneidio ac ysgwyd ei ben. 'O'n i'n ifanc ac yn ffôl,' meddai, gan lyncu gweddill ei frandi.

'Ti dal yn ifanc ac yn ffôl.'

'Na. Wir i ti, Ann, o'n i ddim yn sylweddoli beth o'dd 'da fi, beth o'dd 'da ni, nes 'i bod hi'n rhy hwyr, a finne 'di sbwylio'r cwbl.'

'Fyddai e byth 'di gweithio. Tymor cyntaf coleg. Fi yn Aber a tithe'n Llundain.'

'Daearyddiaeth wahanodd ni, nage diffyg cariad,' meddai Rhys, gan arllwys ychydig mwy o frandi iddo'i hun.

'Dere, Rhys. Wy'n credu bod y ddou o'n ni'n gwybod yn iawn beth wahanodd ni. Fydden i byth wedi gallu dy drystio di.'

'Wel, wy'n falch bo' ti 'di gallu 'nhrystio fi heno, 'te. Ma' hynna'n golygu lot i fi.'

Teimlodd Ann gryndod newydd yn ei meddiannu. Cododd

ar ei thraed ac aeth i'r sinc, gan arllwys gwydr o ddŵr o'r tap. Synhwyrodd Rhys ei bod hi dan deimlad.

'Ar ôl heno mae'n bwysig dy fod di'n ymddwyn yn hollol normal, Ann.'

Nodiodd Ann, yna trodd i'w wynebu. 'Dala fi,' meddai.

Aeth Rhys draw ati a'i chofleidio'n dyner, gan ei theimlo'n ymlacio mewn ton o ryddhad yn ei freichiau cryf. Yna, edrychodd Ann i fyw ei lygaid.

'Dyw Haydn byth i ddod i wybod am heno. Wy moyn i ti addo hynna i fi,' meddai.

Nodiodd Rhys ei gytundeb.

Treuliodd Ann y bore canlynol yn fwrlwm o weithgaredd. Cofiodd gyngor Rhys i ymddwyn mor normal â phosib, felly aeth, yn ôl ei harfer, ar y bore Sul i gapel Bethania, lle roedd hi'n cyfeilio ar yr organ bob wythnos i'r emynau a genid gydag angerdd. Llwyddodd rywsut i ymddangos yn 'normal', beth bynnag oedd hynny, er bod yr euogrwydd am yr hyn ddigwyddodd y noson gynt yn ei bwyta'n fyw. Yn ystod y weddi, ceisiodd ei gorau i ailadrodd geiriau o gysur yn ei phen, yn ysu am i bethau fod yn iawn rhyngddi hi a Haydn. Allai hi ddweud celwydd wrtho? Doedd ganddi ddim syniad, gan nad oedd hi erioed o'r blaen wedi gwneud hynny. Fyddai Haydn yn gweld trwy ffalsrwydd ei mwgwd? Roedd addewid Rhys yn troi yn ei phen: fyddai e, mwy na hithau, ddim yn sôn am neithiwr wrth neb tra bydden nhw byw. Ond a allai hi gadw at hynny?

I gadw at y patrwm 'normal' penderfynodd Ann baratoi cinio dydd Sul iddi hi ei hun. Wrth iddi blicio'r tatws a'r moron a'r pannas, wrth arogli gwynt cyfarwydd y ffowlyn yn y ffwrn, tasgodd dagrau ar y llysiau amrwd. Crwydrodd ei meddwl ... wyneb golygus Rhys ar stepen y drws am hanner nos, a photel o Calvados yn ei law. Edrychodd ar y cloc ar wal y gegin, yn araf lusgo'i draed at hanner dydd. Meddyliodd am yr hyn roedd y ddau wedi'i wneud y noson gynt. Doedd Rhys ddim yn teimlo'n euog o gwbl, medde fe. Sut hynny? Oedd ganddo ddim cydwybod? Cofiodd mai Rhys oedd wedi mynnu galw yn y tŷ, fel na fyddai unrhyw gofnod o alwad ffôn yn eu cysylltu. Diolch byth am ei feddwl miniog, chwim, meddyliodd Ann. Meddwl rhywun oedd yn hen gyfarwydd â chael affêrs. Meddwl rhywun oedd yn hen gyfarwydd â byw bywyd yn y cysgodion, ystyriodd, gan deimlo bustl yn codi'n asidig i'w llwnc.

Canodd y ffôn a bu bron i Ann neidio, ei nerfau'n rhacs. Yna cofiodd fod Haydn wedi addo ffonio tua amser cinio. Sythodd ei chefn gan baratoi yn feddyliol i siarad gyda'i gŵr. Cymerodd anadl ddofn wrth gamu'n hyderus tuag at y bwrdd bach yn y coridor. Cododd y ffôn.

'Helô?'

'Haia, cariad. Ti'n ol-reit 'na?'

'Ydw. Iawn. Jyst od 'ma hebot ti,' atebodd Ann, ychydig yn nerfus ond yn ddiffuant. Pam oedd e'n gofyn a oedd hi'n ol-reit? Daeth yr ateb i'r cwestiwn o ben arall y ffôn.

'Jyst meddwl bo' ti'n swnio bach yn fflat neithiwr, 'na i gyd.'

'O'i gymharu â ti, falle o'n i. Mae'n amlwg bo' ti'n cael amser da mas 'na.'

'Ydw. Mae'r Gwyddelod yn groesawgar iawn – fydd raid i ti ddod gyda fi tro nesa. Mae Seamus a Maire yn cofio atot ti.'

'Ble y'ch chi?'

'Ni yn y Ship yn Waterford, yn aros am ein cinio Sul. Mae Arthur yn cofio atot ti hefyd.'

Rhewodd Ann wrth iddi glywed enw Arthur Elis, perchennog Hen Felin.

'Ti'n dal 'na?' holodd Haydn.

'Ydw. Jyst moyn neud yn siŵr bod y tatw ddim yn berwi drosodd, 'na i gyd,' meddai. Roedd yn gas ganddi ddweud celwydd wrth Haydn, ond synnodd pa mor hawdd oedd gwneud hynny. Efallai y byddai'n medru cadw'r gyfrinach wedi'r cwbl.

'Cinio Sul i un, ife?' holodd Haydn.

'Ie, ond dim ots. Dyw dydd Sul ddim yn teimlo fel dydd Sul heb ginio iawn,' meddai Ann, ychydig yn fwy sionc.

'Mae'n bwyd ni'n dod nawr, bach yn gynt nag o'n i'n

disgwyl. Well i fi fynd 'nôl at y bwrdd,' meddai Haydn.

'Ie, ie, cer di.'

'Bydd rhaid i ni gael Seamus a Maire draw aton ni yng Nghymru,' meddai Haydn.

'Ie, bydde hynna'n neis.'

'Fuon ni yn Waterford ddoe hefyd. Anghofiais i weud. Yn y ffatri wydr, i dreial eu cael nhw i noddi digwyddiad i'r Ford Gron fan hyn. Byddet ti wrth dy fodd 'na. Ges i set o chwe gwydr i ti, a decanter hefyd,' meddai Haydn yn frwd, yn ei lais main.

Gwenodd Ann. Roedd Haydn yn ddyn hael, yn ddyn deche.

'Wy'n caru ti,' meddai Ann, ychydig yn annisgwyl.

'Wy'n caru ti hefyd,' meddai Haydn, 'ond well i fi fynd. O ie, mae'r fferi i fod i gyrraedd Abergwaun tua phump, felly fydda i adre erbyn swper nos fory. Hwyl nawr.'

'Ta-ta,' meddai Ann. Clywodd ffôn Haydn yn diffodd, a llifodd ton o emosiwn drosti – profiad corfforol, pleserus, bron fel petai ei chalon yn chwyddo. Gwyddai'n iawn taw cariad oedd e, cariad at ei gŵr, ac roedd hi'n fwy penderfynol nag erioed na fyddai unrhyw beth nac unrhyw un yn peryglu ei phriodas.

Pennod 13

Doedd Haydn ddim yn siŵr ai'r gwres ynteu'r sefyllfa roedd e ynddi oedd yn gwneud iddo chwysu cymaint. Wrth iddo sipian ei ddŵr pefriog taflodd gipolwg draw ar garafán Rachel: gweithred anwirfoddol erbyn hyn. Teimlodd ei bwls yn dyrnu yn ei glust, a chredai fod ei galon yn symud o gwmpas cawell ei asennau fel aderyn caeth. Roedd ei wallt hir yn diferu o chwys, a dechreuodd sylweddoli nad oedd y trip hwn i Ynys Môn yn gwneud tamaid o les i'w iechyd.

Pan ddychwelodd Rhys o'i wâc ac eistedd gyferbyn ag e ar un o'r cadeiriau plastig gwyn, prin bod ei anadl wedi cyflymu. Edrychai yn iach fel cneuen yn ei siorts, crys-T glas tywyll, ei esgidiau ysgafn Nike a sanau bach gwyn, yr haul yn disgleirio oddi ar ei ben moel fel haen o fetel. Sychodd ei dalcen â'i fraich er nad oedd angen. Sylwodd ar y ddiod o flaen Haydn.

'Ti ar y G&T yn barod?'

'Na,' atebodd Haydn. 'Dŵr wy'n yfed heddi. Cadw pen clir er mwyn treial gweithio mas y Rachel hyn.'

'Ie, ma' rywbeth od amdani. 'Sen i 'di ffeindio rhywun yn fy ngharafán i, fydden i 'di mynnu bod Robat yn eu towlu nhw mas, nid mynd atyn nhw am farbeciw,' cytunodd Rhys.

'A wnaeth hi gyfadde 'i bod hi'n dilyn Teleri ar Facebook,' meddai Haydn yn ddwys.

''Sdim byd yn amheus am hynny, achan. O'n nhw'n ffrindiau,' atebodd Rhys.

'Tybed gath hi wahoddiad i barti deugain Teleri fis diwethaf?' dyfalodd Haydn, gan grafu'i ên yn feddylgar.

'Bydde Scott wedi rhoi stop ar 'na, Haydn, does bosib?'

'Falle mai dyna pam nethon nhw gwympo mas ar ddiwedd y nos, fel cath a chi,' atebodd Haydn. 'Aros funud,' meddai, yn cynhyrfu a chydio yn ei sbienddrych. 'Mae hi'n siarad ar y ffôn 'da rhywun.'

Edrychodd Rhys draw at garafán Rachel, a hyd yn oed heb gymorth sbiendddrych gallai weld ei bod yn dal ei llaw at ei chlust a bod ei chorff yn crymu wrth chwerthin.

'Allai hi fod yn siarad 'dag unrhyw un. Wyt ti wedi ystyried hynna? Cael affêr 'da rhywun arall, rhywun o'r maes carafannau, falle. Ond ma' fe'n od, wy'n cyfadde, bod 'ma am yr haf cyfan ar ei phen ei hunan yn ei hoedran hi.'

Tynnodd Haydn y sbiendddrych oddi wrth ei lygaid a'i osod ar y bwrdd. 'Trueni na wnaethon ni osod dyfais fach draw 'na, i wrando ar beth mae hi'n ddweud.' Cododd o'i gadair ac ymestyn ei gorff fel petai gweld y sgwrs wedi rhoi rhyw egni newydd iddo.

'Shwt mae dy bigwrn di erbyn hyn?' holodd Rhys, ychydig yn bryderus ynglŷn â'r newid yn agwedd ei ffrind.

'Digon da i fynd am wâc fach heb y ffon. Wy'n credu wna i slipo draw i swyddfa Robat i bysgota bach mwy am Rachel.'

'Ti'n meddwl bod 'na'n beth doeth? Ma' fe wedi'n rhybuddio ni unwaith yn barod, w.'

'O, fydda i'n ofalus iawn,' atebodd Haydn, a oedd eisoes ar ei ffordd.

Doedd dim sôn am Robat yn y swyddfa er bod y drws ar agor led y pen. Er bod Haydn wedi dweud wrth Rhys mai ceisio dysgu mwy am Rachel oedd ei fwriad, nid dyna pam roedd e wedi mynd draw yno. Roedd e am weld a oedd unrhyw bost wedi cyrraedd iddo. Gan mai canlyniad prawf DNA Rhys roedd e'n ei ddisgwyl, doedd e ddim am i'w gyfaill ei weld.

'Oes 'na bobol?' galwodd Haydn, gan ddynwared perchennog y maes.

'Fydda i yna rŵan!' galwodd llais yn ôl o'r stafell gefn, ac ymhen sbel daeth Robat i'r golwg. 'Sgynnoch chi'm problem arall efo'r nwy, gobeithio,' meddai wrth Haydn.

'Na, popeth yn … tshampion,' atebodd Haydn, mewn ymdrech dila i swnio'n ogleddol.

'A dach chi ddim wedi hambygio mwy ar Ms Daniels chwaith, gobeithio?'

'Na, na, dim o gwbl. O'n i jyst moyn gwybod y drefn gydag unrhyw bost, 'na i gyd.'

'Post? Ei gasglu o o'i swyddfa ydi'r drefn arferol. Pam? Dach chi'n disgwl rwbath?' holodd Robat.

'Ydw. 'Sdim byd 'di dod heddi, o's e?'

'Ddim i chi, Mr Thomas, nagoes, gen i ofn. 'Dach chi isio i mi'ch tecstio chi os gyrhaeddith 'na rwbath i chi?'

'Ie, fydde 'na'n, ym ...'

'Yn tshampion?' holodd Robat yn gellweirus.

Nodiodd Haydn. Yna dechreuodd, er ei waethaf, bysgota. 'Jyst i glirio'r aer, o'n i moyn i chi wybod bo' ni'n dod mlaen yn grêt 'da Rachel erbyn hyn. Ddaeth hi draw i gael drinc 'da ni neithiwr.'

Gwgodd Robat, a thaflu edrychiad drwgdybus i gyfeiriad Haydn. Anwybyddodd Haydn hynny.

'O'dd Hilda'n help mowr, gyda llaw,' meddai'n frwd, 'diolch am hynna.'

'Dwi 'di gweld Ms Daniels, Rachel, yn rhedeg sawl gwaith, w'chi, heibio ochr yr hen ffermdy, a heibio fan hyn hefyd,' meddai Robat yn ofalus. 'Ond fedra i ddim deud ryw lawar amdani, fel y deudis i wrthach chi o'r blaen.' O weld golwg syn Haydn, meiriolodd ryw fymryn. 'Rhowch o fel hyn, Mr Thomas. Tasa pawb fel Ms Daniels yn yr hen le 'ma, 'sa 'mywyd i dipyn haws. Dim traffarth o gwbl. Cadw iddi'i hun.'

Nodiodd Haydn. Doedd dim diben holi mwy.

Yn y garafán, roedd Rhys yn yfed gwydraid o ddŵr pan drodd i wynebu'r ffenest a sylwi ar ffigwr mewn jîns du a hwdi glas golau yn mynd i mewn i garafán Rachel. Ai Scott oedd e? Roedd hi'n anodd dweud. Defnyddiodd y sbienddrych yn frysiog, ond roedd yn rhy hwyr. Tynnwyd y bleinds dros y ffenestri. Beth oedd gan Rachel a'r person cudd hwn i'w guddio? Pam gwisgo hwdi, yn enwedig ar ddiwrnod braf? Ai hwn oedd y person mewn hwdi y gwnaeth Hilda sôn amdano? Bownd o fod. Roedd yr holl beth yn amheus iawn.

Cododd Rhys ei ffôn i alw Haydn, ond canodd ffôn ei gyfaill

ar y bwrdd coffi gerllaw. Fyddai e ddim yn hir, siawns, ystyriodd Rhys, gan ddiawlio'i hun am beidio tynnu llun o'r ymwelydd. Ond roedd yr holl beth wedi digwydd mor glou. Efallai mai'r boi yn yr hwdi roedd Rachel wedi bod yn siarad ag e ar y ffôn, dyfalodd, yr un oedd wedi gwneud iddi chwerthin cymaint. Oedodd Rhys. Doedd Scott erioed wedi'i daro fel rhywun doniol. Os rhywbeth, roedd mab yng nghyfraith Haydn yn un gor-ddwys a mewnblyg.

Sut roedd e'n mynd i dorri'r newyddion am yr ymwelydd i'w gyfaill? Byddai'n rhaid iddo atal Haydn rhag brysio draw i garafán Rachel yn syth. Wedi'r cyfan, doedd ei bywyd hi'n ddim o'u busnes nhw. Dal i gadw golwg o bell, dyna fyddai gallaf.

Yn y cyfamser, roedd Haydn yn ymlwybro'n araf ofalus yn ôl i'r garafán. Roedd yn ymdopi'n iawn heb ei ffon ond doedd wiw iddo gwympo eto. O leiaf roedd y boen yn ei bigwrn wedi pylu rhywfaint a'r chwydd wedi gostwng hefyd. Diolchodd nad oedd hi'n rhy boeth – allai e ddim dygymod â gwres llethol, ac yntau'n gochyn.

Wrth iddo anelu tuag at y giât a arweiniai i'r parc chwarae, am hoe fach, daliodd un o'r ceir ym maes parcio'r ymwelwyr ei sylw. Honda Civic lliw arian, tebyg i un Teleri. Aeth draw i gael gwell golwg arno, a chafodd sioc o weld y rhif: LP57 TEJ. Car Teleri oedd e! Roedd hwn yn ddatblygiad o bwys. Byddai Scott yn defnyddio car ei wraig weithiau – a oedd y gwalch, o'r diwedd, wedi syrthio i'w trap? Chwiliodd ym mhoced frest ei grys Hawaiaidd am ei ffôn er mwyn rhoi gwybod i Rhys, ond doedd e ddim yno. Diawliodd ei hun wrth ruthro mor glou ag y gallai yn ôl i'r garafán.

Yn lolfa'r garafán, baglodd y ddau ar draws ei gilydd i rannu eu newyddion.

'Ife Scott oedd e?' holodd Haydn, ar bigau'r drain.

'Mae'n anodd gweud. O'dd e'n gwisgo hwdi,' eglurodd Rhys.

'Ond dyn oedd e,' meddai Haydn mewn llais oedd yn datgan fod hynny'n wir.

'Wy ddim yn siŵr ...' dechreuodd Rhys yn rhesymol, ond torrodd Haydn ar ei draws.

'Be ti'n feddwl, achan? Oedd e'n edrych fel dyn neu beidio?' holodd yn ddiamynedd.

'Wel, dyw Scott ddim yn foi mowr, ody e? Ddim lot mwy na Teleri. Pam fyddai e'n defnyddio'i char hi? Ma' 'dag e Range Rover ei hunan, nag oes e?'

'Falle'i fod e'n cael MOT?' mentrodd Haydn. 'Ma' fe'n defnyddio'i char hi ambell dro. Ond dim heddi, chwaith. Bydde hi yn y gwaith heddi.'

'A Scott, i fod,' meddai Rhys, wrth sylwi fod Haydn yn gwelwi wrth edrych draw at garafán Rachel. Trodd yntau i edrych, a gwelodd Rachel yn gosod dysgl dryloyw o salad a dau blât ar y bwrdd tu allan. Daeth yr ymwelydd allan ar ei hôl, yn cario hambwrdd ac arno gyllyll a ffyrc, slab o gaws a dau wydr gwin tal. Roedd yr ymwelydd wedi tynnu'r hwdi erbyn hyn, a gosododd yr hambwrdd yn ofalus ar y bwrdd.

Edrychodd Teleri draw atynt, fel petai'n edrych i lens camera, a chodi'i llaw'n gyfeillgar a gwenu ar ei thad.

Pennod 14

Dechreuodd Haydn gerdded tuag ati, ond rhedodd Rhys ar ei ôl a sefyll o'i flaen i'w rwystro.

'Ble ti'n mynd?' gofynnodd, yn hanner ofni'r ateb.

'Draw i weld beth ma' Teleri'n neud 'ma,' atebodd Haydn yn swrth.

'Callia am funud, plis. 'Sdim isie rhuthro mewn i unrhyw beth.'

'Rhuthro? Ti'n dechre'i cholli hi, glei. Ni 'di bod 'ma ers dydd Sadwrn. Hwn yw'r *breakthrough* ni wedi bod yn aros amdano.'

'Ie, falle bo' ti'n iawn. Ond ma' isie i ni ystyried pam fod Teleri 'ma, rhag ofn i ni gawlo pethe.'

Ystyriodd Haydn eiriau ei ffrind. Roedd hi'n wir fod ganddo dueddiad i ruthro i mewn i sefyllfaoedd a difaru wedyn. 'Pam ti'n meddwl 'i bod hi 'ma 'te?' gofynnodd o'r diwedd, gan eistedd ar un o'r cadeiriau plastig.

'Falle'i bod hi 'ma i berswadio Rachel i adael llonydd i Scott?' cynigiodd Rhys.

'Wel, os yw hi, mae'n mynd o gwmpas y peth yn waraidd iawn drwy rannu bwyd a photel o win 'da hi,' meddai Haydn.

'Falle fod Rachel wedi cytuno'n barod, a bod y gwin yn ddathliad o fath,' parhaodd Rhys. 'Neu fod rhyw gamddealltwriaeth wedi bod.'

'Na. Sa' i'n credu 'na am eiliad. Fydde hi byth yn maddau i Rachel mor hawdd,' meddai Haydn.

'Wel, ti sy'n nabod dy ferch,' meddai Rhys yn ofalus.

'Ie. Ma' hi wedi dod 'ma achos 'i bod hi'n gwybod ein bod ni 'ma. Achos bod Rachel wedi'i ffonio hi, a gweud wrthi,' meddai Haydn, yn nodio fel petai'n cytuno ag e'i hun.

'Ond pam fydde Rachel yn neud 'nny?' holodd Rhys.

'Achos 'i bod hi'n gwybod ein bod ni ar ei thrywydd hi, ac

mai dim ond mater o amser fydde hi cyn i ni ddweud wrth Teleri.'

Ystyriodd Rhys y ddamcaniaeth. Oedd, roedd hynny i gyd yn bosib.

'Ond ma' posibilrwydd arall hefyd,' meddai Rhys drachefn, 'sef bod Teleri ddim yn gwybod unrhyw beth, a bod Rachel wedi'i gwahodd hi draw fel hen ffrind, gan fod ei thad hi ar y maes carafannau ta beth.'

'Cadw un cam ar y blaen i ni. Treial ffeindio mas faint y'n ni'n wybod,' meddai Haydn, gan nodio.

'Ac yn bwysicach, faint mae Teleri'n ei wybod,' cytunodd Rhys.

'Ie,' meddai Haydn, yn parhau i bwyso a mesur y sefyllfa. 'Falle dy fod di'n iawn. Taw piau hi am y tro.'

Ond er bod y geiriau'n gall roedd wyneb Haydn yn gam, fel un o'r milwyr tegan 'na chi'n weindio lan, a chwalodd ei amynedd yn rhacs pan glywodd sŵn 'pop' uchel yn dod o gyfeiriad patio Rachel, yna bonllefau o chwerthin. Sŵn potel siampên yn cael ei hagor!

Edrychodd Haydn ar Rhys. Edrychodd Rhys ar Haydn. Cododd y ddau ar eu traed a gweld Teleri'n arllwys y gwin pefriog i'r ddau wydr. Yna trawodd y ddwy eu gwydrau yn erbyn ei gilydd. Beth oedd pwnc y llwncdestun? Beth oedden nhw'n ei ddathlu? Y tro hwn, wnaeth Rhys ddim atal ei ffrind, a martsiodd y ddau draw at garafán Rachel, yn awchu i gael gwybod beth oedd yn mynd ymlaen.

Pan gyrhaeddodd y ddau, aeth Teleri draw at ei thad a'i gofleidio'n wresog, a chodi ei llaw'n gyfeillgar i gyfarch Wncwl Rhys.

'Well i mi fynd i nôl dau wydr arall, ia?' gofynnodd Rachel i Teleri mewn llais nerfus.

Nodiodd Teleri, gan dynnu cadair blastig allan i'w thad gael eistedd arni. Ond sefyll yn dalsyth dawedog wnaeth Haydn, gan alw ar ôl Rachel,

'Peidiwch nôl gwydrau i ni. Dyw cael affêr a chwalu teulu'n ddim byd i'w ddathlu.'

Edrychodd Rachel a Teleri ar ei gilydd, a diflannodd Rachel i'r garafán.

'Mae'n ddrwg 'da fi bo' ti'n gorfod ffeindio mas fel hyn,' meddai Haydn wrth Teleri, 'ond 'sdim iws gwadu. Welodd un o'n ffrindiau ni Scott yn galw fan hyn, i weld Rachel.'

'Hm,' meddai Teleri, fel petai'n ceisio ystyried y datganiad.

'Hm? 'Na i gyd sy 'da ti i'w ddweud?' holodd Haydn yn flin.

'Gethoch chi lond bola o Benrhyn Gŵyr 'te, do fe?' holodd Teleri yn smala.

'O'n ni'n methu gweud y gwir ynglŷn â ble o'n ni'n mynd ...' dechreuodd Rhys.

'O'n i ddim moyn i ti wybod, nes bo' ni'n gwybod i sicrwydd,' ategodd Haydn.

Daeth Rachel yn ôl allan, gan osod dau wydr tal, gwag ar y bwrdd.

'Chi ddim yn gwadu bod Scott 'di bod 'ma, y'ch chi?' holodd Haydn hi.

Edrychodd Rachel ar Teleri.

'Gwed y gwir wrthyn nhw. Wedyn allwn ni i gyd ddathlu,' meddai Teleri'n dyner.

'Oedd,' datganodd Rachel. 'Mi oedd Scott yma ryw fis yn ôl. Ond nid cael affêr o'n i. 'Swn i byth yn gwneud hynny i Teleri.'

'Beth oedd e'n neud 'ma 'te?' holodd Rhys.

'Wedi dod i drio fy mherswadio i ... i adael llonydd i Teleri,' atebodd Rachel, gan wrido mymryn wrth edrych draw arni hi.

Sylwodd Rhys ar wyneb dryslyd ei ffrind. 'Ti'n deall beth ma' hi'n ddweud?' holodd.

Crychodd Haydn ei dalcen. 'Sa' i'n siŵr,' meddai yn y diwedd. 'Pam fyddai Scott yn dweud hynny?'

'Achos taw Rachel a Teleri sy'n cael yr affêr,' eglurodd Rhys mor sensitif ag y gallai.

Ysgwyd ei ben wnaeth Haydn. 'Na, na, ma' bownd o fod ryw gamgymeriad –'

Teleri dorrodd ar ei draws. 'Na, Dad. Mae Rachel a fi'n

caru'n gilydd. Ac wy'n falch bo' chi'n gwybod, bo' ni'n gallu bod yn agored 'da pawb am ein perthynas.'

Wrth i Haydn geisio prosesu geiriau ei ferch, arllwysodd Rachel y siampên yn ddeheuig i'r ddau wydr gwag. Pasiodd un i Rhys, yna rhoddodd y llall i Haydn. Gan sylwi fod gwydr Teleri'n hanner gwag, tywalltodd fwy o'r hylif pefriog i hwnnw yn ogystal.

Gwenodd Teleri ar Rachel a chodi'i gwydr i fyny, gyda Rachel yn dilyn ei hesiampl.

'Licen i i chi godi'ch gwydr, Dad, mewn llwncdestun: i fi a Rachel!' meddai'n bendant.

Cododd Rhys ei wydr, gan amneidio ar Haydn i'w annog i wneud yr un peth. Cododd Haydn ei wydr gan wenu'n gam: gwên ffug, lawn siom. Gwên gas, sarcastig. O fewn eiliad roedd wedi taflu ei wydr llawn at ochr y garafán, gan ei chwalu'n deilchion. Taranodd i ffwrdd mor glou ag y gallai, o ystyried ei anaf, yn ôl i'w garafán ei hun. Dechreuodd Teleri ddilyn ei thad ond gafaelodd Rhys yn ysgafn yn ei braich.

'Gad iddo fe fynd, Teleri fach. Wedi cael sioc ma' fe, 'na i gyd. Ddaw e i ddeall, ac i ddathlu, falle, gydag amser.'

Nodiodd Teleri, gan werthfawrogi geiriau doeth Rhys. Dechreuodd Rachel godi'r darnau mwyaf o wydr oddi ar y patio.

'Watsia di dorri dy fysedd, cariad,' meddai Teleri wrthi.

'Iawn,' atebodd hithau. 'Aeth hynna braidd yn ffliwt, yn do.'

Pan aeth Rachel i mewn i'w charafán i nôl brwsh a phadell i glirio'r darnau mân, manteisiodd Rhys ar y cyfle i gael gair preifat gyda Teleri. Roedd e eisiau gofyn dau gwestiwn penodol.

'Shwt wyt ti'n meddwl y bydd Iwan a Manon yn ymateb? Odyn nhw'n gwybod unrhyw beth?'

Am y tro cyntaf pylodd y fflam o hapusrwydd ar wyneb Teleri. Ysgydwodd ei phen yn ddwys.

'Na. Dy'n nhw ddim yn gwybod eto. Dyna wy'n becso 'mbytu fwya,' meddai. 'Wy'n ofni falle wnaiff Scott eu troi nhw yn f'erbyn i.'

Dychwelodd Rachel i sgubo'r gwydr mân, a throdd Teleri ati.

'Mae'n ddrwg 'da fi am Dad, Rach. Wna i glirio fe lan.'

'Paid â bod yn wirion. Bechod am y gwydr hefyd.'

'Fi brynodd y set iddi,' eglurodd Teleri, a gwenodd Rachel arni, gwên ddedwydd cariad.

Edrychodd Rhys arnynt am y tro cyntaf fel cwpwl. Gyda rhai cyplau ry'ch chi'n gallu gweld eu bod nhw i fod gyda'i gilydd, a chwpwl felly oedd Rachel a Teleri, meddyliodd, er eu bod nhw'n wahanol iawn i'w gilydd o ran pryd a gwedd. Roedd Teleri yn sbarcen fach â gwallt sgleiniog pinc a llygaid brown ei mam, a Rachel yn fwy gosgeiddig, yn denau fel styllen, gyda gwallt hir golau a llygaid mawr glas llawn syndod. Wedi dweud hynny, o ran anian roedd y ddwy'n weddol debyg, yn hwyliog a llawn bywyd, fel y siampên yn ei law.

'Ers pryd ma' –' dechreuodd Rhys, gan adael i'r cwestiwn gyhwfan yn yr awyr wrth sylwi ar y ddwy yn edrych ar ei gilydd. ''Sdim rhaid i chi weud dim wrtha i, wrth gwrs,' ychwanegodd, yn hanner difaru gofyn.

'Na. 'Sdim ots 'da fi i chi gael gwybod,' meddai Teleri, 'wedi'r cwbl, chi'n dad i fi, o fath.'

Taflwyd Rhys oddi ar ei echel yn llwyr, ac anesmwythodd yn ei gadair.

'Ma' Wncwl Rhys yn dad bedydd i mi,' eglurodd Teleri wrth Rachel, cyn troi yn ôl at Rhys. 'Ac i ateb eich cwestiwn chi, ers penwythnos olaf mis Ionawr. Aeth Scott a fi bant am benwythnos i Gaernarfon i ddathlu Diwrnod Santes Dwynwen. Aethon ni am daith i Ynys Llanddwyn ...'

'Rhamantus iawn,' meddai Rhys.

'Oedd e'n ol-reit. Ond os chi moyn gwybod y gwir, dyw pethe heb fod yn iawn ers i Scott gael ffling ryw ddwy flynedd yn ôl gyda merch sain ifanc yn ei griw ffilmio. Stopiodd e unwaith ffeindies i mas, ond dyw pethe ddim wedi bod yr un fath ers hynny.'

'Ie, wedodd Haydn rywbeth,' meddai Rhys yn ofalus.

'Fi awgrymodd ein bod ni'n mynd i Gaernarfon achos o'n i'n hanner gobeithio gweld Rachel 'na.'

'Roeddan ni wedi colli cysylltiad ar ôl dyddia coleg, ond mi ffendion ni'n gilydd ar y cyfryngau cymdeithasol rai blynyddoedd wedyn. Mi oedd Teleri yn fy stelcian i ar Facebook am flynyddoedd, mae'n debyg,' meddai Rachel yn ysgafn.

'Nid stelcian, jyst gweld beth o't ti'n neud, o bellter,' mynnodd Teleri.

'Yna, mi wnaethon ni ddechrau sgwrsio ar Messenger, a thrwy hynny y daeth Teleri i wybod 'mod i'n arfar mynd i siop lyfrau Palas Print yng Nghaernarfon ar fore Sadwrn,' meddai Rachel, â'r mymryn lleiaf o letchwithdod.

'Llefydd danjerus, siopau llyfrau,' meddai Rhys.

'Drefnon ni i gael coffi, a ... wel ...'

'Ie, wy'n deall,' meddai Rhys, yn torri ar ei thraws. Doedd e ddim am wybod mwy o'r manylion.

Edrychodd Rachel ar Teleri, fel petai'n ei hannog i sôn am rywbeth arall, ond ysgydwodd Teleri ei phen.

'Ty'd, Tel. Dwi'm yn meddwl y bydd Rhys yn gwrido. Mae o 'di cael bywyd reit lliwgar yn Llundain, yn ôl be dwi 'di'i glywad,' meddai Rachel.

'Ie, ol-reit. Gath y ddwy ohonon ni berthynas am rai wythnosau yn y coleg. Rhyw fath o arbrofi oedd e i mi. Neu o leia dyna o'n i'n feddwl ar y pryd. Fel yr es i'n hŷn wnes i sylweddoli 'mod i'n ddeurywiol.'

'Wel, cariad yw'r peth pwysica, ontife. Gafael ynddo fe pan ddaw e. Gwneud yn fowr ohono fe,' meddai Rhys.

Sychodd Teleri ddeigryn o'i llygad a rhoddodd Rachel ei braich amdani a'i chwtsio'n dynn.

Pennod 15

Arllwysodd Haydn wydryn arall o Merlot iddo'i hun wrth y bwrdd plastig gwyn ar y patio, i gyfeiliant y gwylanod uwch ei ben oedd yn ei watwar â'u chwerthin. Welai e ddim bai arnyn nhw. Teimlai'n real ffŵl.

Roedd e wedi'i daflu'n llwyr oddi ar ei echel, doedd ddim dwywaith am hynny.

Doedd e ddim wedi gweld y peth yn dod o gwbl, a dyna oedd yn brifo fwyaf, mewn ffordd. P'un a oedd Teleri'n ferch fiolegol iddo neu beidio, wel, roedd hynny'n amherthnasol. Roedd ganddyn nhw berthynas wych, a theimlai'n falch o'r cwlwm arbennig fu rhyngddo a Teleri ar hyd y blynyddoedd. Roedden nhw'n agos, neu o leiaf dyna roedd Haydn yn ei gredu nes i Teleri ollwng y gath o'r cwd amdani hi a Rachel. Sipiodd ei win coch, ei wyneb fel carreg. Roedd taflu'r gwydr siampên at y garafán yn blentynnaidd, ond allai e ddim helpu'i hun.

Pan oedd Haydn mor benderfynol o gadw Scott gyda Teleri, ei wyrion, Manon ac Iwan, oedd ei brif gonsýrn. Pan oedd e'n blentyn, prin iawn roedd rhieni yn ysgaru. Roedd stigma ynglŷn â'r peth. Ond erbyn hyn roedd yn gyffredin, bron yn ffasiynol, ystyriodd, ac efallai nad oedd angen iddo fecso am ei wyrion. Roedd plant heddiw yn wydn, a doedd neb yn haeddu tyfu lan ar aelwyd oeraidd, ddigariad. Bydden nhw'n gweld trwy ffalsrwydd yn gynt nag unrhyw oedolyn.

Beth fyddai Ann wedi'i feddwl? Beth fyddai ei chyngor hirben hi? Roedd Haydn yn gweld ei heisiau'n feunyddiol, ond ar adegau argyfyngus roedd yn cael ei atgoffa pa mor amhrisiadwy oedd hi. Dechreuodd Haydn deimlo'n sigledig. Os nad oedd e'n deall ei ferch, efallai nad oedd yn adnabod ei wraig cystal â hynny chwaith?

Roedd Rhys wedi cerdded draw i'r siop cyn iddi gau er mwyn prynu mwy o win. Clywodd Haydn e'n dychwelyd i'r garafán cyn ei weld, gan ei fod yn chwibanu tiwn 'Calon Lân' i gyfeiliant tincian y poteli gwin yn ei fag lliain.

'Mae dewis da o win 'na, whare teg,' meddai Rhys, gan roi'r bag ar y bwrdd.

'Diwrnod yfed dŵr oedd heddi i fod.'

'Gofyn wyf am galon hapus, calon onest, calon lân,' canodd Rhys.

''Sdim byd yn onest nac yn lân am gynnal affêr tu ôl i gefn dy ŵr,' atebodd Haydn yn swrth.

'Beth am y galon hapus 'te? Ody honno ddim yn cyfri? Alli di ddim gwadu nad y'n nhw'n hapus, Haydn.'

Symudodd Haydn 'nôl a mlaen yn ei gadair, a chymerodd Rhys hynny fel arwydd o'i embaras.

'Ti *yn* cofio ein bod ni bron â chyrraedd chwarter cyntaf yr unfed ganrif ar hugain, a bod cyplau hoyw yn cael priodi ers blynyddoedd?' gofynnodd Rhys.

'Ie, ie. Wy jyst ... wel, ddim yn gyfarwydd â'r peth, 'na i gyd. Heblaw am John a Hywel sy'n cadw'r Gwely a Brecwast ym Mryn Tirion, sa' i'n credu bo' fi'n nabod neb, ti'n gwybod, sy'n ...' Stopiodd ar ganol ei frawddeg wrth sylwi ar wên lydan Rhys. Ysgydwodd hwnnw ei ben mewn anobaith. 'Be sy'n bod?' holodd Haydn yn chwyrn.

'Ti. Ti 'di bod yn byw dan garreg neu beth, gwed? Beth am Helen Jenkins a merch Ieuan Camddwr, Rhian?'

'Wel, ie, wy'n gwybod bo' nhw'n byw 'da'i gilydd, ond o'n i ddim yn siŵr am –'

'A Henry Bara a Peter Rees?'

'E?'

'Ac Alys Hendre a'r ferch 'na symudodd o Birmingham tua'r un adeg â fi?'

'Julie.'

'Ie, 'na hi, cwpwl arall.'

'Na!' meddai Haydn, â'i geg ar agor fel pysgodyn aur syn.

'Bachan, ti sy 'di byw 'na erioed, a finne wedi dychwelyd saith mlynedd yn ôl. Alle unrhyw un feddwl mai'r ffordd arall rownd yw hi. Wyt ti ddim yn sylwi ar ddim, glei. Wnest ti ddim amau rhywbeth am Teleri 'te? Trafod 'da hi?'

'Ti off 'to, wyt ti, Rhys? Yn rhoi cyngor i fi am fod yn dad?'

'Cyngor fel ffrind, 'na i gyd. Sa' i'n licio gweld ti'n diodde,' atebodd Rhys gan godi potel arall o Merlot o'r bag a'i rhoi ar y bwrdd.

Ciciodd Haydn garreg o dan y bwrdd yn lletchwith â'i droed iach. Roedd yn gas ganddo sefyllfaoedd fel hyn. Trafod pethau o bwys. Yn rhannol oherwydd fod Rhys gan amlaf yn gwybod lot mwy na fe.

'Beth alwodd y bardd Yeats y galon? "The foul rag and bone shop of the heart". 'Sdim modd i ni rag-weld ein hemosiynau dan rai amgylchiadau ...' dechreuodd Rhys barablu, ond torrodd Haydn ar ei draws.

'Ie, ie, cadw dy blydi Yeats. A stwffia dy emosiynau lan dy din!'

'Jyst gweud mai peth cymhleth yw'r bod dynol y'f i, a bod sawl fersiwn o gariad, yn cynnwys cariad at ffrind,' atebodd Rhys yn bwyllog ddigyffro.

'Ife 'na beth o't ti'n deimlo tuag at Ann?' Dyna oedd Haydn am ei holi, ond llwyddodd i gnoi ei dafod. Symudodd yn lletchwith yn ei gadair, o un foch tin i'r llall. 'Wy'n gweld isie Ann, 'na i gyd,' meddai'n syml.

'Wrth gwrs dy fod di. Ac wy'n siŵr fod Teleri hefyd,' atebodd Rhys.

'Efallai mai dyna pam 'i bod hi wedi drysu, 'i bod hi dan bwysau, gweld isie'i mam, ddim yn meddwl yn strêt ...' meddai Haydn, ond tawodd pan sylwodd drwy gornel ei lygad fod Teleri yno, gydag allwedd ei char yn ei llaw.

'Wy'n gorfod mynd 'nôl adre heno. Wy'n gweithio fory. O'n i moyn neud yn siŵr bo' chi'n ol-reit, cyn mynd,' meddai, gan edrych ar ei thad.

'Wy'n iawn,' meddai Haydn. 'Gyrra'n ofalus.'

Amneidiodd Rhys arno i ddweud wrtho am wneud mwy o ymdrech gyda'i ferch.

'Ti'n iawn i yrru? Beth am y siampên?' gofynnodd Haydn.

'Dim ond un gwydr ges i, ac wy 'di cael galwyn o goffi ers 'nny.'

Bu saib hir, anghyfforddus, wrth i'r tri bwyso a mesur eu camau nesaf. Rhys dorrodd ar y tawelwch yn y diwedd.

'Af i am wâc fach nawr, wy'n credu. Wy'n siŵr bo' 'da chi'ch dou dipyn i'w drafod cyn i ti fynd 'sha thre, Teleri. O'dd e'n hyfryd dy weld di.'

'A chithe 'fyd. A diolch,' atebodd Teleri.

'Am beth?' holodd Haydn, ei lygaid yn tanio.

'Am ei gefnogaeth,' meddai Teleri yn gadarn.

Ar hynny, cododd Rhys ei law a cherdded i lawr y llwybr i gyfeiriad y traeth, gan adael y ddau. Ymhen sbel, cododd Haydn ar ei draed a gafael yn y bag gwin.

'Wy jyst yn mynd â'r rhain mewn a mynd i'r tŷ bach. Fydda i ddim yn hir. Eistedda,' meddai, gan bwyntio at y gadair gyferbyn ag e. Chwaraeodd Teleri â'r allwedd yn ei llaw, fel petai hi ddim yn siŵr beth i'w wneud â hi.

Prynu amser iddo'i hun oedd Haydn, wrth gwrs. Doedd e ddim am siomi Teleri, ond allai e ddim chwaith roi sêl ei fendith ar y datblygiad diweddaraf hwn cyn cael amser i brosesu pethau. Wrth olchi ei ddwylo yn y basn edrychodd yn y drych – rhywbeth nad oedd yn or-hoff o'i wneud y dyddiau hyn. Roedd golwg y diawl arno, meddyliodd. Gwin coch, yn ôl yr arfer, yn ddau hanner cylch uwch ei wefus uchaf, ger y graith lle cafodd naw o bwythau ers talwm. Roedd porffor y gwin a'i wallt hir blêr, ynghyd â'i lygaid cul, slei, yn gwneud iddo edrych fel fersiwn hynafol o Joker Jack Nicholson. 'Fel 'set ti 'di bod yn sugno'r hwch' – dyna sut fyddai ei fam yn arfer disgrifio unrhyw fryntni pan oedd e'n fach. Gwenodd wrth gofio amdani. Yn ferch tŷ cyngor, ni fu Bethan yn agos at unrhyw hwch yn ei bywyd. Gorfu iddi fagu cryn amynedd i ddelio â chrwt anystywallt fel fe. Beth fyddai hi'n ei ddweud petai hi'n ei weld e nawr, tybed? Gweld mân greithiau ar ei wyneb a'r blewiach oedd, heb unrhyw reolaeth, yn blaguro o'i drwyn ac o'i glustiau er iddo geisio'u gwaredu bob dydd, a'i aeliau afreolus, yn glaer wyn erbyn hyn, fel dau frwsh dannedd uwchben ei lygaid llwyd, blinedig. O ble ddaeth y bagiau tywyll dan ei lygaid, a'r rhychau o'u hamgylch? Peth rhyfedd oedd heneiddio. Roedd yn rhaid derbyn ei fod yn rhan naturiol o fywyd. 'Fel syrthio mewn cariad,' mynnodd rhyw lais bach yn ei glust.

Beth fyddai cyngor Ann, ystyriodd wrth feddwl am gariad: croesawu'r berthynas newydd hon â breichiau agored? Roedd e eisoes wedi colli'i wraig. Doedd e ddim am golli ei ferch hefyd. Aeth Haydn â bar o siocled tywyll allan i'w ferch, a'i osod o'i blaen ar y bwrdd.

'Rhwbeth bach i neud dy siwrnai di'n fwy pleserus,' meddai.

'Chi'n gwybod yn iawn beth fyddai'n neud fy siwrnai yn fwy pleserus, Dad.'

'Dyna ni 'te, ife? Does dim troi'n ôl?' holodd Haydn.

Ysgydwodd Teleri ei phen.

'Ac mae Scott yn deall hynny?'

Nodiodd Teleri ei phen.

'Ac yn derbyn?' holodd Haydn.

''Sdim dewis 'dag e,' atebodd Teleri.

Ochneidiodd Haydn.

'Pam na allwch chi fod yn hapus drosta i?'

'Y plant yn bennaf. Pryd ti'n bwriadu gweud wrthyn nhw?'

'Yn ystod yr wythnosau nesa, siŵr o fod,' meddai Teleri, yn edrych yn boenus erbyn hyn.

'Gewn nhw sioc.'

'Ie, gewn nhw sioc. Fel y'ch chi yn amlwg wedi cael sioc. 'Na beth sy tu ôl i'r agwedd negyddol hyn, nagefe? Y ffaith taw dwy fenyw y'n ni. Mae 'na mor pathetig, Dad! Pa wahaniaeth ma' hynny'n neud? Rhywbeth *macho* dwl am gadw eich llinach i fynd, ife? Wel, chi 'di cael eich ŵyr a'ch wyres. Neith dim byd mowr newid. Heblaw 'mod i lot, lot hapusach!'

Roedd ei goslef ymosodol yn gwneud iddi swnio mor debyg i'w mam, ar yr achlysuron prin y byddai hithau'n colli ei thymer. Cnodd Haydn ei wefus isaf, hen arferiad o'i blentyndod.

'Pam na allwch chi fod fel Wncwl Rhys?' meddai Teleri'n groch.

'Beth wedodd e?'

'Dim byd mowr. Jyst bod e'n hapus 'mod i'n hapus. A bod rhaid gafael mewn cariad pan ddaw e.'

Teimlodd Haydn rywbeth yn troi yn ei stumog. 'Wedodd e 'na?' meddai, yn codi un o'i aeliau.

'Do. 'Na beth fyddai unrhyw un normal yn ddweud. Ond 'na fe, falle bo' chi 'di bod yng Ngheredigion yn rhy hir, bod cefen gwlad wedi'ch neud chi'n gul.'

'Wy ddim yn gul,' mynnodd Haydn, â chynnwrf yn ei lais main.

'Beth yw'r broblem 'te?' holodd Teleri.

Teimlodd Haydn ryw banig sydyn yn cydio ynddo. Roedd yn rhaid iddo ateb ei chwestiwn plaen yn onest. Gallai ei berthynas â'i ferch fod yn y fantol. Agorodd ei geg, ond methodd â chael y geiriau mas. Yn flin ag ef ei hun, aeth draw i ochr arall y bwrdd, yn nes at ei ferch.

'Ofn na fydd ein perthynas ni yr un peth nawr,' llwyddodd i ddweud o'r diwedd, a synhwyrodd Teleri'r cryndod anghyffredin yn ei lais. Daeth ton o gydymdeimlad drosti wrth weld bod ei thad gwydn, dwl ond dibynadwy, yn edrych arni'n ymbilgar ... yn fregus.

'Neith dim byd newid, Dad,' meddai mewn llais addfwyn, 'ddim os wnewch chi fy nghefnogi i, bod yn hapus ar fy rhan i.'

'Wy *yn* dy gefnogi di 'te. Wy'n hapus os ti'n hapus. Dyna fydde dy fam moyn, wy'n siŵr. Fydda i tu ôl i ti cant y cant.'

Cofleidiodd y ddau ei gilydd, gan afael yn dynn, y naill na'r llall am ollwng gafael nes bod rhaid.

Pennod 16

Er iddyn nhw gael noson drom, hwyr, cododd Rhys yn ôl ei arfer ar doriad gwawr. Roedd arogl cryf dôp yn yr aer, fel petai ysbryd wedi ymweld yn ystod y nos. Ond roedd Haydn mor feddw y noson gynt, fyddai e ddim callach oedd e wedi gweld ysbryd ai peidio. Bu'n pwyso am hir ar ysgwydd lydan, gydymdeimladol Rhys, ei lygaid yn llenwi wrth iddo drafod dyfnder ei golled. Jyst cyn i Rhys ei roi yn ei wely, dechreuodd chwerthin fel ynfytyn wrth wneud dryll dychmygol â'i fysedd a'i bwyntio at Rhys gan smalio tynnu'r gliced.

Ar ôl i Rhys agor y drws i adael ychydig o awyr iach i mewn, ystyriodd faint fyddai Haydn yn ei gofio am neithiwr. Gwyddai'n iawn fod cof Haydn fel gogor ar ôl ysmygu, fel petai'r canabis yn gafael fel clamp am ei ymennydd.

Dechreuodd gymoni, gan ddechrau gyda gweddillion eu sbliffs a oedd wedi'u gadael mewn dysgl ffrwythau dryloyw, rad. Doedden nhw ddim i fod i ysmygu y tu mewn i'r garafán ond roedd hi wedi mynd yn rhy oer iddyn nhw aros allan ar y patio erbyn y diwedd. Er bod drws ei ystafell wely ar gau gallai Rhys glywed Haydn yn chwyrnu'n braf yn ei wely. Gwell ei adael am gwpwl o oriau, meddyliodd, wrth iddo chwistrellu persawr o gwmpas yr ystafell fyw.

Pan ddaeth Haydn allan, o'r diwedd, roedd yn falch o weld rôl facwn ffres a mygiaid o goffi yn aros amdano ar y bwrdd. Dangosodd Rhys ddarn o bapur iddo: roedd wedi ysgrifennu rhestr o weithgareddau ar gyfer y diwrnod o'u blaenau arno mewn llawysgrifen gymen. Wrth lyncu llond ceg o goffi, edrychodd Haydn ar yr eitem gyntaf ar yr agenda.

'Palod?' gofynnodd yn ddryslyd.

'*Puffins* i ti,' atebodd Rhys.

'Palod. 'Na beth wyt ti. Pal od,' meddai Haydn.

Anwybyddodd Rhys y sylw. 'Mae'n bryd i ni gael dei-owt

bach. Neith e les i ti. Ac ar ôl i ti astudio'r palod ar Ynys Seiriol, oddi ar Benmon, drwy dy sbienddrych newydd, ni'n mynd i weld Dilwyn, fel y gweli di,' meddai Rhys yn frwd, gan bwyntio at y darn papur.

'Pysgotwr yn Benllech,' meddai Haydn, yn darllen yn araf.

'Ie. O'dd e'n swnio'n gês ar y ffôn. Bydd e'n mynd â ni i ddala *sea bass* gynta, draenog y môr fel y galwodd e fe, ac wedyn i rywle arall i gael macrell. Sbort!'

'Gewn ni bobo wialen bysgota 'dag e 'te?' holodd Haydn.

'Ie, ie. Ond ewn ni lawr i Fiwmares gynta. O'r fan honno mae'r cwch arall, mas i Ynys Seiriol, neu Puffin Island i ti, yn cychwyn.'

Wrth i'r cwch hwylio o gwmpas Ynys Seiriol yn araf bach roedd Haydn yn ei elfen, yn astudio'r gwahanol adar. Gafaelodd Rhys yn dynn yn ochr y cwch, yn dal i deimlo mymryn o salwch môr ei ieuenctid.

'Ti'n gweld rhywbeth diddorol, Haydn?' llwyddodd i ofyn maes o law.

'Ydw. Cannoedd o balod, whare teg. A rhai llursod, a llwyth o wylogod hefyd. *Razorbills* a *guillemots* i ti.'

Edrychodd Rhys yn syn arno.

'Dryches i beth o'n nhw'n Gymraeg ar y ffôn,' eglurodd Haydn. 'Ond mwy na dim, llwyth o gachu gwyn wy 'di'i weld, yn sownd i'r creigiau. Tunelli o'r stwff!' meddai, yn gwenu fel giât. Sylwodd Rhys fod rhai o'r teithwyr eraill yn piffian chwerthin. Yn amlwg, nid nhw'u dau oedd yr unig Gymry ar eu gwyliau yn yr ardal.

'Yn ôl y llyfr ddaethon ni gyda ni, o'dd hawl 'da pobl i fwyta'r adar 'na i gyd flynydde 'nôl, adeg y Grawys,' mentrodd Rhys.

'Bach yn tyff, weden i,' atebodd Haydn, yn gwenu eto.

Roedd hi'n braf gweld Haydn yn ymlacio a mwynhau ei hun. Cafodd y ddau hyd yn oed mwy o hwyl wrth fynd ar hyd yr arfordir ger Benllech yn *Paradwys*, cwch Dilwyn Hopkins, un o'r pysgotwyr lleol.

'Hogia'r afon dach chi'ch dau, ia?' holodd Dilwyn, gan godi ei lais uwchlaw grwndi'r injan.

'Haydn yw'r pysgotwr, ar afon Teifi yn bennaf. Samwn a brithyll, digon ohonyn nhw,' meddai Rhys.

'Dim rhagor, cofiwch,' ychwanegodd Haydn. 'Cyflwr uffernol ar afonydd Ceredigion. Llawn slyri o ffermydd a charthffosiaeth y Bwrdd Dŵr.'

'Bechod, 'de,' meddai Dilwyn, yn canolbwyntio ar ryw sgrin o'i flaen.

'Be 'sda chi fanna 'te, Dilwyn?' holodd Haydn.

'Dyfais dracio,' atebodd Dilwyn, gan lywio'r cwch ychydig mwy i'r dde, 'yn defnyddio sonar a GPS i ffendio'r *sea bass*,' meddai, yn canolbwyntio ar y sgrin.

Ysgydwodd Haydn ei ben. 'Tsieto yw 'na,' meddai mewn llais main, anghrediniol.

Chwarddodd Dilwyn nerth esgyrn ei ben. Edrychai fel rhyw Gapten Pygwash cyfoes gyda'i lygaid mawr tywyll, ei farf a'i wallt hir du yn ysgwyd lan a lawr. Roedd y symudiad yn peri i Rhys ddal ei stumog. 'Dach chi isio *sea bass* i swper ai peidio?' holodd y pysgotwr.

'Wel, odyn,' cyfaddefodd Haydn, 'jyst ... wel, ma' fe bach yn unochrog, nagyw e, os chi'n gallu tracio nhw 'da lloerennau.'

'Dyn y pry genwair syml dach chi, ia? "Mwydyn" 'sach chi'n ddeud, ma' siŵr, 'de?' holodd Dilwyn, ei lais braidd yn hy'.

'Ie, pan o'n i'n dechre. Ond wy 'di bod yn neud plu 'yn hunan ers blynydde,' atebodd Haydn.

'Dipyn o grefft castio plu yn iawn, chwara teg,' meddai Dilwyn, yn nodio'n llawn edmygedd, 'a dach chi'n iawn, wrth gwrs, Haydn. Tydi hi'n fawr o gamp dal pysgod efo help technoleg y Fish Finder. Yn yr hen ddyddia roeddan ni'n arfar dilyn llinell syth o dŵr eglwys Benllech draw i'r graig 'cw. Ar y trai fydda'r amsar gora, y pysgod yn cuddio dan y gwymon. Yr un patrwm sydd heddiw, mwy neu lai, jyst eich bod chi'n medru bod yn fwy sicr bod rwbath yno, 'de.' Sylwodd Dilwyn fod Rhys yn dawel ac yn dechrau gwelwi. 'Ydi'ch mêt chi'n iawn, 'dwch?' gofynnodd i Haydn.

'Trefnu taith bysgota i fi wnaeth e, whare teg. Ma' gas 'dag e fod mas ar y môr.'

'Well 'da fi fwyta pysgod na'u dala nhw,' mentrodd Rhys trwy'r heli oedd yn tasgu o'u cwmpas.

'Wnaeth e fyw yng nghanol Llundain am bron i hanner canrif,' eglurodd Haydn. Nodiodd Dilwyn, fel petai hynny'n esbonio popeth.

Ond roedd y prynhawn hir ar y môr yn werth pob ceiniog i Rhys. Roedd yn falch o weld Haydn yn mwynhau ei hun gymaint, ac yn siarad am bysgota â Dilwyn fel petaen nhw'n hen ffrindiau. Roedd hi'n bleser ei wylio'n cymharu'r gwahanol fathau o abwyd gyda'r pysgotwr lleol, rhai ohonynt yn fachau arian yr un ffunud â physgod bach.

Ddwyawr yn ddiweddarach, a Haydn wedi bachu pedwar draenog y môr, trodd Dilwyn ei sylw at fecryll. Roedd llecyn penodol ganddo dan sylw, ymhellach i lawr yr arfordir, i gyfeiriad Traeth Coch. Chwarddodd Haydn wrth weld cynnwys y bwced llawn abwyd i'r mecryll: plu cyffredin a darnau o blastig o bob lliw dan yr haul. Roedd hyd yn oed papur arian i'w wneud yn beli bach ar gyfer abwyd.

'Ia. Tydi'r macrell cyffredin ddim y clyfra o bysgod,' meddai Dilwyn.

Ni ddaliodd Rhys yr un pysgodyn trwy'r prynhawn gan ei fod yn canolbwyntio ar beidio chwydu ei berfedd dros y ddau arall, ond gwnaeth iawn am hynny y noson honno drwy goginio pryd arbennig i'r ddau ohonyn nhw yn y garafán. Pan oedd ganddo westy bach yn ardal Paddington ar ddiwedd yr wythdegau bu'n mynychu cyrsiau coginio, a daeth yn dipyn o gogydd. Mwynhaodd y ddau y cwrs cyntaf o facrell wedi'i ffrio gyda salsa tsili cartref a thafell hegar o lemwn. Yna'r prif gwrs o ddraenog y môr wedi'i rostio yn y ffwrn mewn ychydig o lemwn, gyda *puree* pannas a garlleg wedi'i garameleiddio. Llowciwyd y cyfan gyda dwy botel o Muscadet, a machlud godidog arall yn gefndir iddynt.

'Ti'n cofio'r tro cyntaf i ni gael glased o Muscadet?' holodd Rhys, ar ôl sipian diferyn o'r gwin amheuthun.

'Yn Llydaw. Y ddou o'n ni dan oedran,' atebodd Haydn.

'Diawch, ie, ha. A doedd 'run o'r ddou o'n ni'n ei werthfawrogi fe chwaith pry'ny,' meddai Rhys, yn dal ei wydr i fyny yng ngolau oren yr haul oedd ar fin huno.

'Ac fe ganon ni'r gân 'na, o "Gytgan y Milwyr", ar y ffordd i'r ysbyty, i gael rhain,' meddai Haydn, gan bwyntio at greithiau'r mân bwythau ger ei wefus.

'A Doctor Daf yn benwan, druan ag e!' cofiodd Rhys, yn chwerthin yn braf wrth iddo ail-greu'r darlun yn ei ben.

Syllodd Haydn ar Rhys â golwg werthfawrogol, ond roedd yr angerdd sydyn yn ei lygaid yn gwneud i Rhys deimlo'n anesmwyth.

'Pam ti'n edrych arna i fel'na?' gofynnodd, ychydig yn nerfus.

'Fel beth?'

'Fel rhywbeth hanner call a dwl,' atebodd Rhys.

'Jyst meddwl o'n i, gymaint o sbort ni'n dou wedi'i gael ar hyd y blynyddoedd. Diolch i ti am heddi – o'dd e'n gwmws beth o'dd 'i angen arna i ar ôl ddoe. Wnes i joio mas draw, whare teg,' meddai Haydn, yn taro'i wydr gwin yn erbyn un ei gyfaill.

'Wy'n falch,' atebodd Rhys yn ofalus, yn synhwyro'r tyndra yn yr aer er gwaetha'r geiriau caredig. Bu saib hir iawn gyda'r ddau yn syllu ar ei gilydd, y naill na'r llall am fod y cyntaf i edrych i ffwrdd.

'Ni'n ffrindiau da, nagy'n ni,' meddai Rhys o'r diwedd, yn parhau i edrych yn ddwys i lygaid Haydn.

'Odyn, achan,' atebodd yntau, ond doedd ei oslef ddim yn bradychu unrhyw beth.

Penderfynodd Rhys fynd amdani. Pwysodd ymlaen, yn nes at wyneb Haydn, yn ddigon agos i arogli'r garlleg ar ei anadl.

'Fyddet ti ddim yn fy saethu i, fyddet ti?' holodd yn gwbl ddifrifol.

Gwenu'n slei wnaeth Haydn, gan godi'i aeliau. 'Ti *yn* mynd

ar fy nerfau i weithie, ond na, 'sen i'm yn saethu ti,' atebodd Haydn maes o law.

'Ti'n cofio esgus fy saethu i neithiwr?' holodd Rhys, gan wneud siâp dryll â'i law dde a phwyntio'r gwn tuag at ei ben ei hun. Chwythodd yn egnïol trwy flaen ei geg, 'Pffff!', i ddynodi ergyd o wn. Roedd Haydn yn parhau i edrych arno yn hollol ddigynnwrf.

'Wy'n cofio whare 'mbytu tua diwedd y nos, nawr bod ti'n sôn,' atebodd Haydn, 'ond wy'n siŵr nad o's isie i ti fecso, Rhys.'

'Sa' i cweit mor siŵr â ti, t'wel, Haydn. A ti'n gwybod pam?'

'Pam?'

'Achos mae'r dryll wedi diflannu o'r sied.'

Cododd Haydn ei aeliau, fel petai'r newyddion yn sioc iddo.

'Ti'n mynd i weud nesa bod dim syniad 'da ti ble ma' fe, ynta,' meddai Rhys.

'Wel, y peth yw, Rhys, mae 'na'n wir, t'wel. 'Sdim syniad 'da fi ble ma' fe,' atebodd Haydn yn bwyllog.

'Ti'n disgwyl i fi gredu 'na?' holodd Rhys mewn llais ffwrdd-â-hi.

'Cred ti beth bynnag ti moyn. Dyna'r gwir,' oedd ateb pendant ond celwyddog Haydn.

'Weda i wrthot ti beth wy'n gredu. Bod dim angen y gwn arnot ti, nawr bod Scott mas o'r pictiwr. A dim ond codi ofn wedest ti o't ti moyn neud ta beth.'

''Na ni 'te. 'Sdim byd 'da ti i fecso 'mbytu fe 'te, o's e?' meddai Haydn.

'Ond wedyn mae llais bach arall yn siarad 'da fi hefyd, t'wel, Haydn. Ac ma' hwnnw'n gwybod bod y gwn yn dal gyda ti. A cetris sbâr hefyd, siŵr o fod. Ac yn gweud bod ti'n mynd i neud rhywbeth dwl gyda fe.'

Gwenu wnaeth Haydn, un o'i wenau sinistr, llechwraidd, fel Jack Nicholson. Yna cododd ar ei draed, gan ysgwyd ei ben.

'Dere, Rhys bach. Allen i byth â neud rhwbeth dwl 'da rhwbeth sydd ddim 'da fi, allen i?'

'Ble ti'n mynd?' holodd Rhys yn chwilfrydig.

'Mynd i ôl rhwbeth arall wnaethon ni flasu am y tro cynta mas yn Llydaw,' meddai Haydn wrth anelu am ddrws agored y garafán. 'Calvados!' gwaeddodd, heb droi rownd.

Gorffennodd Rhys ei win, gan feddwl am y noson yr aeth i weld Ann gyda photel o Calvados. A oedd Ann wedi dweud rhywbeth wrtho? Allai e ymddiried yn Haydn? Ai brandi hynafol oedd e'n mynd i'w nôl, ynteu gwn?

Pennod 17

Chwefror 1992, Llundain

Oedd, roedd Rhys wedi newid, meddyliodd Ann, a hynny er gwaeth. Go brin y byddai wedi ei adnabod o ran pryd a gwedd petai wedi cerdded i lawr y stryd tuag ati, ac roedd ei gymeriad wedi altro dipyn hefyd.

Roedd hi'n sipian *espresso martini* yn ei glwb nos newydd, The Fun House, nid nepell o orsaf fysys Victoria er bod Rhys yn ceisio honni taw cyfeiriad Belgravia oedd i'r lle.

O'i chwmpas roedd dynion a menywod ifanc wedi'u gwisgo'n chwaethus mewn cotwm du a gwyn clasurol, yn gweini *canapés* a choctels a gwydrau siampên ar hambyrddau arian, sgleiniog i'r gwesteion. Gwyliodd Rhys yn edmygu'r olygfa yn llawn balchder, fel rhyw frenin o'r Canol Oesoedd – erbyn hyn roedd e wedi colli'r rhan fwyaf o'i wallt, ac er mwyn gwneud iawn am hynny gwisgai farf drwchus, wyllt. Gyda'i lais dwfn, soniarus, roedd yn atgoffa Ann o'r actor Brian Blessed.

Trueni, meddyliodd: gallai edrych yn llawer iawn gwell heb lawer mwy o ymdrech. Roedd angen dylanwad menyw arno, rhywun i'w arwain i'r cyfeiriad iawn, ond doedd gan Rhys ddim partner sefydlog. Roedd yn well ganddo raffu celwyddau wrth ryw ddwy neu dair o fenywod ar yr un pryd.

Roedd Rhys ac Ann wedi dechrau canlyn yn nisgo'r Chweched Dosbarth cyn y Nadolig yn 1969, ychydig fisoedd ar ôl y daith i Lydaw, ac er i'r berthynas bara llai na blwyddyn roedd hi'n un gyffrous o'r cychwyn cyntaf. Roedd rhyw atyniad cyffrous rhwng y ddau. Roedd hi'n od meddwl am hynny nawr, ym mharti Rhys yn ddeugain oed, a hithau'n briod â Haydn ers tair blynedd ar ddeg. Ie, Haydn enillodd y dydd yn yr ornest fach fu rhwng y ddau am ei chalon. Er nad oedd hi'n teimlo'r un atyniad gwyllt, penysgafn ato â'r hyn roedd hi wedi'i brofi gyda Rhys, roedd gan Haydn nifer o rinweddau eraill oedd yn apelio. Petai rhywun yn pwyso a mesur y ddau ddyn, yna byddai personoliaeth egnïol Haydn a'i deyrngarwch diffuant yn ffactorau allweddol, tybiodd Ann.

Doedd teyrngarwch ddim yn un o rinweddau Rhys – wedi'r cyfan, roedd e wedi'i thwyllo hi. Edrychai'n debyg ei fod yn ymhyfrydu yn ei ddelwedd o fod yn ddyn sengl, heb unrhyw ymrwymiadau. Heno, y rhif deg oedd ar y bathodyn a wisgai ar labed ei siaced ddrudfawr, sef nifer y gwir benblwyddi iddo eu cael yn ei fywyd. Teimlai Ann fod hynny braidd yn blentynnaidd.

Nid oedd Ann am ddod i'r parti deugain, ond roedd Haydn wedi mynnu gan ei fod yn ddall i ffaeleddau ei gyfaill. Wrth iddi wylio'r ddau ohonynt yn ysmygu eu sigârs, yn chwerthin fel dau grwt ysgol, meddyliodd Ann am Teleri, oedd yn cysgu'n sownd adref. Roedd Bethan, mam Haydn, yn ei gwarchod – er iddi gael gwahoddiad i barti ei Hwncwl Rhys, doedd Ann ddim yn meddwl ei fod yn syniad da dod â'i merch i le o'r fath. Nid oedd cynefin tsiêp, amheus Rhys yn lle addas i unrhyw blentyn. Pwdodd Teleri am ddyddiau wedi i Ann ddweud wrthi nad oedd hi'n cael teithio gyda nhw i Lundain.

'Bydda i'n cyflwyno'r band cyn bo hir. Ffa Coffi Pawb. Chi 'di clywed amdanyn nhw?' meddai Rhys, yn codi ei lais i gynnwys Ann yn y sgwrs, cyn tynnu'n ddwfn ar ei sigâr.

'Wrth gwrs bo' ni. Ma' nhw'n dda,' atebodd Haydn, a nodiodd Ann ei phen.

'Mae eu casét, *Clymhalio*, gyda ni,' ategodd.

Edrychodd Rhys arni'n syn, y gwynt wedi'i dynnu o'i hwyliau braidd.

'Ha. Wy'n dwli ar yr enw 'na. Ffa Coffi Pawb. Strabs,' ychwanegodd Haydn.

'O'n i jyst yn meddwl, maen nhw o Gymru, yn treial neud go ohoni, pam ddim rhoi cyfle iddyn nhw ganu yn Llunden 'ma? Mae'r canwr, Gruff Rhys, yn arbennig. Wy'n credu eith e'n bell,' meddai Rhys, ychydig yn rhodresgar.

'Rhyw fath o *Rhys'll Fix It*, ife?'

Anwybyddodd Rhys sylw smala Haydn, gan droi'r sgwrs i sôn am ei gynlluniau ar gyfer y clwb.

'Wy'n gobeithio cael stand-yp 'ma hefyd, ymhen amser. Cysylltiadau da 'da fi. Bydd comedi'n dod â'r criw ifanc mewn.'

Roedd e eisoes wedi dweud hyn wrth Ann a Haydn, bron cyn iddyn nhw gael cyfle i eistedd i lawr. Arwydd fod Rhys dan ddylanwad cyffuriau oedd yr ailadrodd hwn fel arfer, ac roedd e'n amlwg wedi dechrau'n gynt nag arfer heno. Wrth gwrs, hyd yn oed dan ddylanwad cyffuriau ac alcohol roedd Rhys yn ormod o ŵr bonheddig i sôn am yr arlwy o ddawnswyr polyn a stripars o flaen Ann. Neu efallai fod ganddo ormod o gywilydd, ystyriodd. Ond roedd Haydn wedi dweud popeth wrthi. Y danteithion benywaidd amheus hyn fyddai ar gael ym mherfedd y nos, pan fyddai'r band wedi hen adael.

Ar ôl i Rhys gamu i fyny ar y llwyfan bach i groesawu pawb i'w glwb newydd, er mawr embaras i Ann, disgleiriodd sbotolau arni hi a Haydn. Gwenodd Rhys arnyn nhw ac yna dywedodd,

'And I'm particularly pleased that my old friends from Wales, Ann and Haydn Thomas, have been able to come tonight. It's also Haydn's Fortieth soon, in a couple of days in fact, but he's not having a party. He's still in Cardiganshire, see, a bit tight with his money!'

Ni allai Ann beidio tynnu wyneb salw, gan ei bod hi'n gwingo tu mewn gyda'r holl sylw. Wafio a sefyll ar ei draed yn y sbotolau wnaeth Haydn, gan amsugno cymeradwyaeth frwd y dorf fel rhyw seléb oedd yn hen gyfarwydd â'r fath beth. Cyflwynodd Rhys y band wedyn, a dechreuon nhw chwarae'n syth.

Pan aeth Rhys yn ôl i eistedd gyda Haydn, sylwodd fod Ann wedi mynd.

'Ann yn iawn, yw hi?' holodd Rhys.

'Ody, ody, wedi mynd i'r tŷ bach,' atebodd Haydn.

'Trueni na ddaeth Teleri. Bydde hi 'di licio'r rhain,' meddai Rhys, yn pwyntio at y band ar y llwyfan. Nid atebodd Haydn. 'A hithau'n gantores dda ei hunan hefyd, wy'n clywed,' cynigiodd Rhys drachefn.

'Ie. Diolch am y garden, Rhys. A'r arian. Roedd Teleri wrth ei bodd.'

'Tipyn o gamp, whare teg. Ennill yn y Genedlaethol. Da iawn hi.'

Roedd Teleri wedi ennill ar yr unawd dan wyth oed yn Eisteddfod Genedlaethol Bro Delyn yn yr Wyddgrug y flwyddyn gynt.

'Ody hi'n cystadlu eleni eto?' holodd Rhys.

'Ody. Ac yn gobeithio mynd i'r Urdd yn Rhuthun,' meddai Haydn, yn gwylio Rhys yn tanio sigâr newydd.

'Llais a dealltwriaeth gerddorol ei mam, weden i,' meddai Rhys, gan geisio tynnu ar Haydn.

'Diawch, ie, ha! Dyw hi heb gael ei llais oddi wrth ei thad, 'no,' meddai Haydn.

'Shwt aeth y profion?' gofynnodd Rhys.

'Dyw'r Eisteddfod Sir heb fod 'to,' atebodd Haydn.

'Nage rhagbrofion Teleri. Dy brofion di. Yn yr ysbyty?'

Teimlodd Haydn ychydig yn lletchwith. Crafodd ei wddf, a theimlodd ei hun yn gwrido. Roedd e wedi sôn wrth Rhys yn ddiweddar, yn hwyr un noson, fod Ann ac yntau wedi bod yn ceisio cael brawd neu chwaer fach i Teleri ers rhai blynyddoedd, ond yn aflwyddiannus hyd yma. Penderfynwyd cynnal profion ar y ddau i weld a oedd rheswm penodol am hynny. Sylwodd Rhys ar ei gyfaill yn gwrido dan y goleuadau lliwgar, llachar, oedd bellach yn rhan o set y band. Roedd rhyw ddiawledigrwydd ynddo erbyn hyn oedd yn mwynhau embaras Haydn.

'Fydd angen tarw potel, ti'n meddwl?' holodd gyda chilwen.

'Ti ddim yn bell o dy le,' atebodd Haydn. 'Fi sy ar fai, mae'n debyg. *Sperm count* isel.'

'Damio. Wy'n flin clywed 'na,' atebodd Rhys, nad oedd wedi disgwyl ateb mor blwmp na phlaen. Ceisiodd wneud iawn am ei flerwch trwy daro cywair ysgafn. ''Sen i'm yn becso gormod, cofia. Dim ond un sy angen, nagefe?'

Er i Haydn wenu, rhyw wên gam oedd hi. Y gwir plaen oedd ei fod e'n becso, ac wedi cael sioc aruthrol. Yn ei ffordd sensitif ei hun wnaeth Ann ddim rhoi pwysau arno i gael y profion, er ei bod hi wedi amau ers tro efallai fod rhywbeth o'i le. Doedd dim ots ganddi os taw unig blentyn fyddai Teleri, medde hi – os taw dyna oedd eu tynged, dyna fe. Ei barn aeddfed hi oedd y dylen nhw fod yn diolch am Teleri, diolch bod ganddyn nhw ferch hyfryd, iach. Haydn ei hun fu'n ystyried y dylai'r ddau gael profion, a hynny ers cwpwl o flynyddoedd. Bydden nhw'n cael rhyw fath o eglurhad wedyn, o leiaf. A nawr roedd y profion wedi dangos mai ei ddiffygion ef, mwy na thebyg, oedd yn gyfrifol am y methiant i feichiogi. Gwthiodd ei wydr gwag o flaen rhyw fachan ifanc oedd yn gweini, a llanwyd ef â mwy o siampên.

'Ar gyfartaledd, mae tri chan miliwn o'r diawled bob tro,' meddai Haydn yn freuddwydiol, bron fel petai'n siarad ag ef ei hunan.

'Am be ti'n siarad? Swigod mewn gwydr siampên?' holodd Rhys.

'Na. Sberm. Y drafferth yw bod miliynau o'r miliynau hynny heb gael eu cynllunio i nofio i'r wy ta beth,' meddai Haydn yn llawn awdurdod, fel petai'n arbenigwr ar y pwnc. 'Mae gyda nhw dyletswyddau eraill, t'wel.' Sylwodd fod Rhys yn edrych arno'n syn. 'Mae'n wir. Ges i sgwrs 'da'r consyltant amdano fe,' ychwanegodd Haydn.

Syllodd Rhys ar y band, ddim yn siŵr beth i'w ddweud, am unwaith.

'Ond ti'n iawn,' meddai Haydn â gwên yn ei lygaid, 'dim ond un o'r diawled sydd isie!' A dyma'r ddau yn dal llygaid ei gilydd ac yn chwerthin nerth eu pennau unwaith eto, Haydn yn chwerthin nes iddo orfod peswch a Rhys yn chwerthin nes bod dŵr yn ei lygaid.

Yn nes ymlaen y noson honno, pan oedd y band yn cael egwyl, daeth gweinyddes â chacen ben-blwydd draw at fwrdd

Rhys. Roedd deg cannwyll ynghyn arni, a chwythodd deirgwaith cyn llwyddo i'w diffodd i gyd, i fonllefau o gymeradwyaeth. Canwyd 'Happy Birthday' iddo, a hefyd 'For he's a jolly good fellow', gyda hyd yn oed y staff a'r bownsars wrth y drws yn ymuno'n llawen. Wedi i'r canu ddarfod rhoddodd Ann gusan swmpus i Haydn.

'A phen-blwydd hapus i ti wythnos nesa hefyd, cariad,' meddai wrtho. Gwenodd Haydn a'i esgusodi ei hun i fynd i'r tŷ bach.

Roedd rhyw fwlch naturiol yng ngweithgareddau'r noson nawr, a chanfu Ann ei hun yn dylyfu gên. Daeth rhyw geiliog dandi o ddyn mewn siwt werdd ati, ei wallt wedi'i liwio'n wyrdd i fatsio'r siwt, gan ddweud mewn llais hy', 'Are we keeping you up, lovely?'

Anwybyddodd Ann ef. Roedd cannwyll ei lygaid yn fawr dan ddylanwad rhyw gyffur, felly taw piau hi. Ond teimlodd y ceiliog y sarhad i'r byw ac aeth yn nes ati, fodfedd yn unig o'i hwyneb, gan ofyn beth oedd hi'n wneud yn cusanu rhyw *pipsqueak* fel Haydn.

'I assure you, he's no pipsqueak. He's my husband,' oedd ateb bachog Ann.

Roedd hynny'n ddigon i gynhyrfu'r dyn. Ceisiodd roi ei fraich amdani, ond llwyddodd Ann i ddianc o'i afael. Mewn dim o dro roedd dau fownsar wedi gafael yn y dyn a'i arwain tua'r allanfa. Sylwodd Ann fod Rhys yn dilyn y bownsars, a chododd hynny ryw chwilfrydedd ynddi. Cododd hithau i'w canlyn.

Erbyn i Ann gyrraedd drws ffrynt y clwb gallai glywed sŵn tuchan yn dod o gyfeiriad ale i lawr ochr yr adeilad. Rhoes ei phen rownd y wal yn dawel bach, a theimlo rhyw ffieidd-dod ym mêr ei hesgyrn. Roedd dyn y siwt werdd yn cael crasfa go iawn gan y ddau fownsar, gyda Rhys yn eu gwylio â sigâr newydd yn ei geg. Wrth i'r ddau adael y dyn truenus ar lawr, ei wyneb yn llanast o waed coch, aeth Rhys lan ato. Chwyrnodd mewn llais milain, dwfn arno i beidio dod ar gyfyl ei glwb e byth eto.

Wrth i'r bownsars ei phasio ar eu ffordd yn ôl i mewn, safodd Ann yn stond dan arwydd y clwb, ei oleuadau coch yn fflachio. Cerddodd Rhys ati, yn amlwg ddim yn bles iddi fod yn dyst i'r fath lanast. Pwyntiodd Ann at y dyn oedd yn dal ar lawr.

'Dyna dy syniad di o *fun*, ife, Rhys? Neu y stripars ar ôl i mi fynd i'r gwely fydd hynny?'

Gwenu'n rhadlon wnaeth Rhys, cyn tynnu ar ei sigâr a chwythu cwmwl o fwg tuag ati.

'Wy'n mynd i gael rhyw bregeth ffeministaidd nawr, y'f i? A finnau'n cyflogi, rhwng staff y bar, y dawnswyr ac ie, y stripars, dwsin o fenywod. A'u talu nhw'n dda 'fyd.'

Yn reddfol, ffroenodd Ann yn ddirmygus gan daro'i throed ar y llawr ar yr un pryd. Unwaith eto, gwenu oedd ymateb Rhys.

'Wy'n dwli dy weld di'n neud 'na, fel rhyw gaseg fach grac yn y ring yn y mart. Ti 'di bod yn 'i neud e ers o't ti'n ddim o beth.'

'Ti ddim yn mynd i lwyddo i daflu llwch i'n llygaid i, Rhys James. Gangster wyt ti erbyn hyn, yn talu dy staff ag arian brwnt, yn frenin ar dy gastell bach budr sydd wedi ei adeiladu ar dywod. Ti'n twyllo neb ond ti dy hunan â dy sioe fowr.'

Nid oedd Rhys am ddifetha'r noson, felly sadiodd cyn ymateb.

'Well i ni fynd i mewn, Ann, neu bydd dy ŵr yn dechre meddwl beth sy'n mynd mlaen,' meddai'n ofalus.

Ond nid oedd Ann wedi gorffen ei llith. Aeth yn nes ato, gan afael yn ei fraich dde ac edrych i fyw ei lygaid.

'Wy'n casáu beth wyt ti wedi troi mewn iddo fe,' meddai, mor ffyrnig ag y gallai.

Trawodd ei geiriau fel saeth i galon Rhys.

'Ti'n gwybod beth? 'Sdim taten o ots 'da fi beth wyt ti'n feddwl amdana i. O leia wy erioed wedi neud rhwbeth mor ofnadw â ti,' meddai, gan wybod i sicrwydd y byddai ei eiriau yn taro'u targed. Gwyliodd hi'n crebachu'n swp bregus o flaen ei lygaid. Roedd am afael ynddi, ei chofleidio fel y gwnaeth ar y nos Sadwrn dyngedfennol honno naw mlynedd ynghynt, ond gadael iddi fod wnaeth Rhys, er mor boenus oedd hynny.

Heb frysio, cerddodd yn dalsyth yn ôl mewn i'w glwb nos, lle roedd y band wedi dechrau ar ail ran ei set.

Pennod 18

Ganol y bore trannoeth roedd Rhys yn llenwi bag ailgylchu, gan gynnwys potel wag y Calvados o'r noson gynt, pan glywodd sŵn o ffôn Haydn, oedd ar y soffa. Cododd y teclyn ac edrych ar y neges ar y sgrin: 'Post i chi yma yn y swyddfa. Cofion, Robat.'

'Hei, Haydn, ma' llythyr i ti yn swyddfa Robat,' galwodd draw.

Daeth Haydn trwodd o'r stafell molchi gan gipio'r ffôn oddi arno. 'Fy ffôn i yw hwnna. Mae'n breifat,' meddai'n siarp.

'Wel, paid â'i adael e 'mbytu'r lle 'te,' atebodd Rhys yn amddiffynnol. 'Pwy fyddai'n postio rhwbeth i ti fan hyn, ta beth?'

'Rhywun o'n i wedi gofyn iddyn nhw bostio rhwbeth i mi,' meddai Haydn, gan ychwanegu, 'Rhywun preifat.'

'Nage menyw yw hi, ife?' gofynnodd Rhys yn chwilfrydig.

Culhaodd llygaid Haydn. Gallai Rhys weld ei fod yn gwelwi.

'Jocan. Dim ond jocan,' ychwanegodd yn glou. 'Wy'n gwybod mai dim ond un fenyw oedd i ti, Haydn bach.'

'Pam gweud shwt beth dwl 'te?' gofynnodd Haydn.

'Dim syniad,' meddai Rhys, gan godi'i ysgwyddau, 'jyst y ffordd o't ti ... wel, yn bod mor gyfrinachol, siŵr o fod.'

'O'r ysbyty ma' fe, wy'n credu. Tsiec-yp ar y ben-glin, cyn mentro'r llawdriniaeth,' meddai Haydn yn gelwyddog. Crychodd Rhys ei dalcen. 'Beth?' gofynnodd Haydn, yn araf golli'i dymer.

'Dim. Jyst bach o risg, gweud wrth yr ysbyty bod ti lan fan hyn. Beth os fyddai'r llythyr yn hwyr, a ninne wedi mynd adre?'

'Wedyn bydden i 'di gofyn i Robat ei anfon e mlaen,' meddai Haydn, ddim moyn treulio llawer mwy o amser yn trafod y peth.

Ond roedd Rhys fel ci ag asgwrn, gan ei fod e'n gwybod yn reddfol fod Haydn yn dweud celwydd.

Synhwyrodd Haydn fod Rhys am ei holi ymhellach. 'Wy

wedi aros yn hir am apwyntiad ac o'n i ddim moyn misio fe. Reit?' datganodd yn gryf ac yn groyw.

Nodiodd Rhys yn ufudd, er nad oedd e'n credu gair.

'Wna i bigo fe lan ar dy ran di os ti moyn. Wy'n pasio'r swyddfa ar fy wâc ...' dechreuodd, yn gwybod y byddai hynny'n cynhyrfu Haydn. Ond roedd Haydn eisoes ar ei ffordd trwy'r drws.

'Na, dim diolch!' galwodd, gan geisio cuddio'r tyndra yn ei lais main.

Pan gyrhaeddodd swyddfa'r maes bu bron iddo beidio â mynd i mewn o gwbl. Nid traed oer oedd hyn, ond traed wedi rhewi'n gorn. Faint callach fyddai e o wybod taw Rhys oedd tad gwaed Teleri? Yn wahanol i'w brawf DNA ei hun, lle cafodd ryddhad o ryw fath, rhyw gadarnhad o'i amheuon dyfnaf, roedd y sefyllfa y tro hwn, gyda chanlyniad prawf DNA Rhys, yn llawer mwy dyrys. Byddai rhywbeth affwysol o derfynol ynglŷn â gweld y ffeithiau moel am ei ffrind gorau a'i wraig i lawr ar ddu a gwyn.

Mae'n rhaid bod Robat wedi sylwi ar ei betruster gan iddo ddod â'r amlen frown A4 allan iddo fe ar hen glos y fferm.

'Mae o'n edrych yn swyddogol iawn i mi. Dim bil treth, gobeithio?' meddai Robat, yn rhyw hanner busnesa. Chwerthiniad bach nerfus oedd ymateb Haydn, gan gydio yn yr amlen â blaenau ei fysedd, fel petai'n ffrwydryn.

'Ydach chi'n disgwyl rwbath arall 'lly? 'Ta dyna fo?' holodd Robat, wrth sylwi ar y chwys yn tasgu oddi ar dalcen Haydn.

'Na. 'Na ni nawr, wy'n credu. Diolch Robat,' llwyddodd Haydn i fwmial cyn troi'n ôl i gyfeiriad y garafán, heb feiddio agor yr amlen.

Nid oedd Haydn wir wedi disgwyl y fath ymateb cymhleth i'r llythyr. Roedd yn rhaid iddo dderbyn na allai wynebu agor yr amlen am y tro, felly cuddiodd hi dan sedd y gyrrwr yn ei gar. Wrth iddo gloi'r car sylwodd ar Rachel yn dod tuag ato, yn cario llond plât o bice ar y maen.

'Dach chi'n lecio teisan gri? Ym ... pice ar y maen, ia?'

gofynnodd. 'Newydd neud rhai ffresh bora 'ma. Meddwl y bysan nhw'n neis efo panad.'

'O. Reit. Diolch yn fowr,' atebodd Haydn, oedd â'i ben yn y cymylau.

'Dach chi am 'u cymryd nhw 'ta?' holodd Rachel ar ôl saib lletchwith.

'Ie, ie, dewch mewn,' meddai Haydn, yn cymryd y plât oddi arni. 'Roia i'r tegil mlaen nawr.'

Ymlaciodd Haydn rywfaint dros ei baned gyda Rachel. Roedd Rhys wedi mynd allan ar un o'i wâcs dyddiol ac roedd Rachel yn falch o'r cyfle i siarad gyda Haydn ar ei ben ei hun.

Tynnodd ei sbectol haul a'i gosod yn y ddysgl ffrwythau ar y bwrdd – doedd hi ddim eisiau cuddio'i llygaid. Ei nod hi heddiw oedd cael sgwrs gall, onest gyda dyn roedd hi'n gobeithio fyddai'n chwarae rhan allweddol yn ei dyfodol.

'Sut ydach chi erbyn hyn, Haydn?' holodd, gan edrych i fyw ei lygaid.

'Teleri sy 'di'ch hala chi draw, ife? I weld os y'f i wedi dod dros y sioc?' holodd Haydn.

Gwridodd Rachel ryw fymryn. Ni allai wadu bod elfen o wirionedd yn honiad Haydn.

'Mae o'n lot i'w brosesu. A dwi'n gwybod pa mor bwysig ydi Iwan a Manon i chi.'

'Beth yw'r cynlluniau 'te?' holodd Haydn, yn sipian ei goffi. 'Odych chi'n mynd i symud lawr i Geredigion? Yw Teleri'n meddwl dod lan i'r gogledd? Mae job dda 'da hi 'da'r Cyngor, cofiwch.'

'Oes, wn i. Tydan ni ddim wedi trafod dim byd felly eto,' meddai Rachel yn ofalus, 'ond yn y pen draw, mi fedra i weithio o rwla. Cadw petha mor normal â phosib ydi'r nod,' parhaodd.

'Gwedwch wrtha i, Rachel,' meddai Haydn, wrth drosglwyddo briwsionyn un o'r pice oddi ar ei wefus i'w geg â'i dafod. 'Pryd wnaethoch chi ein nabod ni? Sylweddoli pwy o'n ni?' Gwenodd Rachel yn swil. 'Y gwir nawr,' mynnodd Haydn, oedd yn amau ei bod hi wedi gweld trwy act y ditectifs amatur yn weddol gynnar.

'Pan gyrhaeddoch chi yma gynta.'

'Diawch. Rhaid watsio chi. Chi'n un gyfrwys. Yn esgus cael fy enw i'n anghywir a phopeth. Feri gwd, ha!' meddai Haydn.

'Handel. Ia, o'n i'n meddwl bod hynny'n reit dda,' meddai Rachel, yn gwenu.

'Oedd,' meddai Haydn, yn cymryd y llymaid olaf o'i goffi a gosod ei fŷg ar y bwrdd. ''Na ni 'te. Allwch chi ddweud wrth Teleri fod ei thad hi'n iawn. Ac yn cofio ati,' meddai Haydn yn sionc, gan godi ar ei draed.

Cymerodd Rachel yr awgrym ac anelu at y drws. Un cam ar y tro, meddyliodd. Ara deg mae dal iâr, ac yn bwyllog mae dal bildar.

Wedi i Rhys ddychwelyd a chael cawod, cafodd ychydig o bice ar y maen Rachel.

Doedd yr amlen byth wedi cael ei hagor – daethai Haydn i'r casgliad fod angen iddo fe a Rhys gael sgwrs ddeche yn gyntaf. Roedd e am roi un cyfle olaf i'w gyfaill gyfaddef unrhyw gamweddau rhyngddo fe ac Ann ... sychu'r llechen yn lân. Petai Rhys yn cyfaddef eu bod nhw wedi cael affêr efallai na fyddai angen agor yr amlen wedi'r cwbl. Pe byddai Rhys yn edifar, sut fyddai e'n ymateb, ystyriodd Haydn. A fyddai hynny yn tawelu'r dyfroedd? A oedd e'n gyndyn i agor yr amlen achos y byddai sicrwydd absoliwt y brad yn ei hyrddio dros y dibyn, yn ei wthio i saethu ei ffrind gorau? Cafodd ei sobri gan y sylweddoliad. A beth wedyn? Byddai ei ffrind gorau wedi mynd, ei ddelwedd o Ann wedi'i chwalu a Teleri yn perthyn dim iddo. A dim ar ôl iddo, fyddai e'n saethu ei hun hefyd?

Y gwir plaen oedd nad oedd e bellach yn siŵr pam ddaeth e â'r gwn i Fôn. Cyn cychwyn o Geredigion roedd ganddo syniad niwlog y byddai'n rhoi Scott yn ei le, a bu iddo rhyw hanner ystyried, petai pethau'n mynd yn flêr gyda Rhys, y gallai o leiaf ei fygwth. Codi ofn arno.

Ganol y pnawn agorodd Rhys botel o Merlot. Roedd ar bigau'r drain. Gallai synhwyro fod Haydn yn dwysfyfyrio, ond nid mewn ffordd dda. Roedd yn esgus darllen y llyfr tywys i ymwelwyr, ond gallai Rhys weld bod ei lygaid yn bell.

'Ti ffansi mynd am sbin yn y car i rywle?' holodd o'r diwedd.

'Dim ond hanner gwydr o win wy wedi'i gael. Wy'n ddigon bodlon gyrru.'

'Na, mae'n ol-reit,' atebodd Haydn. Yna pesychodd a sythu yn ei gadair yn ffurfiol, fel petai'n paratoi am gyfweliad. 'Ond licen i 'set ti'n neud un peth i fi, Rhys,' meddai'n ddwys.

'Beth?'

'Ateb un cwestiwn yn onest.'

Teimlodd Rhys ei fola'n tynhau. Er hynny, amneidiodd ei gytundeb.

'Wy'n mynd 'nôl dros ddeng mlynedd ar hugain, i dy barti di'n ddeugain oed. Agoriad dy glwb nos newydd yn Victoria. The Fun House. Ti'n cofio'r noson?'

Nodiodd Rhys eto, yn dechrau poeni i ble roedd hyn yn arwain.

''Sdim iws i ti wadu. Wnaeth Ann a tithe gwympo mas y noson 'nny, a fuodd hi'n yfed yn drwm am fisoedd ar ôl hynny, oedd ddim fel hi o gwbl.'

'Na. Un gall oedd Ann. Wel, o'i chymharu â ni'n dou, ife,' meddai Rhys, yn ceisio ysgafnhau'r awyrgylch.

'Cofia beth wedes i nawr. Ateb yn onest. Ma' fe 'di bod yn troi a throsi yn fy mhen i ers degawdau. Beth wedest ti wrthi wnaeth ei hypsetio hi gymaint?'

Dechreuodd Rhys bwyso a mesur arwyddocâd y cwestiwn, a'r dwyster yn llygaid Haydn. Ar ôl saib byr dyma fe'n mentro ateb. 'Yffach, Haydn, ma' fe mor bell 'nôl nawr, sa' i'n gallu cofio, achan, wir i ti.'

Nodiodd Haydn yn bwyllog. Roedd yn ateb annigonol. Ateb gwarthus. Ateb cachgi.

Pennod 19

Newidiodd Haydn ei feddwl am fynd am dro yn y car. Ar ôl ailystyried sylweddolodd y byddai diwrnod dialcohol yn syniad da. Os oedd e'n mynd i ddefnyddio'r dryll yna roedd angen iddo fod yn sobr.

Roedd ei bigwrn yn ddigon cryf bellach i yrru'r car o amgylch yr ynys. Roedd ei ben, ar y llaw arall, ar gyfeiliorn. Byddai ymweliad â Pili Palas ym Mhorthaethwy, un o awgrymiadau gorau Rhys, yn ddihangfa braf ... neu dyna oedd y gobaith.

Nid oedd Haydn wedi clywed y term 'pili pala' am iâr fach yr haf o'r blaen. Na 'glöyn byw' chwaith, o ran hynny, ystyriodd wrth gerdded i mewn i'r atyniad. Prynhawn Gwener oedd hi, ac roedd y ddau hen ŵr yn sefyll allan wrth gerdded trwy'r planhigion toreithiog yn y gwres artiffisial.

Plant mân gyda'u rhieni oedd y mwyafrif o'r ymwelwyr eraill, a doedd hynny'n ddim syndod gan ei fod e'n lle ardderchog am ddiwrnod allan i'r teulu. Roedd yno Dŷ Nadroedd diddorol dros ben, a chafodd Rhys y cyfle i gydio mewn madfall. Tebyg at ei debyg, meddyliodd Haydn.

Yr ieir bach yr haf a'u hamrywiaeth liwgar a greodd yr argraff fwyaf ar Haydn. Roedden nhw'n tawelu ei feddwl, rywsut. Syllodd ar un fechan felyn a gwyrdd ar ddeilen bambŵ. Prin y byddech yn gwybod ei bod hi yno. Gwenodd wrth ystyried pa mor wael oedd pobl am gwato pethau o'u cymharu â hon.
Ychydig oriau yn unig ynghynt, dywedodd Rhys gelwydd wrtho. Sylwodd Haydn yn syth ar y panig yn ei lygaid pan holodd ef am y ffrae rhyngddo ac Ann yn ei barti pen-blwydd deugain oed.

Galwodd Rhys arno. 'Edrych ar y *meerkats* hyn, Haydn. Eu henwau nhw yw John, Paul, Ringo a George.'

Gwenodd Haydn. 'Y Beatles, yn fois bach sofft, *cuddly*, t'wel. Fydde neb yn meiddio enwi *meerkats* ar ôl band roc a rôl iawn fel y Stones,' dywedodd, yn llawn argyhoeddiad.

Yn ystod eu siwrnai yn ôl i'r maes carafannau, tiwniodd Rhys radio'r car i wrando ar ddiwedd rhaglen Tudur Owen ar Radio Cymru. Yn ôl Rhys, bachan o'r ynys oedd y Tudur hyn ac roedd e'n foi difyr, ond prin roedd Haydn yn gwrando ar eiriau'r gogleddwr na'i gyfaill yn sedd y teithiwr. Roedd e'n meddwl am yr hyn oedd o dan ei ben-ôl: y llythyr tyngedfennol na allai hyd yn oed ei agor.

Er bod Rhys yn cydganu'n hwyliog gyda sawl cân oddi ar y radio roedd rhyw dyndra anghyffredin wedi dechrau cyniwair yn y car, fel blanced anweledig yn llawn pinnau bach miniog.

'Ti'n dawel, Haydn bach.'

'Meddwl y'f i.'

'O, yffach, paid neud gormod o 'nny. Dyw e ddim yn neud lles i neb.'

'Ma' fe'n gallu gyrru rhywun yn wallgo,' meddai Haydn, gan daflu cipolwg draw at Rhys a rhoi un o'i wenau Jack Nicholson iddo.

Pan ddychwelodd y ddau i'w carafán gwnaeth Haydn lond cafetière o goffi a chynhesu rhai o'r pice ar y maen yn y microdon. Roedd Rhys wedi arllwys gwydraid mawr o Merlot iddo'i hun, ond gwrthod y gwin wnaeth Haydn. Doedd hynny ddim fel fe o gwbl, yn enwedig ar nos Wener, dechrau'r penwythnos. Roedd yr ymddygiad od, y tawelwch astud, dwys, wedi mynd ymlaen yn rhy hir nawr, ym marn Rhys.

'Dere mlaen 'te. Chwyda fe mas, fel bo' ni'n gallu joio gweddill y noson,' meddai'n bendant.

Dim ond edrych arno wnaeth Haydn, yn dechrau mwynhau anniddigrwydd ei hen ffrind.

'Dere. Ni'n nabod ein gilydd ers saith deg mlynedd, achan. Mae'n amlwg fod rhwbeth yn chwarae ar dy feddwl di,' parhaodd Rhys.

'Odyn ni?' atebodd Haydn.

'Odyn ni beth?'

'Yn nabod ein gilydd? Fel wedodd y fenyw Hilda 'na, ody unrhyw un wir yn gallu nabod rhywun arall?'

'Yffach, Haydn!' chwarddodd Rhys.

'Mae'n gwestiwn digon teg, wy'n credu,' atebodd Haydn, wedi cymryd yn erbyn agwedd ddilornus Rhys.

''Co, wy'n deall bod ti wedi cael sioc 'mbytu Teleri, ond 'sdim isie mynd dros ben llestri, a chymryd e i dy galon. Mae'r pethe hyn yn digwydd.'

'Odyn nhw?' holodd Haydn, fymryn yn ymosodol.

'Odyn,' atebodd Rhys mewn cywair terfynol, gan obeithio y byddai ei ateb yn rhoi stop ar yr holl holi trafferthus.

'Ti fel 'set ti'n gwybod lot am hyn, Rhys. Ti'n gwybod ... y "pethe" hyn sy'n digwydd?' parhaodd Haydn â'i holi, wrth ddal un o'r pice o flaen ei geg.

'Yffach, Haydn, 'sdim syniad 'da fi am be ti'n siarad. Cymer wydr o win. Falle wneith e dy gallio di.'

'Wnest ti ddim ateb yn iawn. Am y ffrae gydag Ann yn dy barti pen-blwydd deugain oed,' meddai Haydn yn gyhuddgar, ymosodol.

'Wedes i bo' fi ddim yn cofio,' atebodd Rhys, yn dal ei dir, a sipian mwy o'i win.

'Ac wy'n gweud wrthot ti am dreial yn galetach,' atebodd Haydn, yn benderfynol nawr o wthio pethau i'r pen.

'Bachan, jyst rhyw lith ffeministaidd ges i ganddi, achos fod *pole-dancers* a stripars 'da fi yn y clwb. 'Na i gyd oedd e,' atebodd Rhys gan ysgwyd ei ben yn anghrediniol. 'Paid sbwylio pethe nawr, Haydn bach –' dechreuodd, ond torrodd Haydn ar ei draws.

'Y flwyddyn 'na wnest ti weithio i fi. 1983. Gest ti affêr 'da Ann?' holodd, gan geisio'i orau i gadw'i ben.

'Naddo. Fydden i byth yn neud shwt beth. O'n i'n meddwl y byd ohonoch chi'ch dou, ac wy'n synnu dy glywed di'n siarad shwt rwtsh!'

Taflodd Rhys weddill ei win i lawr y lôn goch, ac ail-lenwi'i wydr. Ystyriodd Haydn ei gam nesaf. Roedd e wedi rhoi un troed yn nhrobwll y gorffennol – man a man iddo neidio i mewn yn gyfan gwbl yn y gobaith y byddai'n dod mas mewn un darn yr ochr arall.

'Y peth yw, t'wel, gath Teleri ei geni rhyw saith mis ar ôl i ti fynd 'nôl i Lundain ...'

Tro Rhys oedd hi i dorri ar draws. 'Stopa nawr, wir, Haydn. Ti'n neud ffŵl o dy hunan a ti'n neud yn fach o Ann hefyd. Ti yw tad Teleri, a ti'n gwybod hynny'n iawn.'

Yn y llygadrythu tyn rhwng y ddau ddyn roedd haenau o gariad a chasineb. Roedd llinell wedi cael ei chroesi ... llinell a ddylai fod wedi cael ei chroesi flynyddoedd ynghynt, efallai.

Yn y diwedd daeth y geiriau'n hawdd i Haydn.

'Nage fi yw tad Teleri,' meddai'n syml.

'Pam ti'n gweud 'na?' holodd Rhys yn ofalus.

'Achos ma' fe'n wir. Ges i brawf DNA dri mis yn ôl.'

Rhwbiodd Rhys ochr ei ben, gan roi'r argraff nad oedd yn dirnad geiriau ei ffrind.

'Pam?' gofynnodd o'r diwedd.

'Pam beth?' holodd Haydn.

'Pam cael prawf nawr? Ar ôl yr holl flynyddoedd?'

'O'n i ffaelu'i neud e, pan oedd ...' dechreuodd Haydn, cyn ysgwyd ei ben.

'Pan oedd Ann yn fyw?' gorffennodd Rhys ei frawddeg iddo.

Nodiodd Haydn. 'Oedd gyda fi ormod o feddwl ohoni.'

'Diolch byth am 'na,' meddai Rhys. 'O'dd hi'n meddwl y byd ohonot tithe.'

'Ac o rywun arall ar ryw adeg hefyd, mae'n rhaid,' meddai Haydn yn ddig.

'Ife i fi mae'r gwn, Haydn?'

'Beth?'

'Glywest ti beth wedes i. Ti ddim yn fy nghredu i, wyt ti?'

Atebodd Haydn gwestiwn ei ffrind trwy aros yn dawel.

'Reit, fel'na ma'i deall hi, ife? Wel, gwna brawf DNA arna i hefyd 'te, Haydn bach. Ma' croeso i ti neud.'

Crafodd Haydn ei droed ar hyd y carped o dan y bwrdd a symud ei ben yn ôl ac ymlaen. Roedd ei lygaid yn culhau. Gwyddai ei fod un cam ar y blaen i Rhys, ond eto, teimlai'n rhwystredig. Difarodd nad oedd wedi agor yr amlen a gafodd gan Robat. Edrychodd draw ar ei gyfaill – roedd hwnnw'n edrych yn gynddeiriog, fel rhywun oedd wedi cael bai ar gam.

Ond byddai Rhys yn gwadu, yn byddai? meddyliodd Haydn.

'Dere mlaen 'te, cowboi. Lladda fi, i gael diwedd arni!' gwaeddodd Rhys ar dop ei lais dwfn.

Clywodd Haydn sŵn tu fas i'r drws agored. Gosododd un troed ar y gris metel uchaf, a phwyso allan i weld a oedd rhywun yno. Gwenodd Rachel yn ôl arno.

'Sori i'ch styrbio chi, ond 'nes i adael fy sbectol haul yma. Alwis i draw gynna, ond roeddach chi wedi mynd allan.'

'Ie, ie, dewch mewn, Rachel,' meddai Haydn. Faint oedd hi wedi'i glywed o sgwrs y ddau? Roedd hi'n amlwg fod meddwl Rhys hefyd ar y trywydd hwnnw.

'Sori am y gweiddi, Rachel,' ymddiheurodd. 'Mae Haydn fan hyn wedi cael chwilen yn ei ben bo' fi'n gwybod amdanoch chi'ch dwy o'i flaen e, a heb ddweud wrtho fe.'

Diawch, meddyliodd Haydn, roedd yn rhaid cyfaddef, roedd Rhys yn gelwyddgi penigamp. Ceisiodd chwarae ei ran yntau.

'Yw hynny'n wir, Rachel?'

Edrychodd Rachel yn ddryslyd o'r naill i'r llall. Roedd golwg ddwys ar y ddau, yn aros am ei hateb.

'Na, dwi'm yn meddwl fod Rhys yn gwybod. Wnaeth Teleri ddim sôn, p'run bynnag,' meddai, yn ymwybodol iawn ei bod wedi cerdded i mewn i ffrae oedd yn cwmpasu llawer mwy na'i pherthynas ei hun. Ceisiodd guddio'i lletchwithdod. Sylwodd Haydn arni'n edrych i gyfeiriad y bowlen ffrwythau.

'Ie, sori, ddylen ni 'di dod â nhw draw i chi,' meddai, yn orgyfeillgar.

'Aethon ni am sbin bach yn y car. I Pili Palas,' ychwanegodd Rhys.

Crychodd Rachel ei thalcen. 'O,' meddai, ddim yn siŵr beth arall i'w ddweud.

'Ie, bach yn od, falle, dou hen stejar fel ni yn mynd i ganol plant a pili-palas. Ha!' meddai Haydn eto, yn orawyddus.

Daliodd Rachel y sbectol haul i fyny yn yr awyr o'i blaen.

'Iawn. Well i mi 'i throi hi, dwi'n meddwl. Ddrwg gen i am hynna,' meddai cyn ei heglu hi trwy'r drws.

Edrychodd Rhys a Haydn ar ei gilydd eto. Unwaith roedd e'n siŵr ei bod hi wedi mynd yn ddigon pell, sibrydodd Haydn y cwestiwn oedd ar flaenau tafodau'r ddau.

'Faint glywodd hi?'

Pennod 20

Fel y byddai'n gwneud yn aml, dilynodd Haydn ei reddf. Roedd ganddo deimlad yn ei ddŵr y byddai Rachel yn ffonio Teleri yr eiliad y byddai'n dychwelyd i'w charafán, felly aeth ar ei hôl hi mor glou ag y gallai. Roedd angen pysgota i weld yn gwmws faint roedd hi wedi'i glywed.

Roedd Rachel yn eistedd allan ar y patio, a'i ffôn o'i blaen ar y bwrdd. Edrychodd yn syn ar Haydn yn dod ati gan bwffian.

'O. Haydn,' meddai.

'Ie. O'n i moyn neud yn siŵr ... ym, bo' chi'n deall y sefyllfa,' meddai Haydn, gan geisio cael ei wynt.

'Reit,' meddai Rachel yn ofalus, yn sylwi ar y panig yn ei lygaid.

''Se'n well 'da fi tasech chi ddim yn sôn wrth Teleri bo' fi a Rhys wedi, wel, cwympo mas ...' meddai, gan ddal i edrych ar ffôn Rachel.

'Dwi'm yn licio cadw petha oddi wrthi. 'Dan ni'n agored iawn efo'n gilydd. Mae'n iach i'r berthynas,' atebodd Rachel.

Edrychodd Haydn yn siomedig. Roedd yr ateb annisgwyl hwn, neu'n hytrach y llais hyderus a'i dywedodd, wedi ei roi mewn penbleth.

'Ie. Agored. Onest. Dyna'r ffordd i fod,' meddai Haydn, yn eistedd gyferbyn â hi heb wahoddiad. 'Ond mae hi'n meddwl y byd o Rhys, ch'wel. Wncwl Rhys, ife, ha! A wel, fi oedd ar fai, yn cael rhyw chwilen ddwl yn fy mhen, 'i fod e'n gwybod amdanoch chi'n barod.'

'Pam fysach chi'n meddwl hynny?'

'Yn gwmws. Un fel'na y'f i, ch'wel, Rachel. Dwl bared weithie, er taw fi sy'n gweud 'nny.'

'Fysach chi'n lecio panad? Neu wydraid o win? Cwrw?' holodd Rachel.

'Na, dim diolch. Wna i ddim aros. Jyst moyn, ym ...'

Ysgydwodd Haydn ei ben. Teimlai fel petai'n gweiddi mewn cell a neb yn ei glywed.

''Sdim isio i chi boeni, w'chi,' meddai Rachel, i leddfu rhywfaint ar ei artaith.

'Nag oes e? Achos ... wel, sa' i'n hollol siŵr beth yn union glywoch chi,' meddai Haydn, gan edrych i fyw ei llygaid.

'Jyst Rhys yn gweiddi arnoch chi i'w ladd o,' meddai Rachel.

'Ha, ie, feri gwd. Ma' Rhys, fel finnau, yn gallu gweud pethe dwl yn ei gyfer, ife. Ma' fe 'di bod yn yfed yr hen win coch 'na. Ma' fe 'di drysu.'

'Nid fo 'di'r unig un.'

'Wnaethoch chi ddim clywed sôn am unrhyw ... brofion, do fe?'

Ysgydwodd Rachel ei phen a cheisiodd Haydn guddio'i ochenaid o ryddhad orau gallai.

'Ydach chi'n sâl?' holodd Rachel, yn llawn consýrn.

'Na. Wel, dim byd i boeni yn ei gylch. Rhaid i fi fynd mewn cyn bo hir, ch'wel, am tsiec-yp ar yr hen ben-glin hyn, cyn cael llawdriniaeth.'

Nodiodd Rachel, yn llawn cydymdeimlad.

'Fuon ni'n siarad am hynna hefyd, ch'wel,' ychwanegodd Haydn yn ddiangen. Diawliodd ei hun. Pam oedd ei dafod mor llac? Roedd e'n treial yn rhy galed i beidio treial yn rhy galed. Taw piau hi, y twpsyn. Anadlodd yn ddwfn. Edrychodd eto ar ei ffôn hi. Blocyn hirsgwar du, ychydig o fodfeddi o hyd, yn llawn potensial i ddinistrio bywydau. Allai e drystio'r fenyw hyn, gofynnodd Haydn iddo'i hun. Prin ei fod e'n ei nabod hi. Roedd Rachel yn eistedd gyferbyn ag e, yn dawel fel y bedd. Yn llonydd fel delw.

Ni allai Haydn ddioddef y tawelwch. Nid taw oedd piau hi wedi'r cwbl.

''Co, wy'm yn siŵr be sy'n mynd mlaen yn eich pen chi, ife, ond wy moyn gweud un peth pwysig, os wnewch chi adael i fi. A wedyn af i'n ôl at Rhys,' meddai.

Cododd Rachel fymryn ar ei haeliau i ddynodi y dylai Haydn barhau.

'Y peth yw, mae rhai cyfrinachau, wel, ddylen nhw aros yn gyfrinachau. 'Sdim iws iddyn nhw ddod mas o'r bocs. Maen nhw'n gallu chwalu pethe'n yfflon rhacs. Chi'n deall beth wy'n gweud?'

Er nad oedd ganddi syniad, amneidiodd Rachel yn ddwys gefnogol.

Wrth iddo ddychwelyd i'w garafán oedodd Haydn wrth ochr ei gar. A fyddai'n gall iddo ddilyn ei gyngor ei hun, a gadael y llythyr yn cynnwys canlyniad prawf DNA Rhys heb ei agor? Nid am y tro cyntaf, edifarodd o waelod ei enaid ei fod wedi cyboli ag unrhyw brofion. Cariad oedd yr unig brawf oedd yn cyfri. Cafodd y fraint o fod yn ŵr i Ann am ddeugain a phedair o flynyddoedd. I beth oedd angen difetha hynny nawr trwy godi hen grachen? Agor tun o fwydod, ys dywedai'r Sais? Roedd yn gas ganddo fwydod pan fyddai'n mynd i bysgota gyda'i dad ar lannau afon Teifi ers talwm, a'r rheiny'n cyrlio wrth iddo'u gosod ar ei fachyn, ond er hynny roedd wrth ei fodd ar lan yr afon gyda'i dad. Dyna un o'r adegau prin y byddai'n cael ei sylw i gyd iddo'i hun.

Roedd ei dad, Melfyn, yn gweithio saith deg awr yr wythnos yn aml, yn lladd ei hunan i lenwi pocedi J.T. Owen a'i lorris. Ac i beth? Bu farw o waedlif ar yr ymennydd yn chwe deg pump oed, cwta fis wedi iddo dderbyn ei daliad cyntaf o bensiwn y wladwriaeth.

Ni feiddiodd Haydn erioed ofyn i'w fam pam ei fod yn unig blentyn. Ac roedd hi'n rhy hwyr nawr a hithau yng nghartref henoed Plas Newydd ers degawd, ddim yn nabod ei mab ei hun ers blynyddoedd. A oedd gan ei dad yr un diffyg ffrwythlondeb ag ef? Yn wir, ai Melfyn, oedd yn weithgar, yn denau fel rhaca ac yn gryf fel ceffyl, oedd ei dad? Dyna beth roedd mwydod meddyliol yn ei wneud. Twrio trwy haenau eich gorffennol, yn prosesu profiadau fel pridd, nes eich troi'n ddwl bared.

Agorodd Haydn ddrws y car yn dawel a mynd ar ei gwrcwd i nôl y llythyr o dan y sedd. Rhoddodd yr amlen i fyny ei grys Hawaiaidd lliwgar ac anelu at y garafán.

Cododd Rhys wrth ei weld yn dychwelyd, yn amlwg ar bigau'r drain.

'Gest ti unrhyw synnwyr? Beth wedodd hi?' gofynnodd.

'Mae'n anodd gweud,' meddai Haydn yn onest wrth gerdded heibio iddo. 'Wy jyst yn mynd i orwedd lawr am damed bach,' galwodd wrth agor drws ei ystafell wely.

Eisteddodd ar ymyl ei wely a thynnu'r amlen o'i grys. Edrychodd arni yn ei law. Gwyddai y byddai'n rhaid iddo ei hagor – roedd ei chwilfrydedd yn drech nag ef.

Pennod 21

Eisteddai Haydn y tu allan i gaffi oddi ar Sloane Square yn sipian ei cappuccino, gan werthfawrogi haul llachar diwedd Ebrill ar ei groen crin. Roedd yn darllen tudalennau chwaraeon y *Times* – yn benodol, yr erthyglau a soniai am y gêm bêl-droed fawr yn Stamford Bridge y pnawn hwnnw rhwng Chelsea a Manchester United. Dim ond gêm gyfartal oedd ei hangen ar Chelsea a'u rheolwr carismataidd, José Mourinho, i gipio'u hail deitl Uwch-gynghrair o'r bron. Roedd gan Rhys docyn tymor, ac roedd wedi bwcio swît letygarwch yn arbennig ar gyfer yr achlysur gan wahodd dwsin o'i ffrindiau a'i gyd-weithwyr i'r gêm, yn cynnwys Haydn ac Ann.

Gwrthododd Ann y gwahoddiad, gan ddatgan nad oedd hi am fod yn ddarn bach yn un o gemau Rhys, y Llundeiniwr mawr. Parodd ei hymateb gryn bryder i Haydn. Ceisiodd newid ei meddwl, gan bwysleisio nad oedd raid iddi ddod i weld y gêm – mi fyddai e'n frêc bach bant o Geredigion, ac yn gyfle i wneud bach o siopa a gweld atyniadau'r ddinas.

Yn bwysicach na hynny roedd e'n gyfle i ddala lan gyda hen ffrind hael.

Awgrymodd Rhys y dylai Haydn ddod â Teleri yn ei lle. Yn y pen draw bu'n rhaid i un o gyd-weithwyr Rhys dynnu'n ôl yn ogystal, a chafodd cariad Teleri ei le.

'Wy'n edrych mlaen i gwrdd ag e,' oedd ymateb twymgalon Wncwl Rhys.

Ar y pryd, roedd Scott yn fyfyriwr trydedd flwyddyn yng Ngholeg Celf Abertawe, yn astudio ffotograffiaeth. Roedd i'w weld yn ddigon deche, meddyliodd Haydn, er bod angen torri ei wallt yn dost. Roedd e ychydig yn fewnblyg hefyd, yn enwedig i fachan o Gwmaman – ym mhrofiad Haydn doedd y rhan fwyaf o bobl y Cymoedd ddim yn gallu stopio siarad.

Daliodd Haydn a Teleri drên ar y pnawn Gwener o Aberystwyth i Euston, a chawsant bryd blasus dros ben gyda Rhys a'i ffrindiau eraill y noson honno mewn bwyty yn Belgravia roedd un o'r criw yn berchennog arno.

Taflodd Haydn gipolwg ar ei oriawr. Roedd bron â bod yn un ar ddeg y bore. Er bod y gêm yn cychwyn amser cinio roedd Teleri wedi mynnu gwneud ychydig o siopa yn y King's Road ar ôl iddi gwrdd â Scott, oedd wedi dal trên cynnar y bore hwnnw o Abertawe i Paddington. Dylai'r ddau fod yn cyrraedd unrhyw funud, meddyliodd. Nid oedd am fod yn hwyr. Ysai am gael blasu'r awyrgylch cyn y gêm, a diodydd a bwffe'r stadiwm. Rhoddodd ochenaid fach o ryddhad o weld Teleri'n croesi'r heol tuag ato, gyda Scott y tu ôl iddi yn cario dau fag o siop Peter Jones. Wrth iddyn nhw nesáu, gorffennodd Haydn ei cappuccino a chodi ar ei draed.

'Ewn ni 'te, ife?' meddai Haydn yn frysiog.

'Helô Scott. Gethoch chi amser da yn siopa? Siwrnai OK?' meddai Teleri yn wawdlyd, gan dynnu wyneb ar ei thad.

'Ie, ie, wrth gwrs. Sori. Shwmae, Scott,' meddai Haydn, yn ysgwyd llaw â'r dyn ifanc wrth edrych dros ei ysgwydd am dacsi. 'Welest ti rwbeth i Mam?' holodd.

'Ges i bâr o glustdlysau glas pert. Lapis Lazuli. O'n nhw hanner pris,' meddai Teleri.

'Diawch. Feri gwd. Wna i setlo 'da ti yn y stadiwm. A chofia nawr, fi welodd nhw yn y ffenest mewn rhyw siop ddrud yn Knightsbridge, a fi wedodd fydden nhw'n bictiwr ar glustiau dy fam!'

Bu Haydn yn gwylio Chelsea gyda Rhys o'r blaen, ond ni fu erioed yn un o'r switiau lletygarwch. Edrychodd o amgylch yr ystafell grand gan arogli newydd-deb y pren ar y llawr a lledr y celfi. Pobl yr oedd Rhys yn gwneud busnes â nhw oedd y mwyafrif – dynion canol oed – a'u gwragedd. Teimlodd Haydn ryw wayw bach o siom yn ei frest na ddaeth Ann gydag ef. Yna sylwodd ar wyneb cyfarwydd David Jones, oedd yn

Gynorthwywr Cyffredinol i Rhys. Dechreuodd David ei yrfa fel digrifwr stand-yp yn un o glybiau Rhys, a byddai'n dal i ddweud ambell jôc dda o bryd i'w gilydd, pan fyddai yn yr hwyl iawn. Er ei fod yn fach o ran corffolaeth, dim lot mwy na Haydn, roedd fel tarw o gryf a'i wallt du seimllyd a'i fwstás pensil yn atgoffa rhywun o'r dyn drwg clasurol mewn hen ffilmiau du a gwyn. Teimlai Haydn fod ei ddelwedd yn gamarweiniol braidd – roedd David wastad wedi'i daro fel dyn hwyliog, yn llawn sbort mewn ffordd hy' a oedd yn ymylu ar fod yn barodi o'r Cocni traddodiadol. Er bod gwreiddiau Cymreig ganddo roedd yn Gocni i'r carn, ac wedi cynhesu at Haydn. O'i weld yn cyrraedd aeth David draw â gwydr o siampên iddo.

'Well if it's not old Joseph. Haydn, not Stalin!' meddai David, gyda'i gyfarchiad arferol i Haydn, yn wên o glust i glust.

Safodd Scott y tu ôl i Haydn gan symud o'r naill droed i'r llall yn lletchwith. Roedd Teleri eisoes wedi mynd lan at Rhys a derbyn ei goflaid arth arferol, ond gyda thinc o swildod, arweiniodd hi Rhys draw er mwyn cyflwyno Scott iddo.

'Enw da, Scott. Dechre da,' meddai Rhys, gan ysgwyd ei law. Daliodd law Scott am eiliad yn hirach nag oedd yn arferol, gan ei gwasgu'n galed. Edrychodd i fyw ei lygaid. 'Ni i gyd yn meddwl y byd o Teleri. Gwna di'n siŵr bo' ti'n cymryd gofal ohoni,' meddai, ei lygaid ambr bygythiol yn syllu ar Scott fel pelydrau laser.

'Mae Wncwl Rhys yn licio jazz ac yn aelod o glwb Ronnie Scott,' eglurodd Teleri wrth Scott, a edrychai ar goll braidd.

'Ie. Bydden i 'di licio mynd â chi 'na heno, ond ma' fe 'di bod ar gau ers mis Chwefror yn cael ei adnewyddu. Perchnogion newydd,' eglurodd Rhys, yn parhau i edrych ar Scott fel petai'n asesu march mewn mart ceffylau. 'Croeso i Lundain, Scott,' ychwanegodd, gan feddalu ei wyneb yn wên gyfeillgar. Sylwodd Teleri ar wên nerfus Scott yn ôl.

'Ti'n iawn?' holodd.

'Ie ... ym, jyst bod llygaid od 'dag e,' meddai Scott yn dawel.

'O's,' cytunodd hithau, 'on'd y'n nhw'n *amazing*? Wy'n

siŵr y galle fe hypnoteiddio unrhyw un 'se fe moyn.'

Wedi iddyn nhw helpu'u hunain i fwy o siampên a sawl peint o gwrw da, yn ogystal â'r wledd o fwffe oddi ar y bwrdd oedd wedi'i daenu â lliain cotwm gwyn, aethant i ymgynnull o gwmpas y ffenestri gwydr mawr. Setlodd pawb yn eu seddi lledr cyffordus i wylio'r gêm.

'Gobeithio bo' ni heb fod yn rhy fyrbwyll, gyda'r holl siampên hyn. Ni yn chwarae Man U wedi'r cwbl,' meddai Rhys, fymryn yn nerfus am y tro cyntaf y diwrnod hwnnw.

'Er bod Giggs yn whare bydde hi'n dda i roi coten i fois Ferguson,' meddai Haydn.

''Na'r union ysbryd sydd isie,' atebodd Rhys, cyn gweiddi ar draws yr ystafell, 'Come on you Blues!'

Ond allai Rhys ddim ymlacio. Sgoriodd William Gallas i Chelsea ar ôl pum munud, gan benio'r bêl i'r rhwyd heibio i gôl-geidwad Manchester United, Edwin van der Sar. Bu cryn regi yn yr ystafell ddwy funud yn ddiweddarach wrth i Wayne Rooney lorio capten Chelsea, John Terry, gyda thacl hwyr. Stopiwyd y gêm am gryn amser wrth i Terry gael triniaeth i'w goes.

'No way is John Terry going off the field today,' cyhoeddodd Rhys i weddill yr ystafell, 'he'll be holding the Premiership Trophy aloft at the end of the day, you mark my words.'

A gwir oedd proffwydoliaeth Rhys, gyda Chelsea yn sgorio dwy gôl arall yn yr ail hanner drwy Joe Cole a Ricardo Carvalho. Roedd e ar ben ei ddigon. Agorwyd mwy fyth o boteli siampên ac roedd awyrgylch carnifal wrth i'r chwaraewyr orymdeithio o gwmpas y cae yn arddangos eu cwpan hollbwysig.

Er bod clwb Ronnie Scott ar gau dros dro roedd Rhys yn benderfynol o gael ei ddos o jazz ar ddiwrnod mor gofiadwy. Roedd Teleri a Scott wedi gwneud eu trefniadau eu hunain ac wedi'i throi hi am Covent Garden. Synnwyd Teleri gan ffarwél graslon David Jones wrth iddynt adael, yn rhannol gan fod ei eiriau yn Gymraeg.

'Cofiwch fi at eich mam. Menyw arbennig,' meddai'n

ddiffuant. Ond chwerthin nerth eu pennau wnaeth Rhys a Haydn, gan fod David druan yn dal yn Gocni i'r carn, hyd yn oed yn iaith y nefoedd.

Roedd Haydn yn reit falch na fyddai Teleri a Scott yn dod gyda nhw y noson honno. Roedd ganddo fe a Rhys hanes o sesiynau gwallgof, hir a fyddai'n ymestyn i berfedd y nos, a doedd Haydn ddim yn awyddus i'w ferch ei weld yn y stad roedd e'n debygol o fod ynddi. Cychwynnodd y ddau, ynghyd â gweddill y criw, i glwb jazz arall yn ardal Soho a setlo i lawr am noson hir o adloniant.

Yn ystod un unawd trymped bywiog sibrydodd Rhys gwestiwn yng nghlust Haydn: gofyn oedd e a oedd Ann yn iawn. Atebodd Haydn ei bod hi fel y boi, diolch, ond nad oedd hi'n ffansïo penwythnos yn Llundain y tro hwn. A dyna'r unig adeg yr ynganodd Rhys ei henw trwy'r nos. Oriau'n ddiweddarach, dim ond Haydn, Rhys a David oedd ar ôl wedi i weddill ffrindiau a chyd-weithwyr Rhys adael, a chafodd Rhys afael ar ychydig o gocên – neu gôc oen fel y mynnai David ei alw, wrth giglan fel merch ysgol. Mae'n debyg iddo ddod ar draws y term sarhaus hwnnw yn ystod ymweliad â Phen Llŷn. Roedd David ar ei orau'r noson honno, yn adrodd straeon digri a dweud sawl jôc a ymddangosai'n ddoniol iawn i Haydn a Rhys a fu'n chwerthin nerth eu boliau.

Bedair awr yn ddiweddarach, blasodd Haydn waed yn ei geg wrth iddo godi yn araf a dryslyd lan oddi ar y pafin yn Soho. Nid oedd ganddo syniad sut y cyrhaeddodd yno. Daliodd ochr ei wyneb a chulhaodd ei lygaid mewn ymdrech i leddfu'r boen yn ei ben. Roedd Rhys yn dal dau fys ar bob llaw i fyny o flaen Haydn.

Ysgydwodd Haydn ei ben. 'Sa' i'n neud y nonsens 'na 'to,' mwmialodd.

Ond oedd Rhys yn benderfynol. Roedd yn rhaid iddo basio'r prawf cyfergyd amaturaidd neu byddai'n rhaid mynd ag ef yn syth i'r ysbyty agosaf. Wrth i Haydn ateb y cwestiynau arferol, gan adrodd ei ddyddiad geni, ei gyfeiriad ac enw'i ferch, dyma Rhys yn gofyn beth oedd sgôr y gêm heddiw.

'Tair i ddim, i Chelsea,' meddai gan sychu'r gwaed oddi ar ei wefus gyda llawes ei grys. Sylwodd fod David yn ei ddyblau yn gwrando ar ei atebion. 'What's so funny?' holodd yn flin.

'Man, it's like the third time I've seen you crash out like this when you're drunk. I've never seen anyone so awkward, falling around the place. You haven't got two left feet, you've got three! I'm having a ... what do you call it ... a déjà vu!'

'Well, stop laughing, you and your Dai Javu,' oedd ateb swta Haydn.

Yna dechreuodd Rhys chwerthin hefyd a sylweddolodd Haydn beth roedd e newydd ei ddweud, a gwenodd yntau. A byth ers y noson honno gelwid Cynorthwywr Cyffredinol Rhys, David Jones, yn Dai Javu.

Cawsant dacsi yn ôl i dŷ Rhys tua hanner awr wedi dau, a glanhaodd Rhys rywfaint ar wyneb gwaedlyd Haydn a rhoi tabledi atal poen cryf iddo. Erbyn iddo ymddangos, yn hwyr, wrth y bwrdd brecwast drannoeth prin y gallai Teleri weld ei fod wedi syrthio o gwbl.

Ond pan ddychwelodd Haydn at Ann yn hwyr y prynhawn Sul hwnnw, fe sylwodd hi'n syth ar y chwydd o gwmpas ei wefus. Er ei bod hi'n hen gyfarwydd â'i weld e'n cwympo doedd hi byth yn mynd i stopio becso amdano.

'Un o'r nosweithiau hyn, fyddi di'n aros ar y llawr,' oedd byrdwn arferol ei neges iddo, gan ysgwyd ei phen. Ond byddai'r olwg sarrug yn pylu'n weddol glou, fel arfer wrth iddo roi'r anrheg roedd e wedi'i brynu iddi. Byddai'r anrhegion dros ben llestri'n llwyr, gan amlaf, ond gwyddai Ann yn iawn fod y cymhelliant yn ddiffuant – ei gariad tuag ati. Y tro hwn, gwyddai hefyd y byddai Teleri wedi'i helpu i ddewis y clustdlysau, oedd yn rhai pert ac yn ei siwtio hi.

'Diolch, cariad,' meddai, 'wy jyst yn falch o dy gael di'n ôl mewn un darn.'

Wnaeth Ann ddim holi am Rhys. Roedd mwy o ddiddordeb

ganddi yn Scott, a hyd yn oed David. Dywedodd Haydn wrthi am y llysenw newydd, gan ddechrau chwerthin llond ei fol wrth gofio jôc ddywedodd y Cocni yn ystod y gêm y diwrnod cynt. Mynnodd Haydn ei dweud hi wrth Ann, wrth i'r ddau eistedd o amgylch y bwrdd swper.

'Y bachan hyn, Gwyddel wy'n credu, yn gyrru llond lorri o fwncïod i'r sw ym Mryste, ond ro'dd ei lorri wedi torri lawr.' Dechreuodd Haydn chwerthin yng nghanol y jôc, a barodd rywfaint o ddryswch i Ann druan. 'Dyma'r Gwyddel yn stopi lorri arall, un wag, a gofyn ffafr i'r gyrrwr, gan ddweud wrtho am fynd â'r mwncïod i'r sw iddo fe. Fyddai e'n wir ddiolchgar 'se fe'n gallu helpu fe mas o'r twll roedd e ynddo. Dyma'r gyrrwr lorri arall yn cytuno i wneud y ffafr. Ond ar ôl cwpwl o oriau, gyda'r Gwyddel yn dal i aros i gael trwsio'i lorri, dyma fe'n sylwi ar y gyrrwr lorri arall yn dychwelyd, a llond y lorri o fwncïod yn dal i fod. Wafiodd y Gwyddel arno fe i dynnu mewn ac aeth draw i gael gair 'da'r gyrrwr arall a gofyn beth oedd y mwncïod yn ei wneud yn ei lorri. Oedd e heb ddeall y neges? Oedd e heb fynd â nhw i'r sw? Do, do, meddai'r gyrrwr arall, aeth e â nhw i'r sw. Ond nawr o'dd e'n mynd â nhw i'r sinema!'

Edrychodd Haydn yn ddisgwylgar ar Ann, yn gorfod dal ei asennau i atal y dolur roedd ei chwerthin yn ei achosi, ond ysgwyd ei phen wnaeth Ann.

'Wy'n credu falle oedd raid i ti fod 'na ar y pryd,' meddai, gan arllwys paned o de arall iddi'i hun. 'Ond wy'n falch i ti a Teleri gael amser da,' ychwanegodd.

Pennod 22

Cododd Haydn oddi ar ei wely i sicrhau fod drws yr ystafell wedi ei gau'n dynn, rhag i Rhys dorri ar ei draws. Eisteddodd yn ôl ar ei wely ac edrych ar yr amlen eto fyth. Roedd ei enw a'r cyfeiriad wedi'u teipio'n daclus, a rhif cyfeirnod yn y gornel chwith uchaf i ddatgan fod hon yn ddogfen swyddogol o'r iawn ryw. Y gwir yn cael ei drosglwyddo i garreg y drws. I lawr ar ddu a gwyn. Diamheuol.

Am y canfed tro ystyriodd Haydn beth yr hoffai i'r canlyniad fod. Roedd yn newid ei feddwl yn feunyddiol. Petai'n ganlyniad positif yna byddai hynny'n cadarnhau nad oedd ei ffrind bore oes yn ffrind o gwbl, a'i fod wedi'i fradychu gyda'i wraig. Nid oedd yn siŵr a allai ymdopi â hynny. Yr olygfa fu'n chwarae'n farus o daer yn ei ben oedd y byddai'n saethu Rhys petai'n cael cadarnhad o'r twyll, ond nawr bod y cloc yn tician nid oedd yn hollol siŵr a fyddai'n medru gwasgu'r glicied. Taflodd gipolwg rhwng ei goesau, gan wybod bod y dryll wedi'i guddio rhwng y fatres a gwaelod pren ei wely, yn dal yn y bag Sainsbury's. Byddai'n rhaid iddo fe ei symud a'i gwato yn rhywle arall, rhag ofn i Rhys archwilio'i ystafell, ystyriodd.

Ceisiodd gadw'i ben, canfod rhyw ganol llonydd tawel, ond roedd ei dymer yn poethi. Cofiodd eiriau rhyw reolwr pêl-droed ryw dro: os ydych chi'n methu paratoi yna paratowch i fethu.

Ond beth petai canlyniad prawf DNA Rhys yn negyddol? Beth wedyn? Mewn un ffordd roedd hynny'n haws, ond roedd yn creu problem fwy. Ni fyddai'n rhaid iddo wynebu brad ei ffrind gorau na'i gosbi am hynny. Yn wir, gallai Rhys ei helpu i ddod i delerau â'r ffaith na fyddai'n gwybod pwy oedd wedi cysgu gydag Ann. Ond byddai'r bastard â'i draed yn rhydd.

Nid oedd yr un o'r opsiynau yn ddelfrydol. Caeodd Haydn ei lygaid, bron fel petai'n gweddïo am arweiniad. Yna agorodd yr amlen yn ofalus, gan ddatgelu un dudalen A4 gymen, gyda'r geiriau tyngedfennol wedi'u teipio'n ddestlus arni. Syllodd ar y canlyniad, gan deimlo'i galon yn llamu trwy ei grys Hawaiaidd. Yn gynddeiriog, gwasgodd y darn papur yn belen fach a'i daflu i mewn i'r bin sbwriel yng nghornel yr ystafell. Cerddodd o un ochr i'r ystafell fach o gwmpas y gwely i'r ochr arall. Yna cerddodd yn ôl yr un ffordd. Roedd e angen anadlu. Roedd e angen awyr iach. Agorodd ddrws yr ystafell wely, ac mor dawel ag y gallai, cerddodd i'r ystafell fyw. Doedd Rhys ddim yno.

Wrth iddo gerdded i lawr y grisiau metel gwelodd fod Rhys yn darllen ei lyfr am Ynys Môn wrth y bwrdd ar y patio, gyda gwydr llawn arall o Merlot o'i flaen.

'Wy jyst yn mynd am wâc, lawr i'r traeth. I glirio 'mhen,' meddai Haydn.

'Dal sownd. Ddo i gyda ti nawr,' atebodd Rhys, yn codi ar ei draed.

'Na!' gwaeddodd Haydn, yn llawer rhy groch, a difaru'n syth. 'Na,' meddai eto, yn dawelach o lawer, 'os nad oes gwahaniaeth 'da ti, licen i fynd ar ben 'yn hunan,' parhaodd, â golwg benderfynol ar ei wyneb.

Er i Rhys nodio'i gydsyniad, roedd yn becso am gyflwr meddyliol ei ffrind. Roedd e hefyd yn ceisio dyfalu ble roedd Haydn yn bwriadu mynd go iawn. A oedd e'n mynd i nôl y dryll o'i guddfan? A oedd e'n mynd i gerdded i mewn i'r môr? Teimlai Rhys y dylai ei ddilyn, rhag ofn.

Bron fel petai Haydn yn gallu darllen meddwl Rhys, galwodd arno wrth adael, 'A phaid dilyn fi, neu bydda i'n grac iawn, ti'n deall? Fydda i ddim yn hir. Jyst clirio 'mhen, fel wedes i!'

Eisteddodd Rhys yn ôl wrth y bwrdd a chymryd cegaid o'i win. 'Clirio fy mhen' oedd eu dywediad am gael mwgyn drwg, ond roedd un peth yn sicr, meddyliodd, roedd lot ym mhen Haydn angen ei glirio a fyddai smôc ddim yn ei helpu i wneud hynny.

Er ei bod hi'n dal yn olau, ychydig iawn o bobl oedd ar y traeth. Hen wraig wargam gyda chi bach blinedig ar dennyn.

Pâr ifanc yn dal dwylo wrth gerdded ger ffin y tonnau, y dyn yn tynnu'r fenyw draw i ymyl y dŵr a'r ddau'n chwerthin wrth iddynt wlychu'u traed. A Haydn, yn syllu mas i'r môr, yn mwynhau tynnu'r mwg melys i ddyfnderoedd ei ysgyfaint, y cyffur yn ei gofleidio fel cwrlid cysurus.

Meddyliodd Haydn am y troeon niferus iddo fod ar draeth Llangrannog neu Geinewydd gydag Ann, pan oedd Teleri'n fach. Byddai Ann yn eistedd ar y gadair lan-y-môr oren a gwyn y byddai bob amser yn ei chario gyda hi, yn darllen llyfr. Chwarae yn y tywod gyda Teleri fyddai Haydn, yn ei helpu i adeiladu castell. Byddai'n claddu llond llaw o ddarnau deg ceiniog yn ffos y castell, er mwyn i'r ddau ohonynt gael chwilio am drysor. Roedd wyneb Teleri'n bictiwr wrth iddi ganfod un o'r darnau arian, ac roedd hynny'n ddigon o drysor i Haydn. Yna byddai Ann yn edrych draw arnynt dros ei sbectol haul ac yn gwenu. I rywun oedd yn digwydd pasio efallai na fyddai'r olygfa'n golygu dim, ond roedd yr eiliadau gwerthfawr hynny gyda'i wraig a'i blentyn yn golygu'r byd i Haydn.

Mae'n rhaid bod hynny ymhell dros ddeng mlynedd ar hugain yn ôl, meddyliodd Haydn, pan oedd Teleri tua chwech neu saith. Yn y diwedd, y cyfan sydd ar ôl yw cipluniau, rhai real mewn albwm neu ar sgrin ddigidol, a rhai mympwyol, ar hap, sy'n dod i rywun o ... o ble yn union? Pam fod rhai atgofion yn glynu mwy na rhai eraill?

Byddai'r mis nesaf, y pymthegfed o Orffennaf, yn nodi blwyddyn ers i Ann farw. Gwireddwyd ei dymuniad gwely angau i gael marw adref. Er gwaethaf ei gwefusau crychlyd, sych a'i hwyneb crebachlyd, roedd hi'n dal i edrych yn hardd i Haydn. Bu'n gafael yn dyner yn ei llaw wrth iddi lithro o'r bywyd hwn. Cofiodd iddo deimlo'n grac, yn gynddeiriog. Nid oherwydd ei bod hi wedi mynd – na, roedd cael diwedd i'w dioddefaint yn fendith o fath, yn rhyddhad. Yr hyn a gynddeiriogodd Haydn gymaint oedd y ffaith ei bod hi'n ddiwrnod hyfryd o haf. Roedd y ffaith fod Ann wedi gadael y byd ar y fath ddiwrnod braf yn drosedd yn erbyn dynoliaeth.

Gwrandawodd Haydn ar gysondeb rhyfeddol y llanw a thrai. Tynnodd un cwmwl dwfn arall o'i sbliff ac edrych ar y lleuad, oedd yn fwy gweladwy nawr a golau'i dydd yn cilio, yn llusern bell uwchben y bryn uwchlaw'r maes carafannau.

Ar ôl iddo golli Ann bu ar gyfeiliorn yn llwyr, y galar wedi cydio'n ddwfn, yn enwedig yn y chwe mis cyntaf. Bu Teleri'n wych, yn dod i'w weld bob dydd a dangos iddo sut i ddefnyddio pethau fel y peiriant golchi, er bod Ann wedi dangos iddo droeon yn barod. Bu Teleri hyd yn oed yn smwddio'i grysau er iddi fynnu, pan oedd hi'n fyfyrwraig benboeth, bod smwddio yn wastraff amser. Bu Rhys hefyd, er tegwch, yn ceisio'i orau glas i'w helpu, yn ei lusgo allan o'r tŷ gwag ar sawl achlysur am beint yn y Llew Coch.

Ond wnaeth hynny ddim gweithio chwaith. Roedd ei golled y tu hwnt i unrhyw gysur. Yn y chwe mis cyntaf hwnnw parhaodd i siarad ag Ann fel petai hi'n dal yno. Ar sawl achlysur arllwysodd baned o de iddi yn ei hoff gwpan, a'i osod gyferbyn ag e ar fwrdd y gegin.

Roedd y nosweithiau'n erchyll. Yn hanner cysgu, byddai'n estyn allan i'w chyffwrdd ac yna'n dihuno mewn gwagle anferth, oer. Y pethau bach bob dydd – defodau fel newid dillad eu gwely – oedd y gwaethaf. Byddai'r rhain yn ei orfodi i eistedd a chau ei lygaid i geisio adfer ei hun. I ddechrau roedd yn ei chael hi'n amhosib rhoi gorchudd ar y *duvet*. Roedden nhw wastad wedi gwneud hynny ar y cyd. Ar adegau felly byddai'n dweud yn uchel wrtho'i hunan, 'Dere, Haydn bach, wir, fydde hi ddim moyn dy weld di fel hyn.'

Yn y pen draw daeth i'r casgliad bod yn rhaid iddo geisio symud ymlaen, er lles ei iechyd meddwl. Roedd wedi dechrau cael hunllefau am Ann, rhai ailadroddus, poenus; darluniau hynod ohoni'n gwenu arno'n ddirmygus. Ac roedd yr amheuaeth am Teleri yn dal yno, fel rhyw fwnci ar ei ysgwydd. Gwyddai'n iawn na allai fynd i'w fedd heb ei ddatrys.

Ychydig fisoedd ar ôl colli Ann, trefnodd y prawf DNA, a phan dderbyniodd yr ateb negyddol ceisiodd yn galed i beidio â chasáu ei ddiweddar wraig. Nid oedd erioed wedi dychmygu y gallai feddwl yn gas amdani ond daeth yr emosiwn sarrug hwnnw drosto mewn tonnau, gan amlaf gyda'r nos, wrth i erchylltra realiti'r sefyllfa wawrio arno.

Roedd wedi amau Rhys yn syth, ond ni wyddai'n iawn pam. Doedd ganddo ddim gronyn o dystiolaeth. Gwnaeth yr amheuaeth iddo ofyn cwestiynau anodd am natur eu perthynas. Pam oedden nhw'n ffrindiau ... oedden nhw'n ffrindiau o gwbl? Wrth ystyried yr atebion i'r cwestiynau hyn roedd yn rhaid iddo gyfaddef fod Rhys, er gwaethaf popeth, wedi bod yn gyfaill triw iddo. Yn nyddiau hirfelyn tesog y chwarae cowbois ac injans, a'r goglais dan gerrig am frithyll cudd gyda'i gilydd yn afon Teifi, a phan oedden nhw wedi bodio ar y cyd i weld eu hoff fandiau mewn gwyliau niferus, bu Rhys yn gefn iddo. Bu'n bartner dibynadwy, yn debycach i angel gwarcheidiol na dim arall. Er mwyn dyn, roedd Rhys yn llythrennol wedi achub ei fywyd sawl gwaith, fel y gwnaeth e grybwyll yn ei araith ar ddiwrnod ei briodas.

A beth oedd Haydn wedi'i roi i Rhys? Bu yno iddo pan gollodd ei dad yn sydyn, a'i helpu drwy roi gwaith iddo pan fu'n rhaid i Rhys ffoi am ei fywyd o Lundain. Ai dyna'r cyfan wnaeth e? Roedd yn ymddangos fod Haydn wedi elwa llawer mwy na Rhys o'u cyfeillgarwch ... felly, beth oedd yn y berthynas i Rhys? Ai Ann oedd yn cadw Rhys wrth ei ochr? Nid oedd modd gwadu iddyn nhw fod yn ffrindiau da, yn enwedig yn eu hieuenctid – yn gariadon, hyd yn oed, am gyfnod byr, cyn gwahanu ar ôl i'r ddau fynd i golegau gwahanol. Ni allai Haydn roi ei fys ar y peth ond roedd rhywbeth yn mynd ymlaen rhwng Ann a Rhys, yn bendant. Rhywbeth di-eiriau, anweledig, bron fel cyfrinach. Felly, er bod hynny'n boenus i Haydn, roedd yn weddol naturiol iddo dybio y gallai Rhys fod yn dad i Teleri.

Ond lai nag awr yn ôl roedd e wedi canfod y gwir. Roedd canlyniad prawf DNA Rhys yn negyddol. Nid fe oedd tad Teleri. Dylai fod yn teimlo rhyw fath o ryddhad – wedi'r cyfan, doedd ei ffrind gorau ddim wedi cysgu gyda'i wraig – ond y cyfan a deimlai oedd dicter.

Edrychodd i fyny i'r awyr wrth i wylan hedfan uwch ei ben. Bu bron iddo golli'i gydbwysedd a gollwng ei sbliff, ac wrth iddo bwyso ar ei ben-glin gwael i osgoi disgyn, sylwodd ar bluen yn y tywod. Cododd hi. Credai Ann fod plu yn arwyddion, yn brawf fod pobl yn treial cysylltu o'r byd arall. Er ei bod yn fenyw ddeallus, fu'n llyfrgellydd y dref am bron i ddeugain mlynedd, roedd ganddi ambell syniad digon rhyfedd. Tynnodd fwy o'r cyffur i'w ysgyfaint, gan ddal y sbliff yn ei law dde wrth astudio'r bluen yn ei law chwith. Edmygodd ei chymesuredd, gyda'r llinell wen, galed yn union yn ei chanol. Po fwyaf roedd e'n craffu ar y bluen, mwyaf roedd ei ben yn troi.

Yn sydyn, teimlodd rywun yn rhoi braich amdano, yn gafael ynddo o'r tu ôl mewn cwtsh gynnes. Trodd ei ben a gwelodd Rhys yn edrych arno, yn llawn cydymdeimlad. Gadawodd Haydn i'r bluen syrthio ar y tywod oddi tano.

'Ffeindies i'r llythyr, yn y bin,' meddai Rhys, gan gofleidio'i hen ffrind yn dynnach.

Teimlodd Haydn ei lygaid yn mynd yn fach a rhyw gyfog yn codi o'i fola.

'Ife sampl oddi wrtha i o'dd y prawf?' holodd Rhys.

Nodiodd Haydn. Roedd yn canolbwyntio ar beidio chwydu ei berfedd ar y tywod.

'Alla i bennu honna i ti?' holodd Rhys, yn pwyntio at yr hyn oedd ar ôl o'i sbliff. Pasiodd Haydn e draw iddo, gan fethu edrych i'w lygaid.

Maes o law, wrth i'r nos afael, dechreuodd y ddau gerdded lan y rhiw tuag at y maes carafannau. Roedd Rhys yn defnyddio'i dortsh i arwain y ffordd trwy'r gwyll. Ers iddo gyrraedd y traeth bu tawelwch llethol rhyngddynt, fel petai ganddyn nhw ddim digon o eiriau i leisio'r hyn roedden nhw'n ei deimlo, ond roedd Rhys yn fodlon disgwyl. Gwyddai fod Haydn yn mynd trwy wewyr meddyliol, ac y byddai'n siŵr o agor ei galon yn ei amser ei hun. Nid oedd iws rhuthro.

Cafodd Rhys sioc o ganfod bod Haydn, rywsut, wedi cymryd sampl o'i DNA, a siom nad oedd Haydn wedi cymryd ei air. Serch hynny, gallai'r prawf fod yn beth da – roedd cael ei ddiystyru fel tad i Teleri, a hynny ar sail wyddonol, yn ganlyniad i'w groesawu. Ac eto, roedd yn adnabod Haydn fel cefn ei law ei hun. Byddai ei gyfaill fel ci ag asgwrn nawr, yn methu gadael i bethau fod, a gallai hynny fod yn newyddion drwg i Rhys. Roedd angen iddo fwrw Haydn oddi ar y trywydd, ei annog i dynnu llinell yn y tywod cyn i'r tywod hwnnw droi'n gors.

Wrth iddyn nhw nesáu at goedwig Coed y Mynach, tarfwyd ar y tawelwch gan synau sgrechian rhyw anifeiliaid yn cyplu. Taflwyd Haydn oddi ar ei echel – wrth iddo droi'n reddfol i wynebu'r sŵn, llithrodd oddi ar y llwybr a chwympo tua chwe throedfedd i lawr i ffos, gan fwrw'i ben yn galed yn erbyn ffens. Dringodd Rhys yn ddeheuig i lawr y llethr at ei gyfaill. O leiaf doedd e ddim wedi cnocio'i hunan mas y tro hwn, meddyliodd Rhys, wrth glywed ei rwgnach yn y gwyll.

'Paid symud. Jyst gorwedd ble wyt ti,' meddai Rhys.

'Yyyyyy,' atebodd Haydn. Cariodd bref rhyw ddafad atynt ar awyr oer y nos, a fflachiodd Rhys y dortsh ar wyneb Haydn. Roedd ochr ei ben yn gwaedu.

'Shwt wyt ti'n gwaedu? Fwrest ti rwbeth?' holodd Rhys.

'Y ffens,' atebodd Haydn.

'Ddim y weiren bigog?'

'Na, sa' i'n credu. Jyst wedi sgathru fy wyneb y'f i. Fydda i fyw 'to.'

Dechreuodd Haydn godi ar ei draed, ond syrthiodd yn ôl ar ei gefn yn syth.

'Wow, wow nawr, beth yw'r hast, Haydn bach? Ma' siŵr o fod angen hoe fach arnot ti ar ôl y diwrnod ti wedi'i gael.'

Ochneidiodd Haydn yn llawn diflastod.

'Ti'n gwybod be sy'n dod nesa, nagwyt ti?' holodd Rhys.

'Mae 'mhen i'n iawn. Dere. Gad dy nonsens,' atebodd Haydn, yn dechrau laru ar y sefyllfa.

'Jyst cwpwl o gwestiynau, 'na i gyd. Wedyn af i â ti'n ôl i'r garafán,' myminodd Rhys.

'Gad dy ddwli. 'Sdim *concussion* arna i!'

Anwybyddodd Rhys ef, gan godi pedwar bys o flaen wyneb ei gyfaill.

'Faint o fysedd ti'n 'u gweld?'

'Pedwar.'

'Pryd gest ti dy eni?'

'Dou ddiwrnod ar ôl ti,' meddai Haydn yn ddiamynedd.

'A'r dyddiad?'

'Yr ail o Fawrth, 1952. 'Nôl yn oes yr arth a'r blaidd!'

Roedd yr ymgais at jôc yn arwydd da, meddyliodd Rhys.

'Beth y'n ni'n dou'n galw yfed gwin coch?'

'Merlota,' atebodd Haydn yn gywir, gan chwythu'n ddiamynedd trwy ei ddannedd.

'Un cwestiwn arall, wedyn helpa i ti ar dy draed.'

'Dere mlaen 'te, wir. Wy'n dechre oeri.'

'Mae ffrind 'da fi yn Llundain wedi dy weld di ar y llawr fel hyn sawl gwaith. Beth oedd yr enw wnaethon ni'i roi iddo fe?'

'Dai Javu,' meddai Haydn yn syth.

Gwenodd Rhys a gafael yn nwylo bach Haydn, fel dwylo plentyn, a'i dynnu ar ei draed.

'Gaf i ofyn cwestiwn i ti?' holodd Haydn.

'Clatsia bant.'

'Pwy yw tad Teleri?'

Edrychodd y ddau ar ei gilydd yng ngolau'r dortsh. Ysgydwodd Rhys ei ben.

''Sdim blydi syniad 'da fi, Haydn bach. Shwt yffach fydden i'n gwybod rhwbeth fel'na?'

Dringodd y ddau o'r ffos, gan ailymuno â'r llwybr. Anadlodd Haydn yn ddwfn. Byddai'n ei gadael hi am y tro, meddyliodd, ond wrth ddringo lan y llethr yn ofalus teimlodd ryw deimlad cyfarwydd, annifyr. Rhyw fath o *déjà vu*, y teimlad bod Rhys, eto fyth, yn dweud celwydd wrtho.

Pennod 23

Edrychodd Haydn ar y clwyf ar ochr ei ben yn nrych y stafell molchi. Doedd e'n fawr o gwt – llinell goch oedd eisoes wedi troi'n frown dros nos. Doedd e ddim yn deall pam y bu mor drwsgl gydol ei fywyd. Roedd e'n gwneud rhyw fath o synnwyr ei fod yn cwympo nawr, a'i ben-glin gwan yn ildio'n annisgwyl, ond nid pan oedd e'n ddyn ifanc, yn casglu cytiau a chreithiau fel petai'n hobi.

Gwingodd wrth deimlo'r TCP yn llosgi wrth iddo lanhau'r cwt. Roedd e wedi gwneud yr un peth neithiwr ar ôl dychwelyd o'r traeth, gan iddo wrthod awgrym Rhys i roi plastr arno. Hen bethau trafferthus oedd y rheiny, yn rhwygo blew ei farf i ffwrdd wrth geisio'u tynnu.

Syllodd ar ei aeliau oedd yn tyfu'n flerwch blith draphlith uwch ei lygaid gloyw. Ann fyddai'n arfer eu tacluso, tua unwaith bob deufis neu'n amlach os oedden nhw'n mynd allan i rywle arbennig. Byddai Haydn yn cau sedd y tŷ bach ac yn eistedd arni er mwyn i Ann dorri'r blewiach yn gelfydd yn y golau llachar. Roedd hi'n fedrus iawn gyda phethau fel'na.

Ni allai Haydn gofio i Ann syrthio erioed ... heblaw syrthio mewn cariad gydag ef. Diolch byth am hynny, meddyliodd.

'Haydn!' galwodd Rhys arno o'r tu allan i'r garafán. 'Dere, ma' 'da ni fisitor.'

Wrth iddo ymlwybro'n ofalus i lawr y grisiau metel cafodd sioc: roedd Teleri'n sefyll o'i flaen, wedi teithio'r holl ffordd o Geredigion yn gynnar gan ei bod yn fore Sadwrn braf.

'Dad? Beth y'ch chi 'di neud nawr 'to?' dwrdiodd wrth sylwi ar y briw.

Syllodd Haydn yn syth yn ei flaen. Roedd y gair 'Dad' yn swnio'n wahanol iddo fe nawr, ers rhai wythnosau.

Trodd Teleri i wynebu Rhys. 'Nage chi wnaeth hynna iddo fe, ife?'

Edrychodd Rhys yn ddryslyd. 'Pam fydden i'n brifo dy dad?'

'Achos bod e'n bygwth eich lladd chi? 'Na beth glywais i, ta beth.'

Diawliodd Haydn Rachel rhwng ei ddannedd am fod yn gymaint o glapgi, ac yntau wedi'i siarsio hi i gau ei cheg.

'Wel?' meddai Teleri, yn crafu'i throed ar hyd y llawr fel poni fach, yn union fel ei mam. 'Oes un ohonoch chi'n mynd i egluro?'

'Cwympo ar y ffordd adre o'r traeth neithiwr wnaeth e. Ti'n gwybod fel ma' fe, a'i ben-glin doji,' cynigiodd Rhys. 'Ac ro'dd e wedi bod yn smocio hefyd,' ychwanegodd, gan esgus tynnu ar sigarét.

'OK,' meddai Teleri, yn cerdded yn ôl ac ymlaen. 'OK. Iawn. Ma' hi'n ddigon hawdd cwympo ar lwybr os chi bach yn *spaced out*, ond ma' rwbeth od yn mynd mlaen lan fan hyn rhyngoch chi'ch dou. Ma' Rachel wedi'i synhwyro fe, a finnau hefyd. A wy ddim moyn unrhyw nonsens am brofion ar y ben-glin neu fod Wncwl Rhys yn gwybod amdana i a Rachel cyn chi, Dad. Wy moyn gwybod beth sy'n mynd mlaen rhyngoch chi'ch dou, iawn?'

Edrychodd Haydn a Rhys ar ei gilydd, y naill yn gwahodd y llall i'w hateb â'u llygaid. Yn y diwedd, Rhys, yr hen law ar ddweud celwydd, agorodd ei geg i ateb.

'Ol-reit. Ti'n haeddu cael gwybod pam o'n ni wedi cwympo mas, o leia. Y gwir plaen yw bod arno fi lwyth o arian i Haydn. Wy wedi bod yn addo'i dalu fe'n ôl ers sbel ond, wel, wnes i ddim. Ac roedd bai mowr arna i am hynny.'

Rhyfeddodd Haydn eto fyth at allu Rhys i raffu celwyddau. Roedd rhwyddineb y peth yn dechrau troi arno fe. Teimlodd asid yn ei lwnc, wedi codi o'i stumog.

'Faint o arian yw e 'te, Dad, i chi orfod bygwth ei ladd e?'

Methodd Haydn ei hateb. Roedd e wedi cael llond bola o'r holl gelwydd.

'Deng mil,' atebodd Rhys, rhag ofn i'r saib hir droi yn rhywbeth mwy peryglus. 'Ond wnes i drosglwyddo'r arian bore 'ma i gyfri banc Haydn, felly ma' popeth yn iawn rhyngddon ni nawr, nagyw e, Haydn?'

Nodiodd Haydn. Ceisiodd newid y pwnc. 'Wyt ti wedi gweud wrth Iwan a Manon eto? Am Rachel?'

'Do.'

'Shwt o'n nhw?'

'Anodd gweud. Becso am Scott ma' nhw fwya, wy'n credu. Roedd e 'da fi pan wedes i wrthyn nhw, whare teg iddo fe.'

Nodiodd Haydn eto cyn mynd ar drywydd arall, gan edrych i fyw llygaid brown Teleri.

'Wy'n falch bod ti 'ma,' meddai.

'Pam?' holodd Teleri.

'Achos mae 'da fi rwbeth i'w ddweud wrthot ti,' dechreuodd Haydn. Taflodd Rhys gipolwg rhybuddiol arno.

'Wy wedi bod yn meddwl lot amdanot ti'n ddiweddar. A dy fam hefyd,' parhaodd.

'O, ie? Mewn ffordd dda, gobeithio,' atebodd Teleri.

'Ie. Mewn ffordd dda iawn, fel mae'n digwydd. Mae un ddelwedd yn arbennig yn dod i fi, yn hwyr y nos gan amla.'

'Beth? Breuddwyd yw hi?' holodd Teleri.

'Na. Jyst delwedd braf. Wy mewn parc, Cae Swings yn y dre yw e, wy'n credu. Wy'n gwthio ti ar siglen. Ti wrth dy fodd, yn sgrechen wrth i ti fynd lan yn uwch ac yn uwch. Ti tua phedair oed. Mae dy fam yn bwyta hufen iâ ar ein pwys ni ar y fainc. Ti'n wafio arni hi. Mae hi'n wafio'n ôl ac yn gwenu.' Daeth Haydn i stop, gyda Rhys a Teleri'n edrych arno'n syn.

'Ody e wedi bod yn smocio bore 'ma hefyd?' holodd Teleri, gan droi at Rhys.

'Na, na,' atebodd Haydn drosto'i hun. 'Wy'n credu bod y ddelwedd yn dod i mi dro ar ôl tro achos o'n i mor hapus bryd hynny, a dy fam hefyd. Allai'r tri ohonon ni byth â bod yn fwy hapus.'

Ar ôl saib byr, lletchwith, tarfodd Rhys ar y tawelwch. 'Am stori hyfryd, Haydn. Da iawn.'

'Oedd,' meddai Teleri, yn nodio'i chytundeb, 'ond pam chi'n adrodd y stori 'na nawr 'te?'

'Achos wy moyn i ti gofio bod dy fam a fi'n hapus iawn gyda'n gilydd am dros ddeugain mlynedd.'

'Mae hi'n gwybod 'na,' meddai Rhys, ychydig yn nerfus. 'Mae pawb yn gwybod 'na, Haydn bach.'

'Wy moyn i ti addo dod i'r parc fan hyn 'da fi heddi, Teleri. Gawn ni sgwrs fach wrth i fi dy wthio di ar y siglen,' meddai Haydn yn ddwys.

'Nage pedair oed y'f i nawr, Dad.'

'Plis. Addo i fi,' apeliodd Haydn eto, yn fwy taer y tro hwn.

Sylwodd Teleri ar y penbleth oedd ar wyneb Rhys, yna nodiodd ar ei thad.

Trodd Haydn i edrych ar Rhys. 'Ma' hi'n haeddu cael gwybod y gwir, Rhys.'

'Yffach, Haydn, cymer ofal nawr. Paid neud rhwbeth wnei di ddifaru.'

'Cael gwybod beth?' holodd Teleri, ar goll yn llwyr.

'Pam o'n i moyn lladd Rhys. Ond 'sdim rhaid i fi nawr, fyddi di'n falch o glywed.'

'Achos yr arian? Ie, wy'n deall 'na. Os yw e wedi'ch talu chi'n ôl ...' dechreuodd Teleri, ond sylwodd ar yr olwg ryfedd oedd ar wynebau'r ddau. 'Malu awyr o'dd y busnes arian 'na hefyd, nagefe?' holodd Teleri.

'Nage,' mynnodd Rhys, ond cododd Haydn ei law i'w dawelu. 'Ti'n neud camgymeriad mowr nawr, Haydn. Plis. Gwranda arna i,' ymbiliodd.

''Sdim rhaid i fi ladd Rhys nawr achos nage fe yw dy dad di, wedi'r cwbl.'

Edrychodd Teleri'n hurt ar Haydn cyn dechrau chwerthin yn nerfus. Doedd geiriau ei thad ddim yn gwneud unrhyw synnwyr iddi.

'Licen i feddwl taw fi fydd dy dad di wastad, Teleri fach, ond mae'n ddrwg 'da fi weud taw nage fi yw dy dad biolegol di. Dyna'r profion o'n i'n ofni bod Rachel wedi'n clywed ni'n 'u trafod. Profion DNA.'

Hanner awr yn ddiweddarach cadwodd Teleri ei gair, gan eistedd ar un o'r siglenni ym mharc chwarae'r maes carafannau. Er bod ei meddwl yn tanio i bob cyfeiriad teimlai'n lletchwith yng nghanol llwyth o blant. Roedd Haydn yn sefyll wrth ei hymyl, yn edrych ar aderyn du yn pigo ar greision oedd wedi'u gollwng ar y llawr.

'Allwn ni fynd i eistedd ar y fainc, os oes well 'da ti,' meddai ar ôl ychydig, yn synhwyro lletchwithdod Teleri.

Daeth merch ifanc tua chwech oed, ei gwallt brown wedi'i blethu'n gymen mewn cynffonnau, at Teleri i ddweud ei bod hi'n hoffi lliw ei gwallt hi, a'i fod e'n edrych fel candi-fflos. Er i Teleri wenu'n groesawgar cafodd y ferch bryd o dafod gan ei chwaer hŷn.

'Paid â bod mor *cheeky*, Elin! A ti ddim i fod i siarad efo pobol ti ddim yn 'u nabod!'

Gwridodd Elin druan, ond gwenodd pan winciodd Teleri arni wrth godi oddi ar y siglen.

Cerddodd Teleri draw gyda Haydn at y fainc, oedd yn fan mwy preifat.

'Shwt wyt ti erbyn hyn?'

'Dal mewn sioc,' atebodd Teleri'n llipa, cyn crychu'i thalcen. 'Pam oedd rhaid i chi weud unrhyw beth wrtha i?'

''Se'n well 'da ti beidio gwybod?' meddai Haydn yn llawn syndod.

'Ond wy ddim yn gwybod unrhyw beth, ydw i! Jyst bo' chi, wel ...' meddai Teleri, gan ysgwyd ei phen.

'Rhys oedd yn iawn 'to, 'te. Ddylen i fod wedi cau 'ngheg fowr.'

'A pam fyddech chi'n neud prawf DNA ar Wncwl Rhys, o bawb?'

'Dere, mae'r pethe hyn yn digwydd. O'n i moyn gwybod. Cael rhyw dawelwch meddwl.'

'Tawelwch meddwl? Dyna'r peth ola chi'n mynd i'w gael, o grafu rhyw hen grachen o'r gorffennol.'

Dechreuodd Haydn grebachu. Doedd e ddim wedi disgwyl ymateb mor chwyrn, a meddalodd agwedd Teleri o weld hynny.

'Mae'n ddrwg 'da fi, Dad. Ddylen i ddim tynnu fy siom mas arnoch chi.'

'Dy siom?'

'Ie, wrth gwrs. Siom yn Mam ... a sioc.'

'Paid meddwl yn ddrwg ohoni. Dyw hi ddim 'ma i amddiffyn ei hunan.'

'Does dim amddiffyn, oes e? Chi'n bownd o fod yn teimlo'n ddig, nagy'ch chi?'

'O'n i, falle, ar y dechre. Ond wy'n dechre cyfarwyddo â'r peth nawr. Ni ddim yn gwybod yr amgylchiadau. Ac i ateb dy gwestiwn di, na, alla i ddim teimlo'n ddig tuag at dy fam. Dim ond atgofion melys iawn sy 'da fi ohoni.'

'Wy'n falch eich bod chi'n teimlo fel'na,' meddai Teleri, gan afael yn llaw ei thad. ''Sdim isie i hyn newid dim.'

'Na. O'n i'n gobeithio y byddet ti'n gweud 'na,' meddai Haydn, yn gwasgu llaw ei ferch. Roedd ei lygaid yn llenwi.

'Wy wedi dysgu un peth trwy 'ngwaith: mae pobl yn gymhleth,' meddai Teleri.

'Ie. Ti'n *social worker* sbesial. Ma' pawb yn dy ganmol di. Wy mor browd ohonot ti.'

'Y'ch chi ac Wncwl Rhys yn mynd i fod yn ol-reit?'

'Ym mha ffordd?'

'Wel, ma' fe bownd o fod wedi digio 'da chi, yn neud prawf DNA arno fe tu ôl i'w gefn e a bygwth ei ladd e.'

'Os yw e, dyw e heb ddangos dim,' meddai Haydn yn ofalus.

''Na beth yw ffrind da. Gwnewch yn fowr ohono fe, Dad. Ma' fe bownd o fod wedi cael siom ynddoch chi.'

Nodiodd Haydn. Roedd geiriau Teleri wedi ei daflu braidd. Doedd e wir ddim wedi meddwl am deimladau ei ffrind. Byddai cyfle, maes o law, iddo gynnig rhyw fath o ymddiheuriad, gobeithio.

Efallai taw Rhys oedd yn iawn, ac y dylai fod wedi cau ei geg, ystyriodd Haydn. Roedd yn tueddu i neidio i mewn i sefyllfa heb feddwl gormod am unrhyw oblygiadau niweidiol – roedd hi'n rhy hwyr i newid arferion oes nawr.

'Sori os wy wedi dy ypsetio di, bach,' meddai Haydn, gan roi ei fraich o gwmpas ei ferch, 'o'n i jyst wedi cael llond bola ar yr holl dwyllo, 'na i gyd. Sa' i byth moyn gweud celwydd wrthot ti. O'dd e'n gwasgu arna i bo' fi'n gwybod y gwir ac yn 'i gadw fe oddi wrthot ti.'

Nodiodd Teleri. Caeodd ei llygaid yn yr haul, gan fwynhau cwtsh ei thad. Aeth rhai eiliadau heibio, y ddau'n mwynhau cwmni ei gilydd i gyfeiliant sŵn plant yn chwarae gerllaw. Yna, trodd Teleri i edrych i fyw llygaid Haydn i ofyn y cwestiwn anoddaf un.

'Oes gyda chi unrhyw syniad, chi'n gwybod ...'

Cwblhaodd Haydn ei chwestiwn. 'Pwy?' meddai. Nodiodd Teleri, ychydig yn euog.

Ysgydwodd Haydn ei ben.

Pennod 24

Mai 2017, Ceredigion

Roedd arwerthwyr y Brodyr Williams wedi trefnu bod Rhys yn codi'r allwedd i Hen Felin am hanner dydd. Roedd tri dyn yn y lorri anferth oedd wedi cludo'i gelfi o Lundain, a Haydn wedi cyfrannu gwasanaeth dau o'i staff yntau i helpu'r achos. Diolch i'r drefn, roedd hi'n ddiwrnod sych, braf, a rhwng Haydn a Rhys a'r pum dyn arall gosodwyd y rhan fwyaf o'r celfi a'r bocsys di-ri yn eu llefydd priodol erbyn tri o'r gloch y prynhawn.

Bu'n brofiad rhyfedd i Rhys weld y pethau a gasglodd ar hyd ei oes yn cael eu had-drefnu yn y fath fodd. Roedd ganddo ambell ddarlun gwerthfawr, y rhan fwyaf wedi'u prynu o oriel wych yn Richmond oedd yn cael ei rhedeg gan un o'i gyngariadon, Ruth Peters: menyw fach o ran corffolaeth, ond yn llond llaw benderfynol, o Glasgow. Roedd hefyd ddetholiad eang o hen greiriau a cherfluniau a brynwyd yn ystod ei deithiau niferus o amgylch y byd, yn dystion difyr i wahanol ddiwylliannau o India i Beriw, Mecsico i Nigeria. Llanwyd un ystafell fach yn gyfan gwbl â'r bocsys oedd yn cynnwys ei gasgliad o recordiau. Yn eu mysg roedd deunydd feinyl gwreiddiol oedd wedi dod yn ôl yn ffasiynol, yn roc a rôl, blŵs ac amrywiaeth eang o jazz. Efallai y gallai agor siop recordiau yn y dref fel rhyw hobi yn ystod ei ymddeoliad, ystyriodd. Ond gwyddai, hyd yn oed wrth glywed y geiriau'n ffurfio yn ei ben, na fyddai hynny byth yn digwydd.

Wrth i'r lleill orffen gwagio'r lorri, cymerodd Rhys hoe fach ar un o'r tair mainc ger y tŷ i smygu fêp blas fanila ac i werthfawrogi gerddi ei dŷ newydd. Ceisiodd beidio edrych ar y waliau brics isel a amgylchynai'r patio concrit – y waliau y bu iddo ef ei hun eu hadeiladu yno yn 1983 – a'r addurn dŵr chwaethus gyda cherfluniau o bysgod arno. Yn lle hynny, trodd ei feddwl at y perchennog blaenorol, y diweddar Arthur Elis. Dim ond chwe blynedd yn hŷn nag ef oedd Arthur – hen lanc oedd wedi ymddeol o'i swydd yn rheolwr banc ers cryn amser.

Bu Arthur farw ar y cwrs golff lleol, o waedlif ar yr ymennydd, wrth iddo asesu aneliad ei siot ar ddechrau'r seithfed twll. A oedd straen y gêm wedi bod yn ormod iddo? Neu a fyddai'r gwaedlif wedi digwydd ta beth, gan fod amser Arthur yn yr hen fyd hwn ar ben? Bywyd … marwolaeth … roedd yr holl beth mor fympwyol, meddyliodd Rhys wrth anadlu anwedd fanila allan trwy ei ffroenau.

Gwrthododd ei bartner cyfredol – Hannah, brwnét o ganolbarth Lloegr – symud gydag ef i Gymru. Roedd hynny'n drueni gan fod ganddi ddawn gynhenid fel cynllunydd cartref. Dywedodd wrtho'n bendant yn ei hacen gref nad oedd ganddi unrhyw ddiddordeb mewn symud i Gymru. Byddai'n fodlon ymweld ag ef yno ambell benwythnos, meddai, ac roedd yn gobeithio y byddai e'n ymweld â hi yn Llundain o bryd i'w gilydd hefyd. Dyma'r math o berthnasau roedd Rhys wedi'u meithrin gyda menywod dros flynyddoedd maith – rhai oedd yn dangos diffyg ymroddiad ar y cyd – ac roedden nhw'n peri syrffed iddo erbyn hyn. A oedd hi'n rhy hwyr iddo altro'i ffordd?

Teimlai ryddhad ei fod, o'r diwedd, yn dechrau ar bennod newydd yn ei fywyd. Llyfr newydd cyfan, hyd yn oed, dyna'i obaith, gan droi cefn ar ei fywyd brwnt yn Llundain. Ni fu'n hawdd ymddeol o'i fath e o 'waith' a chafodd nifer o fygythiadau corfforol, gyda sawl un o'i 'gysylltiadau' yn mynnu ei fod e'n cwblhau un rownd arall o'i wasanaeth cyfrifo creadigol gwerthfawr. Yn y diwedd, cafodd gyngor gan hen ffrind o Sgowser, Paul O'Connell, a dreuliodd y rhan fwyaf o'i fywyd, fel Rhys, yn Llundain. Yn yr un modd ag y bu Rhys yn ddefnyddiol i sawl cartél cyffuriau, bu Paul, y llawfeddyg cyffredinol nad oedd yn gofyn cwestiynau lletchwith, hefyd yn ased werthfawr i'r un math o bobl. Ymddeolodd hwnnw i Ddeganwy ac aeth neb ar ei ôl. Doedd e ddim wedi teimlo mor rhydd ers degawdau, meddai, a symud i'r wlad oedd y peth gorau iddo'i wneud. Cynghorodd Rhys i wneud yr un peth cyn iddo fynd yn rhy hen i fwynhau hydref ei fywyd.

Wrth gwrs, doedd Ceredigion ddim yn ddieithr i Rhys. Dychwelyd at ei wreiddiau oedd e ... ond gall gwreiddiau hoellu rhywun yn ei unfan yn ogystal â'i helpu i flodeuo. Sut fyddai e'n ymdopi, mor agos i Haydn? Ac i Ann hefyd. Ie, Ann. Gallai hi wneud pethau'n gymhleth iddo. Yn annioddefol. Ond roedd e'n fodlon rhoi cynnig arni. Yn dawel bach roedd e'n hyderus y byddai symud 'nôl yn gweithio.

Prin y gallai gredu fod Haydn ac Ann wedi bod yn briod am dri deg wyth o flynyddoedd. Allai e fod wedi cael y bywyd hwnnw, ystyriodd Rhys, gydag Ann neu gyda rhywun arall? Yn dilyn priodas Haydn ac Ann bu mewn perthynas â Delyth a chawsant lot o hwyl, gyda Delyth yn dod lawr i Lundain i'w weld yn weddol reolaidd am ychydig fisoedd, ond aeth yr holl deithio'n drech na hi yn y diwedd. A ddylai e fod wedi gwneud mwy o ymdrech i gynnal y garwriaeth? Doedd dim diben meddwl gormod am y peth. 'Ymlaen' oedd ei arwyddair. I rai, efallai, byddai ei benderfyniad i ddychwelyd i'w gynefin yn un negyddol, yn gam yn ôl, ond roedd Rhys yn ffyddiog ei fod yn gwneud y peth iawn, ac y byddai setlo'n ôl yn ei hen gynefin yn ei alluogi i dynnu llinell dan ei fywyd dyrys, cythryblus yn Llundain.

Wrth geisio ystyried ble i roi ei gelfi a'i geriach, allai e ddim peidio â meddwl y byddai'n elwa o farn fenywaidd. Byddai presenoldeb Ann, hyd yn oed, wedi bod yn ddefnyddiol, ond roedd hi wedi cadw bant, er taw hi awgrymodd y dylai brynu'r tŷ. Efallai mai dyna yn union pam nad oedd hi yno. Methodd atal ei hun rhag edrych unwaith eto i gyfeiriad yr addurn dŵr trawiadol.

Sylwodd ar Haydn yn nesáu, yn cario mỳg o de. Trodd tuag ato, gan chwythu mwy o darth fanila i'r awyr.

'Aeth hwnna'n dda, o'n i'n meddwl,' meddai Haydn wrth eistedd ar bwys ei gyfaill, a nodio tuag at y lorri.

'Ie, diolch i ti am dy help, Haydn.'

'Croeso. Trueni na 'sen i 'di gallu dy helpu di drwy ddylanwadu 'mbach ar nithoedd Arthur. Wy'n ffaelu credu i ti roi'r pris gofyn iddyn nhw,' meddai Haydn, gan ysgwyd ei ben.

'O'n i moyn neud yn siŵr bo' fi'n cael e. A dyw pedwar cant a hanner ddim yn lot,' atebodd Rhys yn ofalus.

'Ddim i ti, falle. Ond ti 'di talu dros yr ods, weden i. Mae 'na'n ffortiwn am dŷ rownd ffor' hyn.'

Yn ystod y saib anghyfforddus fu rhwng y ddau, gwyliodd Haydn y criw symud celfi yn eistedd ar gefn y lorri, yn bwyta'u brechdanau. Chwythodd Rhys fwy o fanila i'r awyr o'i flaen.

'O, ie, mae Ann wedi gyrru tecst, gyda llaw, i dy wahodd di draw am swper 'da ni heno. Mae hi wedi neud cyrri. Dere draw erbyn saith, os yw 'na'n siwto ti.'

'Mae'r ddou ohonoch chi'n garedig iawn.'

'Diawch, ti yw'r un hael, achan, yn mynd â fi 'nôl i Lundain fory am benwythnos yn dy hen drigfannau. Alla i ddim credu dy fod di wedi llwyddo i gael tocynnau i ni ar gyfer cyp-ffeinal yr FA yn Wembley.'

Gwenodd Rhys. 'I ddathlu Chelsea yn trechu Arsenal i ennill y cwpan, gobeithio,' meddai.

'Wyt ti'n mynd i gael tocyn tymor i Stamford Bridge y tymor nesa?'

'Na. Bach yn bell i fynd i weld gêm o bêl-droed. Af i i weld Aber Town yn lle 'nny.'

'Fyddi di'n gweld isie'r *high life*, siŵr o fod,' awgrymodd Haydn.

'Falle 'mbach, ar y dechre. Ond wy'n barod i fyw fan hyn hefyd. Yn edrych mlaen i ailafael yn fy ngwreiddie, a gweld mwy ohonoch chi'ch dou,' meddai Rhys.

'Mae wastad croeso i ti ar ein haelwyd ni, ti'n gwybod 'nny.'

Nodiodd Rhys. ''Sdim sôn amdanot ti'n ymddeol 'to, chwaith?' holodd.

'Bydd raid meddwl am 'nny cyn bo hir, siŵr o fod,' atebodd Haydn.

'Beth mae Ann yn feddwl?'

'Bydd hi'n gweld fi dan draed, siŵr o fod. Er, wy'n ceisio'i chael hi'n gyfarwydd â'r syniad. Sa' i mas ar y seits mor aml ag o'n i. Dyw e ddim yn neud lles i 'nghlun i, na 'mhen-glin i chwaith, yn enwedig yn y tywydd oer. Gwaith papur sy'n llenwi 'nyddie i nawr.'

Gwpwl o oriau'n ddiweddarach, cerddodd Rhys dros ei dir draw at yr afon, oedd yn rhan allweddol o'r eiddo pan oedd y tŷ yn felin lwyddiannus. Oedodd i wrando ar sŵn y dŵr yn ffrydio'n araf. Roedd rhyw dawelwch hynod iddo oedd yn ddieithr i'w enaid dinesig. Ystyriodd ei ymddeoliad ... a oedd ei hen wialen bysgota yn dal ganddo, tybed? Roedd Haydn yn giamstar o bysgotwr pan oedd e'n canolbwyntio, a gallai Rhys yn sicr ddysgu ambell dric ganddo. Ei fwriad oedd cofleidio'i ymddeoliad, a pha well hobi na physgota i hen ddyn? Yn sicr, doedd dim troi'n ôl nawr – roedd e wedi gwerthu pob adeilad a busnes y bu'n berchen arnynt yn Llundain ar ôl i hen ffrind o gyfrifydd ddweud wrtho y byddai Brecsit, pan fyddai'n taro go iawn, yn ddaeargryn ariannol. Gwell oedd gwaredu popeth tra'i fod e'n dal i fedru mynnu pris teg amdanyn nhw. Aeth ei gadwyn o glybiau House of Fun i syndicet o Rwsiaid. Gwerthwyd ei dŷ yn Belgravia i dirfeddiannwr o Albanwr oedd wedi etifeddu ymerodraeth wisgi. Teimlai'n lwcus – buddsoddodd ei arian sylweddol yn ddoeth ar hyd ei oes, ac er iddo gael sawl ffrwgwd gyda'r heddlu dros y blynyddoedd, roedd wedi llwyddo i oroesi yn weddol ddianaf. Gwyddai fod rhai o'i gyfeillion busnes yn ei alw yn Houdini, ar ôl y dihangwr byd-enwog. Bu'n disgwyl syrthio ar ei ben-ôl ar hyd ei oes, wastad yn aros am y gnoc ar y drws yng nghanol y nos gan yr heddlu – neu'n waeth, bwled yn ochr ei ben – ond ni ddaeth erioed. Ddim eto, ta beth. Sylwodd ar garreg lefn ar lan yr afon. Cododd hi a'i thaflu ar hyd wyneb y dŵr gan beri iddi fownsio ddwywaith.

'O'dd arfer bod mwy o glem 'da ti na 'na.'

Trodd i weld Ann yn gwenu arno. Roedd hi wedi'i gwisgo'n smart, fel arfer, y tro hwn mewn ffrog gotwm hafaidd werdd ac esgidiau ysgafn mewn gwyrdd tywyllach, tebyg i esgidiau bale. Roedd ei gwallt wedi ei glymu'n chwaethus â band gwyrdd. Y mymryn lleiaf o finlliw pinc. Sbectol haul ddrud yn ei llaw. Yr un llygaid brown cyfarwydd, rhywiol.

'Wy'n cofio ti'n bownsio carreg wyth o weithie unwaith,' meddai yn ei llais melfedaidd, coeth. Tebyg i lais yr actores Siân Phillips, meddyliodd Rhys, gan synnu nad oedd erioed wedi meddwl am hynny o'r blaen.

'Bydd raid i fi ymarfer mwy 'te. I greu argraff arnot ti,' atebodd â'r direidi nodweddiadol yn goleuo'i lygaid.

'Wy'n falch bo' ti 'di symud 'ma. Wneith e fyd o les i ti,' meddai Ann, yn difrifoli mwyaf sydyn.

'Ti ddim wedi bod yn or-hoff ohona i'n ddiweddar ... ddim ers blynydde,' meddai Rhys. 'Fydda i ar stepen dy ddrws di nawr.'

'Ti'n iawn,' cyfaddefodd Ann. 'O'n i ddim yn licio pwy o't ti. Yn ara deg droiest ti mewn i rywun o'n i ddim yn 'i nabod o gwbl. Dieithryn.'

'Fyddet ti'n fy nghredu i 'sen i'n gweud wrthot ti nad o'n i'n nabod 'yn hunan, ddim ers blynydde?' holodd Rhys.

'Gad dy gelwydd. O't ti'n mwynhau pob eiliad yn whare'r *big shot* Cymraeg. Yn rhedeg dy ymerodraeth fach fel rhyw gadfridog Rhufeinig.' Tynnodd amlen wen o'i bag llaw a'i rhoi iddo. 'Carden. O'dd Haydn 'di'i hanghofio hi. Croeso'n ôl i'r pentre.'

'Diolch,' meddai Rhys, gan roi'r garden ym mhoced fewnol ei siaced liain wen.

'A diolch i ti am ... am, ti'n gwybod, am gadw'n dawel ar hyd y blynydde,' meddai Ann yn ddwys.

Nodiodd Rhys.

'Ga i ofyn cwestiwn i ti, Rhys?'

'Wrth gwrs.'

'Wyt ti wedi gwneud dy ewyllys? Mae'r pethe hyn yn bwysig, yn enwedig os ti'n ddibriod. Ac yn ddi-blant.'

'Wy'n dad bedydd i Teleri, Ann.'

'Ti heb ateb fy nghwestiwn i.'

'Roia i'r peth fel hyn, 'te. Wy wedi gwneud y trefniadau perthnasol 'se rhwbeth yn digwydd i fi'n ddisymwth.'

Yn reddfol, gollyngodd Ann ochenaid o ryddhad.

'Gest ti syniad da, yn awgrymu y dylen i brynu Hen Felin, Ann,' meddai Rhys yn sionc. 'Cadw rheolaeth lwyr o'r tir, rhag ofn i unrhyw sgerbydau ddod mas o'r cypyrddau.'

Nodiodd Ann. Gwyliodd ddwy haid o hwyaid yn hedfan i lawr yr afon, fel awyrennau milwrol ar gyrch tyngedfennol. Crynodd ryw fymryn wrth i awel sydyn godi o'r dŵr.

'Ni ddim yn mynd yn iau, yr un ohonon ni. A wy ddim moyn colli'r cyfle, tra bod y ddou o'n ni 'ma. Licen i ofyn cwestiwn i ti, Ann.'

Nodiodd Ann ei chaniatâd.

'Y noson honno. O't ti'n gwybod bo' ti'n feichiog?'

'Ddim yn hollol sicr, nag o'n. O'n i'n amau, falle. Dyna pam, os ti'n cofio, wnes i ond yfed un gwydr o'r Calavados ddest ti draw 'da ti. Ond nethon ni dyngu llw na fydden ni byth yn sôn am y noson honno byth eto.'

'Do. Ac eto, dyma ni'n trafod ...'

'Mae'n iawn,' torrodd Ann ar ei draws, 'mae'n rhyddhad o ryw fath.'

'O'dd e'n gwybod?' holodd Rhys, gan edrych i fyw ei llygaid.

'Haydn? Na, ddim ar y pryd. Ond, wrth gwrs, wedes i wrtho fe ryw fis yn ddiweddarach. Ac yn naturiol, o'dd e wrth ei fodd.'

'A'r tad?' holodd Rhys.

Anwybyddodd Ann ei gwestiwn wrth i gryndod lifo trwyddi unwaith eto.

Pennod 25

Roedd hi'n fore Sul, ac aeth Rhys am wâc gynnar ar Lwybr yr Arfordir i lawr i'r traeth. Ar ben y bryn, uwchben y maes carafannau, roedd yr olygfa'n odidog, meddyliodd. Nid dim ond yr arfordir agos, ond Traeth Coch i lawr yn y pellter, ac yn nhes y bore, mynyddoedd hynafol Eryri yn codi fel ysbrydion ysblennydd yr ochr draw i'r Fenai.

Roedd angen i Rhys feddwl, a hynny ar fyrder. Cafodd ei daflu braidd gan y prawf DNA wnaeth Haydn. Roedd y cythraul bach wedi dwgyd ei frwsh dannedd – roedd cymryd sampl DNA oddi ar rywun heb ganiatâd yn siŵr o fod yn anghyfreithlon. Er, gyda'i gefndir e, doedd ganddo 'mo'r awydd na'r hawl foesol i achwyn. Byddai'n rhaid iddo dynnu sylw Haydn oddi wrth dadolaeth Teleri, neu byddai'r troseddau a gyflawnwyd dros ddeugain mlynedd yn ôl yn agor fel clwyf, a byddai perygl i'w perthynas waedu i farwolaeth.

Y noson gynt, roedd Haydn wedi ymddiheuro'n llaes am feiddio ei amau, gan goginio barbeciw arbennig ar ei gyfer, ac agor potel ddrud o Merlot iddo. Roedd Haydn wedi gwahodd Teleri a Rachel draw hefyd, ond roedd ganddyn nhw gynlluniau eisoes.

Edrychodd Rhys ar ei oriawr – roedd y pedwar ohonynt wedi trefnu i fynd am ginio Sul i Fiwmares, felly byddai'n rhaid iddo hastu'n ôl. Dyna lle magwyd Rachel, ac roedd hi'n awyddus i ddangos rhai o ogoniannau ei chynefin iddynt. Sylweddolodd Rhys y byddai Teleri yn mynd yn ôl i Geredigion yn syth o Fiwmares, felly byddai'n rhaid iddo geisio cael gair â hi cyn hynny, i'w pherswadio i'w helpu i gadw Haydn oddi ar unrhyw drywydd dinistriol.

Rhys awgrymodd y dylen nhw ymweld â'r llys a'r carchar hynafol cyn cinio, yn hytrach na dathlu gorchest Edward y

Cyntaf yn y castell. Wrth i Teleri dynnu hunlun ohonynt ym mhrif ystafell y cwrt, pwyntiodd Haydn at ei gyfaill.

'Gallai Rhys fod wedi bod yn gyfreithiwr,' meddai wrth Rachel. Wrth iddo sylwi ar yr olwg syn ar ei hwyneb, gwenodd. 'Ie, wy'n gwybod 'i fod e'n anodd credu, ond roedd tipyn yn arfer â bod yn ei ben e.'

'Cymysgu gormod 'da ti wnes i. Gostwng fy safonau,' atebodd Rhys â golwg ffug-ddwys.

Roedd eu bwrdd yn y Bull's Head wedi ei drefnu ar gyfer dau o'r gloch felly mynnodd Rachel wasgu wâc ar hyd y pier i mewn hefyd. Eglurodd mai yn y fan honno y bu hi a'i ffrindiau'n loetran yn eu harddegau, yn ysmygu a chythruddo ymwelwyr â chlochdar cras eu cerddoriaeth uchel. Wrth iddyn nhw gerdded tuag at y gwesty sylwodd Rhys fod Haydn a Rachel yn cerdded o'i flaen ef a Teleri, felly bachodd ar ei gyfle.

'Wy'n becso'n ofnadwy am dy dad,' meddai'n frysiog.

'Ie, a finne,' atebodd Teleri. 'Ma' fe ar goll heb Mam, a nawr, wel ... ma'r busnes arall hyn yn whare â'i ben e.'

'Yn gwmws. Fydd hyn yn ddim lles i'w iechyd meddwl e. Oedd e'n dechre dod trwy'r galar a nawr ... ddylen ni dreial ei annog e i anghofio am yr holl beth, neu eith e off 'i ben. Wy'n deall dy fod dithe hefyd wedi cael siglad, Teleri fach, ond wy'n credu mai treial cael Haydn i anghofio am y peth fydde ore, am y tro beth bynnag.'

Oedodd Teleri cyn ateb. 'Beth ddylen ni neud 'te? Yw e angen help meddygol, chi'n credu? Cwnsler galar?' holodd yn ddwys.

'Dyw e ddim lan i fi weud dim,' meddai Rhys yn gyfrwys, 'ond wy'n credu falle gath e siom bo' ti 'di gofyn a oedd e'n gwybod pwy oedd ... wedi ... ti'n gwybod, wel, gyda dy fam.'

Trodd Teleri'n welw. Roedd hi'n amlwg nad oedd hi wedi bwriadu brifo'i thad.

'Ie, wrth gwrs. Wnes i ddim meddwl. Ddylen i fod wedi cau 'ngheg,' meddai, gan gicio'r pafin â'i throed.

Bwytasant eu cinio Sul allan yn ystafell haul Brasserie y

gwesty. Roedd Rachel a Teleri yn gyrru, felly rhannodd Haydn a Rhys botel win gydag arddeliad. Ar ôl pryd derbyniol iawn, rhoddodd Teleri ei braich dde drwy fraich chwith ei thad wrth iddyn nhw gerdded tua'r maes parcio. Dilynodd Rhys a Rachel ychydig y tu ôl iddyn nhw, yn ddigon pell i roi chydig o breifatrwydd iddynt.

'Cyn i fi fynd, wy moyn trafod beth wedoch chi wrtha i ddoe,' meddai Teleri.

Symudodd Haydn ei gorff o'r naill ochr i'r llall, fel petai'n treial ochrgamu'r geiriau.

'O'n i ddim moyn siarad â ti wrth y ford, achos o'n i ddim yn siŵr faint oedd Rachel yn gwybod,' meddai, yn teimlo cryn embaras.

'Ma' hi'n gwybod popeth. 'Sdim cyfrinachau 'da ni,' meddai Teleri'n hyderus.

'Ie, mae 'na'n iachus,' cytunodd Haydn. 'Fel'na o'n i'n meddwl o'n i a dy fam,' ychwanegodd yn drist.

'Wy'n gwybod 'i fod e'n anodd i chi, ond trïwch beidio bod yn gas amdani, Dad.'

Nodiodd Haydn. 'Wy yn teimlo'n grac ambell dro, waeth i mi weud y gwir ddim, ond y rhan fwya o'r amser, teimlo wedi drysu y'f i, fel 'sen i ddim yn ei nabod hi. Ody 'na'n neud synnwyr?'

'Does dim ohono fe'n neud synnwyr. A wneith e byth. Fyddwn ni byth yn gwybod y gwir. 'Sdim pwynt mynd ymhellach 'da hyn, Dad. Wy'n begian arnoch chi.'

'Beth ti'n treial gweud, Teleri?'

'Fi'n difaru gofyn i chi os o'ch chi'n gwybod pwy oedd y dyn hyn ... beth bynnag ddylen i ei alw fe. Achos wir nawr, 'sdim ots 'da fi amdano fe. Chi yw Dad a chi fydd Dad wastad. Neb arall.' Roedden nhw wedi cyrraedd y maes parcio, a chofleidiodd Teleri ef ger y peiriant talu. 'Wy moyn i chi dynnu llinell 'dano hyn nawr, Dad. Dewch i ni addo i'n gilydd na wnawn ni byth sôn am y dyn hyn byth eto. Wnewch chi 'na i fi?'

Roedd Haydn yn ysu i ofyn iddi ai Rhys oedd wedi

awgrymu'r hyn roedd hi'n ei gynnig, ond llwyddodd i gnoi ei dafod a nodio'i gytundeb, er mawr ryddhad i'w ferch.

Y noson honno, eisteddodd ar erchwyn ei wely i sipian gwydraid o win coch. Ar un lefel gwyddai fod ei ferch yn iawn. Faint fyddai e'n elwa o dwrio am ysbrydion o'r gorffennol? Bu'r ymchwilio a wnaeth hyd yma, y profion DNA, yn boendod llwyr. Ond gwyddai Haydn yn ei galon y byddai'n rhaid iddo o leiaf dreial darganfod pwy oedd y dyn yr oedd Ann wedi cael perthynas ag ef.

Oherwydd ei argyhoeddiad taw Rhys oedd wedi cysgu gydag Ann doedd e ddim wedi meddwl rhyw lawer am gariadon eraill posib. Bu ganddi gyd-weithiwr yn y llyfrgell – Marc, dyn tal, chwyslyd, bum mlynedd yn iau na hi, a gerddai fel pyped â'i freichiau yn yr awyr a'i ben ar ongl. Roedd Ann wedi dweud wrtho ei bod yn gweld hwnnw'n ddoniol. Roedd e'n fardd hefyd. Blydi beirdd, meddyliodd Haydn. A beth am Ieuan Glanrafon? Roedd hwnnw'n flaenor yng nghapel Bethania, rhywun yr oedd hi wedi'i adnabod trwy gydol ei bywyd. Fe oedd yn aml yn dewis yr emynau iddi eu chwarae ar y Sul, ac roedd bob amser yn achub ar y cyfle i ganmol medrusrwydd Ann ar yr organ. A oedd Teleri'n edrych yn weddol debyg iddo fe? Oedd. Roedd gan y ddau ohonyn nhw lygaid anghyffredin o fawr. Na, dere nawr, Haydn, meddyliodd, rho bach o barch i chwaeth Ann. Roedd Ieuan yn gynffonnwr seimllyd o'r radd flaenaf. Na. Na.

Roedd hi wedi cael sawl perthynas cyn iddi ddechrau canlyn Haydn. Rhys, wrth gwrs, a sawl un arall tra oedd hi yn y coleg. Gallai fod wedi aildanio perthynas ag un ohonyn nhw. Hawdd cynnau tân ar hen aelwyd ... ymadrodd arall roedd Haydn yn ei gasáu. Bu Ann yn reit gyfeillgar gyda'i hyfforddwr tenis am gyfnod, wastad yn chwerthin ar ei jôcs. Doedd hynny byth yn arwydd da, ystyriodd Haydn. Sais oedd e. Beth oedd ei enw ... Ken? Na. Chris. Ie, dyna ni. Chris Cartwright. Symudodd e'n ôl i Loegr. Boi eitha byr, ysgwyddau llydan, mwstás Mecsicanaidd dwl. Yn debycach i brop rygbi na hyfforddwr tenis. Na, roedd e o leia ddeng mlynedd yn hŷn nag Ann, ond eto, roedd ambell fenyw'n hoff o ddynion aeddfetach, yn ôl y sôn.

Cododd Haydn ar ei draed a llowcio gweddill ei win. Byddai'n rhaid iddo atal ei feddwl rhag crwydro'n wyllt, cyn iddo fynd yn wallgof. Aeth allan ar y patio – roedd Rhys eisoes yno, yn paratoi sbliff iddo'i hun.

'Gest ti sgwrs hir 'da Teleri pnawn 'ma, Rhys.'

'Do fe?'

'Do. Pan o'n i gyda Rachel. Y ddou o'ch chi'n edrych yn ddifrifol iawn.'

'Becso amdanot ti oedd hi. A finnau hefyd, o ran hynny.'

Taniodd Rhys ei fwgyn a thynnu'r cyffur i lawr i'w ysgyfaint. Teithiodd ias drwyddo fel ergyd bleserus.

'Ofynnodd hi am fy marn i ynglŷn â chael help i ti. Cwnsler, falle.'

Chwarddodd Haydn.

''Sdim isie wherthin. Mae'r to iau hyn yn dda 'da pethe fel'na. Mwy agored na'n cenhedlaeth ni. Falle wnele fe les i ti.'

'Sa' i'n gweld 'na'n digwydd byth,' meddai Haydn, 'ond wy yn gwybod beth fyddai'n gwneud lles i fi ...' Gadawodd y frawddeg ar ei hanner.

'Beth?' gofynnodd Rhys.

''Set ti'n bod yn ffrind iawn i fi a'n helpu fi i ffeindio mas pwy oedd y diawl gysgodd 'da 'ngwraig i.'

Wrth i Rhys ystyried y cais, chwythodd gwmwl o fwg dros bryfyn o'i flaen.

'O'n i'n meddwl bo' ti wedi addo tynnu llinell dan hynna. 'Na beth wedest ti wrth Teleri,' meddai o'r diwedd.

Nid atebodd Haydn. Tynnodd Rhys eto ar ei fwgyn, gan edrych lan i edmygu'r lliwiau rhyfeddaf oedd yn ymgynnull yn yr awyr, yn wyrdd ysgafn, mymryn o sgarlad, llinell o borffor.

'Ti moyn 'yn help i?' holodd.

'Ydw. Achos 'na beth mae ffrindiau da'n neud, nagefe? Helpu'i gilydd. Licen i dy gyngor di.'

Oedodd Rhys am rai eiliadau cyn rhoi ateb iddo.

'Ar ôl dwys ystyried dy sefyllfa a dy oedran, Haydn, wy'n dy gynghori di – na, yn gorchymyn i ti fel ffrind – i gymryd drag ar y mwgyn hyn ac edrych ar yr awyr 'na, a diolch dy fod di'n dal yn fyw.'

Pennod 26

Roedd Haydn ar bigau'r drain, ac yn methu cysgu. Bu'n eistedd ar erchwyn ei wely yn ei ddresin-gown ers oriau, yn syllu ar y wal liw hufen o'i flaen fel petai'n sgrin y gallai daflunio delweddau o'i orffennol arni. Yn llonyddwch tawel y nos bron na allai glywed ei feddwl yn chwyrndroi fel taflunydd hen ffasiwn. Ystyriodd pa mor ddinistriol y gall distawrwydd fod, yn enwedig tawelwch wedi'i adeiladu ar seiliau dirmygus anwiredd.

Doedd neb yn credu gair roedd celwyddgwn yn ei ddweud, a dyna'r drafferth 'da Rhys. Roedd Haydn wedi gofyn iddo'n blwmp ac yn blaen ei helpu i ddarganfod pwy gysgodd gydag Ann, a derbyniodd ymateb gwamal oedd yn osgoi'r cwestiwn. Ateb cellweirus, ysgafn, gwag. Twyllodrus.

Fore trannoeth, cododd Rhys yn ôl ei arfer jyst cyn toriad gwawr. Aeth allan o'r garafán mor dawel â phosib rhag iddo ddihuno Haydn, ond roedd Haydn eisoes ar ddihun, yn pipian drwy fwlch bach yn y bleinds ar Rhys yn anelu am y traeth, fel y byddai'n ei wneud yn aml yn y bore bach. Tybed oedd ei feddwl yntau'n anesmwyth, dyfalodd Haydn.

Wrth gerdded ar hyd y traeth, taniodd Rhys fwgyn drwg a sylweddoli, nid am y tro cyntaf, fod rhyw nerth rhyfeddol yn dod iddo o gysondeb hynafol y llanw a thrai. Nid oedd ganddo unrhyw amheuaeth fod natur yn aml wedi ei helpu i gadw'n gall dan amgylchiadau gwallgof. Roedd min oer i awel y môr, a chynhesodd y mwg a dynnai i'w gorff ei galon a'i ysbryd. Gan ei bod hi mor gynnar, dim ond un person arall oedd ar y traeth: menyw mewn clogyn plastig coch a wnâi iddi edrych fel yr Hugan Fach Goch, gyda sbaniel King Charles bywiog. Taflai'r fenyw ddarn o bren i'r ci, oedd yn ei ddychwelyd yn awchus bob tro hyd nes iddo lanio yn y tywod ger sgerbwd pysgodyn gweddol fawr. Roedd ei ben pydredig wedi ei wahanu oddi wrth y corff, a'r cnawd wedi cilio i ddangos esgyrn y creadur, oedd fel asennau llong. Anwybyddodd y ci y darn pren, gan ddechrau gwynto'r pysgodyn marw. Cafodd y fenyw gryn drafferth i ddynnu'r ci chwilfrydig ymaith, a nodiodd Rhys arni'n gwrtais wrth iddi ei basio. Ysgydwodd hithau ei phen yn geryddgar, fel petai'n dweud bod angen amynedd Job 'da'r creadur blewog.

Wrth i Rhys basio'r pysgodyn cafodd ei daro gan ddrewdod y pydredd. Brysiodd yn ei flaen, gan geisio chwalu'r ddelwedd o gorff yn pydru o'i feddwl. Atgoffodd ei hun eto fyth iddo addo i Ann ar ei gwely angau na fyddai Haydn byth yn dod i wybod am eu cyfrinach.

Taflodd Rhys stwmpyn ei joint i hambwrdd pwrpasol ar ben y bin sbwriel ar ymyl y traeth. Wrth iddo edrych i fyny i gyfeiriad y twyni sylwodd ar ffigwr cyfarwydd mewn crys Hawaiaidd glas a gwyrdd yn dod tuag ato gyda bag cynfas dros ei ysgwydd. Roedd rhywbeth ynglŷn â cherddediad herciog ond egnïol Haydn a wnaeth i stumog Rhys dynhau. Er ei fod yn dal i ddefnyddio'r ffon gerdded roedd cloffni difrifol y penwythnos cynt wedi hen fynd.

Roedd Haydn ychydig yn fyr ei wynt erbyn iddo gyrraedd Rhys, yn wên o glust i glust.

'Dyw hi ddim fel ti, i fod lan mor fore,' meddai Rhys yn ofalus.

'O'n i ffaelu cysgu. Wedi cynhyrfu,' atebodd Haydn, yn parhau i wenu fel giât.

'Beth sy'n rhoi gwên ar dy wep di mor fore 'te?' holodd Rhys, ychydig yn nerfus erbyn hyn.

'Gwaith ditectif,' atebodd Haydn, gan graffu ar ymateb Rhys. Arhosodd hwnnw'n weddol ddigynnwrf. 'Wy'n gwybod bo' ti ddim yn meddwl lot ohona i fel ditectif. Ges i Scott yn hollol rong. A tithau hefyd,' meddai yn ei lais main, yn amlwg yn torri'i fol eisiau sôn am rywbeth o bwys mawr.

'Wel, adeiladwr wyt ti, Haydn, nage plismon.'

'Ie. Ond wnes i'r camgymeriad sylfaenol o ddilyn y trywydd anghywir, a wnaeth hynny fy nhaflu am gyfnod hir. Nawr bo' ti mas o 'mhen i fel tad posib i Teleri, mae'r ymgyrch yn llawn egni eto, yn dechre tanio gyda syniadau newydd,' meddai Haydn yn frwd.

'Wy'n falch o glywed 'na,' meddai Rhys.

'Wyt ti? Wyt ti, wir?' holodd Haydn.

Nodio'n ddiemosiwn wnaeth Rhys.

'Achos wy'n credu licet ti sgubo popeth dan y carped, t'wel, Rhys. Dyna'n theori i.'

'Dere. Pam fydden i moyn neud 'nny, Haydn bach?'

'Dyna beth wy 'di bod yn ei ystyried. Wy wedi meddwl a meddwl trwy'r nos pam na fyddet ti moyn fy helpu i.'

'A ddest ti i unrhyw gasgliad?' holodd Rhys, gan stopio cerdded ac edrych yn syth ar Haydn.

'Do. Ma' rhwbeth yn gwasgu arnot ti. Wy'n credu bo' ti'n gwybod yn iawn pwy oedd tad Teleri, t'wel. A ti'n gwybod beth? Ti'n mynd i weud wrtha i. Nawr. Fan hyn.'

Trodd stumog Rhys yn ddŵr wrth iddo sylwi fod Haydn yn pwyntio dryll tuag ato, ar ôl ei dynnu'n gelfydd allan o'i fag ysgwydd. Sylwodd hefyd fod llaw Haydn yn crynu.

Ceisiodd Rhys anadlu'n ddwfn. Roedd yn rhaid iddo gadw'r sefyllfa dan reolaeth.

''Na i gyd wy moyn ei wybod yw enw tad Teleri,' meddai Haydn, gan symud y dryll yn nes at Rhys.

'Ma' hynna'n hawdd. Ti, Haydn Thomas, yw tad Teleri, yng ngwir ystyr y gair hwnnw. Ti wnaeth ei magu hi a'i charu hi ...' dechreuodd Rhys, ond torrodd Haydn yn ddiamynedd ar ei draws.

'Gad dy blydi nonsens, Rhys. Jyst gwed wrtha i, plis. Wy'n begian arnot ti.'

Edrychodd Rhys ar y dagrau'n llenwi llygaid ei hen ffrind, a gwelodd yr ofn y tu ôl i'r llygaid hynny. Ymlaciodd. Fyddai Ann ddim am i Haydn ddioddef fel hyn, meddyliodd. Mewn ffordd od roedd y dryll yn rhoi caniatâd iddo, o'r diwedd, i dorri ei addewid.

'Ol-reit. Rho'r gwn heibio. Fe gei di dy ffordd,' meddai Rhys yn ddwys, ond parhau i bwyntio'r gwn ato wnaeth Haydn. 'Grynda, Haydn. Ti yw'r person gwaetha wy'n ei nabod am gael damweiniau. Alli di plis roi'r gwn 'na lawr, yn ofalus. Wy'n addo y gwna i ddweud popeth wy'n ei wybod wrthot ti.'

Ar ôl ystyried am rai eiliadau gosododd Haydn y dryll ar y tywod rhwng y ddau, yn methu cuddio'i ryddhad.

'Ti moyn mynd 'nôl i'r garafán i drafod hyn?'

'Na! Paid ti meiddio fy nhwyllo i, Rhys! Ma' rhaid i ti gadw at dy air gyda fi nawr!'

'Iawn. A thrwy hynny, fe fydda i'n torri 'ngair i Ann, yr addewid roies i iddi ar ei gwely angau, na fyddet ti byth yn dod i wybod y gwir. Ti'n hapus i fi neud 'nny?'

Nodiodd Haydn ei ben yn ffyrnig fel rhywbeth hanner call a dwl.

'Ond cyn i fi roi'r enw i ti, wy moyn i ti ddeall fod Ann wedi neud yr hyn wnaeth hi mas o gariad, cariad dwfn, tuag atot ti.'

Sylwodd Rhys fod Haydn yn ysgwyd ei ben, yn cynhyrfu mwy a mwy fesul eiliad.

'Wy'n gwybod bod hynny'n anodd i ti ei werthfawrogi yr eiliad hon, ond ma' fe'n wir. Wedodd hi hynny wrtha i.'

Yn sydyn, plygodd Haydn i lawr i godi'r gwn, gan ei bwyntio at Rhys gyda hyd yn oed mwy o arddeliad y tro hwn. 'Gad dy lap wast, Rhys, a jyst gwed pwy, neu fe blydi saetha i ti, wy'n gweud 'thot ti!'

'Ei enw e oedd Ifan Bowen. Ro'dd e'n unawdydd 'da ni yn y côr mas yn Llydaw. Myfyriwr yn Aberystwyth 'radeg 'nny.'

Llyncodd Haydn gryn dipyn o boer, bron fel petai'n clirio'i lwnc mewn ymdrech i waredu'r geiriau.

'Y boi laddodd ei hunan?' holodd o'r diwedd.

Nodiodd Rhys.

'Ife achos Ann laddodd e'i hunan?'

Ceisiodd Rhys amneidio'n gadarnhaol, ond rywsut roedd ei ben yn gwrthod symud.

Pennod 27

Medi 1983, Ceredigion

Gyda diferyn o waed ar y morthwyl yn ei law, gafaelodd Rhys yn dynn yn Ann gan anadlu ei phersawr melys, cyfarwydd. Roedd yn ceisio lleddfu ei phanig a'r cryndod afreolus oedd wedi meddiannu ei chorff.

Er i'r dydd Sadwrn hwnnw fod yn weddol braf, roedd awel fain, oer ym Mlaen Esgair a dim ond golau gwan y lloer i'w llywio trwy eu hargyfwng. Allai Rhys ddim credu bod y fan hyn, o bobman, yn safle trosedd. Edrychodd o'i gwmpas a gwasgu Ann hyd yn oed yn nes ato. Nid oedd golwg o unrhyw un arall ar gyfyl y lle.

Roedd Blaen Esgair yn lle poblogaidd: heol bengaead ryw bum milltir o'r dref oedd â golygfeydd ysblennydd o Fae Ceredigion, ac yn boblogaidd gyda beicwyr a cherddwyr.

Llaciodd Rhys ei afael ar Ann a thynnu'n ôl oddi wrthi er mwyn edrych i fyw ei llygaid ofnus, hardd.

'Rhaid i ni feddwl ar ein traed nawr. 'Sdim amser i'w golli,' meddai'n ddwys.

'Mae'r llanw i mewn. Ei daflu dros yr ochr fyddai orau,' meddai Ann. Roedd cryndod ei chorff wedi cyrraedd ei llais.

Trodd Rhys i edrych ar y corff ar lawr. Côt hir frown golau o groen dafad, trowsus llwyd smart. Esgidiau trymion du a'u sglein i'w weld yng ngolau'r lloer. Sgwaryn o waed coch ar gefn y pen yng nghanol y gwallt brown. Roedd e'n falch na allai e weld yr wyneb. Aeth i lawr ar ei gwrcwd i edrych arno'n fanylach, a llanwodd arogl cryf dom defaid ei ffroenau. Ar y gwair roedd y gwaed tywyll, lliw saws barbeciw, a lifodd o glust y dyn eisoes wedi dechrau ceulo ar y glaswellt. Byddai'n rhaid gwaredu pob darn o'r gwair hwnnw, meddyliodd. Glaw fyddai'n dda, i olchi unrhyw dystiolaeth ymaith: gadael i natur wneud ei gwaith.

'Os dwlwn ni fe dros y clogwyn, bydd 'na gorff i'w ganfod. Post-mortem,' meddai Rhys yn bwyllog, yn fwy wrtho'i hun nag wrth Ann. 'Byddan nhw'n gallu profi 'i fod e wedi cael ergyd yng nghefn ei ben.'

'Alle fe ddim bod wedi bwrw'i ben yn erbyn y creigiau? Y môr wedi'i lusgo fe?' holodd Ann, prin yn gallu credu ei bod hi'n gofyn y fath beth.

'Mae'n ormod o risg,' oedd ateb gofalus Rhys.

'Beth wyt ti'n awgrymu, 'te?' holodd Ann.

'Ei roi e yng nghefn y fan, wedyn ei gladdu e dan lwyth o goncrit ar dir Hen Felin.' Synhwyrodd Rhys wrthwynebiad yn osgo Ann, felly aeth yn ei flaen i geisio'i hargyhoeddi. 'Ni'n lwcus. Mae'r amseru'n berffaith. 'Sneb yn Hen Felin: mae Arthur Elis gyda Haydn yn Iwerddon. Mae popeth yn ei le yn barod – ni wedi neud y twll ar gyfer y concrit bnawn ddoe, yn barod ar gyfer dydd Llun. Wna i'r gwaith ddiwrnod yn gynnar, 'na i gyd. Bydd y bois sy'n gosod y pibennau carthffosiaeth wrth eu bodde, a'r bricis hefyd, petai'r gwaith yn cael 'i neud iddyn nhw.'

Ystyriodd Ann ei eiriau. Oedd, roedd yr amseru'n berffaith, os oedd y fath beth ag amser perffaith i ladd rhywun. Prin iawn oedd yr adegau pan na fyddai Haydn adref, ond roedd wedi derbyn y gwahoddiad i dreulio penwythnos yn Wexford gyda'r Ford Gron yn llawen. Ac roedd Rhys yn digwydd bod yn gweithio iddo am sbel, gan fod yn rhaid iddo gadw'n glir o Lundain. Amseru perffaith. Roedd hi'n falch na fyddai Haydn adref heno – allai hi ddim meddwl sut y byddai wedi cuddio'i hofn, ei syndod a'i heuogrwydd cynyddol am yr hyn oedd newydd ddigwydd oddi wrtho. Roedd ei gŵr wedi addo ei ffonio hi'n nes ymlaen. A allai hi ymdopi â'r alwad?

Roedd tawelwch Ann yn dechrau gwneud i Rhys deimlo'n anniddig. Er gwaetha'i anogaeth roedd hi'n dal i betruso.

'Mae twll chwe throedfedd o ddyfnder yn aros i'r diawl,' meddai, bron â bod yn sgyrnygu.

'Paid galw fe'n 'na,' meddai Ann, yn reddfol bron, wrth edrych ar y corff ar y gwair.

''Na beth oedd e, a phaid ti byth ag anghofio hynny,' atebodd Rhys yn chwyrn, ei eiriau'n ffurfio cymylau bach yn yr awyr oer.

'Beth os welith rhywun ni yn 'i gario fe i'r fan?' gofynnodd Ann yn ofnus.

Roedd hwn yn gwestiwn teg, ystyriodd Rhys. Er ei bod yn ffordd bengaead allen nhw ddim gwarantu na fyddai rhywun yn dod ar ei hyd – dim ond toc wedi wyth o'r goch y nos oedd hi, wedi'r cyfan. Ond roedd hynny, o bwyso a mesur y posibiliadau, yn annhebygol iawn.

'Bydd yn rhaid i ni 'i mentro hi. Dim ond rhyw ganllath sydd i'r lei-bei. Unwaith fydd y corff yn y fan, fyddwn ni'n iawn,' atebodd Rhys yn dawel ond yn hyderus. Nodiodd Ann ond roedd hi'n methu tynnu'i llygaid oddi ar y morthwyl yn llaw Rhys.

Sylwodd Rhys arni'n syllu ar yr arf a ddefnyddiwyd i hollti pen y dyn.

'Gewn ni wared ar hwn hefyd. Bydd popeth yn iawn. Rhaid i ti drystio fi.'

Nodiodd Ann eto, yn sylweddoli nad oedd ganddi fawr o ddewis.

'Wyt ti'n iawn i aros fan hyn am bum muned?' holodd Rhys.

'Pam? Ble wyt ti'n mynd?' atebodd Ann, y cryndod wedi dychwelyd i'w llais.

'Rhaid i fi slipio draw i'r fan i nôl tarpolin a rhaff. A cwpwl o sachau: un i'w glymu dros ei ben e ac un arall i gasglu'r gwair sydd â gwaed arno fe. Mae tortsh dda 'da fi yn y fan hefyd.' Nodiodd Ann yn werthfawrogol. Tynnodd Rhys ei gôt a'i rhoi amdani. 'Ti'n crynu fel deilen,' meddai, gan wenu arni, ond gwnaeth ei eiriau caredig iddi ddechrau llefain. 'Dere. Hon yw'r adeg anodda nawr, ond yr un bwysica hefyd,' meddai Rhys, gan wenu arni'n dyner.

'Wy'm yn gwybod shwt alli di ...' dechreuodd Ann, rhwng igian a wylo, '... shwt alli di wenu dan y fath amgylchiadau?'

Nid atebodd Rhys. Brasgamodd at encilfa'r lei-bei ar ben

draw'r heol gyda rhwestiwn dilys Ann yn adleisio yn ei ben. Synnodd pa mor drefnus a llawel ei feddwl oedd e, yn meddwl ar ei draed fel troseddwr profiadol. Roedd e wedi dysgu rhywbeth gan ei 'bartneriaid busnes' yn Llundain, mae'n rhaid, ystyriodd wrth gerdded draw i'w fan. Roedd yn rhaid iddo lanhau safle'r drosedd yn ofalus, fel na fyddai neb yn ystyried bod trosedd wedi digwydd o gwbl.

Wrth iddo fynd dros y sticill gallai Rhys weld car Fiat gwyn y dyn wedi'i barcio yn yr encilfa, wrth ymyl y ciosg ffôn coch a ddefnyddiodd Ann i'w ffonio, yn llawn pryder, ychydig dros chwarter awr yn gynharach. Ceisiodd ddychmygu'r hyn fyddai'n digwydd dros y diwrnodau nesaf. Byddai aelodau o deulu a ffrindiau'r dyn yn dweud wrth yr heddlu na welwyd ef yn unman ers dechrau'r prynhawn ddydd Sadwrn. Byddai'r car hwn yn cael ei ganfod: wedi'i adael, yn ôl pob golwg. Yn ôl Ann roedd gan y dyn oedd yn gelain ar y gwair hanes o iselder ysbryd. Perffaith. Car gwag mewn lei-bei diarffordd, yn agos at glogwyn. Sefyllfa glasurol ar gyfer hunanladdiad. Byddai'n rhaid aros am rai dyddiau wedyn i weld a fyddai corff yn cael ei olchi i'r lan, gryn bellter i fyny'r arfordir, o bosib, yn dibynnu ar nerth a chyfeiriad y llanw a'r cerrynt. Dim ond pan na fyddai corff yn ymddangos y byddai'r heddlu'n effro i'r posibilrwydd o ryw gamwri. Efallai na fydden nhw'n dod i'r casgliad hwnnw o gwbl, hyd yn oed, gan nad yw corff yn dod i'r lan bob tro.

Erbyn hynny, wrth gwrs, byddai Rhys ac Ann wedi hen ddiflannu i'r cysgodion, gydag unrhyw dystiolaeth.

Unwaith roedd y corff yng nghefn fan Rhys, gollyngodd Ann ochenaid reddfol o ryddhad.

'Wna i ei roi e yn y twll heno, ar ôl iddi dywyllu'n iawn, a'i orchuddio â'r concrit yn syth, dan olau'r lloer,' meddai Rhys.

'Ffonia fi pan fydd popeth wedi ei wneud,' meddai Ann, bron fel petai mewn perlewyg.

'Na. Ddyle fe ddim cymryd mwy na rhyw deirawr. Llai na hynny, siŵr o fod. Wna i alw yn y tŷ,' mynnodd Rhys.

Taflodd Ann olwg amheus tuag ato. Gwyddai Rhys yn iawn y byddai hi ar ei phen ei hun yn y tŷ.

'Gwell bod yn saff. Bydd record o unrhyw alwad ffôn, a dy'n ni ddim moyn unrhyw beth i'n cysylltu ni'n dou heno,' ychwanegodd Rhys.

Nodiodd Ann, yn gweld y synnwyr yn hynny. Daeth Rhys yn nes ati, gan roi un o'i gofleidiau arth arferol iddi.

'Mae'n bwysig i ti ymddwyn mor normal â phosib,' meddai wrthi. Nodiodd Ann eto, ond roedd ei gwefus isaf yn crynu dan y straen. 'Dewn ni trwy hyn. Gyda'n gilydd. Gydag amser,' ychwanegodd Rhys, yn ei annog ei hun i gredu hynny yn ogystal ag Ann.

O fewn hanner awr ar y nos Sadwrn dyngedfennol honno roedd Rhys yn fisi gyda'i gymysgydd mawr oren, yn ei lenwi â'r mesuriadau priodol o dywod a sment. Yna, tywallt y cynnwys llwyd, gwlyb i whilber a'i dywallt dros y corff. Ar ôl rhyw ddeg llond whilber doedd dim golwg o'r dyn. Erbyn iddo lenwi'r twll gyda rhyw bymtheg llond whilber arall roedd y gwaith wedi'i orffen.

Tynnodd ei fenig a thanio sigarét i ddathlu, gan arogli gwynt sur y sment a'r llwch mân oedd ar ei ddillad. Roedd y man lle gosodwyd y concrit yn ddelfrydol – yno y byddai pibennau carthffosiaeth yr estyniad newydd i gyd yn dod at ei gilydd. Byddai waliau brics yn cael eu codi ddydd Llun o gwmpas y pibennau, a llwyth o gerrig yn cael eu gosod i greu patio ac addurn dŵr chwaethus. Byddai'r gweithwyr eraill yn falch fod y concrit wedi cael amser i setlo a sefydlogi, i ddal pwysau'r pibennau a'r waliau. Unwaith y byddai popeth yn ei le ni fyddai rheswm i unrhyw un amharu ar y concrit tan ddydd y Farn.

Gadawodd Rhys ei fan ar dir Hen Felin a cherddodd y filltir a hanner i mewn i'r dref ar hyd y llwybr drwy goedwig fach Cwm Berwyn, gan ddefnyddio'i dortsh i oleuo'i ffordd. Ni welodd yr un enaid byw – un o fanteision byw yng nghefn gwlad. Roedd e wedi mwynhau ei gyfnod yn ôl yng Ngheredigion ond fyddai e ddim yno am lawer mwy, diolch byth. Bu Haydn yn garedig iawn, yn cynnig gwaith iddo am bron i flwyddyn tra oedd ar ffo o Lundain a threfnu iddo rentu fflat fach uwchben gweithdy'r clocsiwr, ond roedd y dyn roedd e'n ceisio'i osgoi – un o arweinwyr y gangiau cyffuriau a oedd yn amau fod Rhys wedi bod yn mocha â'i wraig – newydd fynd i gwrdd â'i Greawdwr, felly roedd hi'n weddol ddiogel iddo ddychwelyd i Lundain bellach.

Wrth iddo sychu'i hun ar ôl cael cawod glou, sylwodd Rhys ar y cloc wrth erchwyn ei wely. Roedd hi bron yn hanner nos. Oedd hi'n rhy hwyr i alw ar Ann? Na. Roedd wedi addo iddi y byddai'n mynd yno unwaith y byddai'r weithred wedi'i chyflawni, i leddfu rhywfaint ar ei phryderon. Wrth ddrws ei fflat edrychodd ar y rac win. A fyddai'n addas i fynd â photel iddi? Ystyriodd yr opsiynau. Roedd ganddo botel fach o Calvados heb ei hagor. Roedd brandi'n dda, medden nhw, i dawelu'r nerfau. Calvados amdani.

Bu Ann yn cerdded yn ôl ac ymlaen o'r gegin i'r ystafell fyw ers iddi gyrraedd adref, fel anifail mewn caets. Er iddi geisio tacluso'r tŷ, rhoi golch ymlaen, a hyd yn oed ceisio gwylio rhaglen ysgafn ar y sianel Gymraeg newydd, doedd dim yn tycio. Rywsut neu'i gilydd, llwyddodd i siarad yn weddol gall gyda Haydn ar y ffôn. Roedd hi'n falch o glywed ei lais main, cyfarwydd – roedd e'n amlwg yn cael amser da yn Wexford, er iddo ddweud ei fod yn hiraethu amdani.

Erbyn hanner nos roedd hi ar bigau'r drain. Doedd dim gobaith y gallai fynd i gysgu, a llamodd ei chalon pan glywodd gloch y drws ffrynt yn canu. Cafodd sioc pan sylweddolodd ei bod yn falch o weld Rhys yn sefyll ar y rhiniog, gyda photel o Calvados yn ei law.

Pennod 28

'Pam ddwedodd Ann wrthot ti am yr Ifan Bowen hyn, ond ddim wrtha i?' holodd Haydn.

Nid atebodd Rhys. Dechreuodd deimlo dros ei ffrind o weld yr olwg druenus oedd arno. Byddai ffrind da yn dweud y gwir nawr, yn byddai? Allai e dorri'i addewid i Ann ar ôl yr holl flynyddoedd? Yn hytrach nag ateb, gwyrodd i godi'r dryll oddi ar y tywod.

'Na!' meddai Haydn, gan gipio'r arf o'i afael.

''Co, wy'n addo gweud popeth wrthot ti, Haydn, ond ddim fan hyn. Allai rhywun dy weld di 'da'r gwn 'na, achan. Rho fe heibio. Plis.'

Ufuddhaodd Haydn, gan roi'r gwn yn ôl yn ddiogel yn ei fag ysgwydd. Cychwynnodd y ddau gerdded tua'r twyni a'r llwybr yn ôl i'r maes carafannau. Dechreuodd Haydn feddwl yn uchel.

'Mae'n rhaid o'dd e'n ypsét iawn, ynta, yr Ifan hyn, cyn iddo fe ladd ei hunan. Ife Ann o'dd ddim moyn fy ngadael i? Ife 'na pam wnaeth e beth wnaeth e?'

Gallai Rhys fod wedi ateb yn gadarnhaol. Byddai hynny wedi bod yn ffordd hawdd allan o'i gyfyng-gyngor, ac yn stori fyddai'n tawelu meddwl Haydn, o bosib, ond roedd yn dechrau blino ar ei gelwyddau ei hun. Nawr bod y bwgan allan o'r botel, a blwch Pandora wedi ffrwydro'n yfflon, teimlai Rhys y blys rhyfeddaf i ddweud y gwir i gyd wrth Haydn. Dyna roedd e'n ei haeddu. Dyna fyddai ffrind go iawn yn ei wneud, doedd bosib?

Ond byddai'n rhaid iddo aros nes iddyn nhw gyrraedd y garafán, gan fod Haydn yn dal i fod wedi'i gynhyrfu, yn dal i ddamcaniaethu.

'Ma' rhaid bod rhyw fath o berthynas wedi bod rhyngddyn nhw o gwmpas Awst wyth deg tri. Gath Teleri ei geni ym Mai wyth deg pedwar,' meddai Haydn, yn chwilio wyneb Rhys am unrhyw ymateb.

Nodio'n ofalus wnaeth Rhys.

'Wy'n cofio'r adeg wnaeth e ladd ei hunan ... fyddai e wedi bod tua diwedd Medi wyth deg tri. O'n i 'di bod bant yn Iwerddon, a ffeindion nhw ei gar e ar ddiwedd lôn Blaen Esgair. Adeg 'nny o't ti'n dal i weithio i fi. Est ti'n ôl i Lundain ryw fis yn ddiweddarach. Erbyn meddwl, o'dd Ann yn eitha'i ffansïo fe ar y trip i Lydaw pan oedden ni'n iau, os gofia i'n iawn.'

Er ei awydd i ddweud y gwir, sylweddolodd Rhys fod hynny'n anoddach na'r disgwyl.

''Na ni 'te, Haydn. Y broblem wedi'i datrys,' meddai'n llipa. 'Yr Ifan hyn wedi treial ca'l Ann i dy adael di a hithau, wrth gwrs, yn gwrthod. Y boi yn torri'i galon a lladd ei hunan.'

'Wy'n cofio bod Ann yn ypsét, o glywed y newyddion am yr Ifan hyn, ond ddim yn rhy ypsét chwaith, os ti'n deall beth wy'n treial gweud. O edrych 'nôl, roedd hi'n awyddus i newid y pwnc,' meddai Haydn.

'O'dd pethe pwysicach, hapusach 'da chi'ch dou ar eich plât ar y pryd,' meddai Rhys.

'Ti'n iawn. Y newyddion fod Teleri ar y ffordd,' meddai Haydn. Clywodd grawcian gwylan uwch ei ben, ac edrychodd i fyny i'r awyr. 'Ydw i wedi cael popeth 'da ti, Rhys?' holodd Haydn wrth droi'n ôl i syllu ar ei ffrind, fel petai'n ceisio darllen ei feddwl. 'Mae croeso i ti lenwi'r bylchau. Dyna fydde ffrind iawn yn neud. 'Na beth ti newydd addo neud.'

'Wnes i addo i Ann na fyddet ti byth yn dod i wybod y gwir,' meddai Rhys.

'Dyw hi ddim gyda ni rhagor, gwaetha'r modd. Fydd hi ddim callach,' meddai Haydn, a'i lygaid yn apelio'n daer ar Rhys i ymhelaethu.

'Paid gwthio fi ar hyn, Haydn. Wy'n gweud wrthot ti, falle fod yn well i ti beidio cael gwybod popeth. Falle wnei di ddifaru gofyn.'

'Wna i gymryd y risg. Wy moyn gwybod y gwir.'

Edrychodd Rhys ar y tywod o dan ei draed. Roedd ei ben yn troi, nid dim ond oherwydd y mwgyn drwg ond o ganlyniad i'r sefyllfa roedd e wedi canfod ei hun ynddi.

'O'dd pawb yn meddwl 'i fod e wedi lladd 'i hunan, gan fod hanes o broblemau iechyd meddwl gydag e,' meddai Haydn

'Ie, ie, 'na beth ddigwyddodd. Garantîd,' meddai Rhys, yn nodio'n frwd.

'Ond ddaeth neb erioed o hyd i gorff,' meddai Haydn yn ddwys.

'*He sleeps with the fishes*, fel wede Don Corleone,' oedd ateb bwriadol ysgafn Rhys, yn llwyddo i ddal ei dir ond hefyd yn diawlio'i hun am dwyllo'i ffrind eto fyth.

'Dyw e ddim yn rhywbeth i neud sbort amdano fe,' meddai Haydn yn chwyrn.

Sylweddolodd Rhys taw hwn oedd ei gyfle, efallai ei gyfle olaf, i ddweud y gwir wrth Haydn.

'O'n i ddim yn neud sbort ar ei ben e,' dechreuodd yn nerfus. 'Gweud y gwir o'n i. Mae'i gorff e dan y *water feature* nethon ni i Arthur Elis yn Hen Felin, hwnnw â'r cerfluniau pysgod ynddo fe.'

Gwelwodd wyneb Haydn. Beth oedd Rhys yn treial ei ddweud? 'Pwy roiodd e fan'ny?' holodd yn daer.

'Fi.'

Syllodd Haydn ar Rhys am hir iawn. 'Wy'n dechre deall nawr,' meddai'n bwyllog. 'O'dd Ann wedi gofyn i ti ei ladd e.'

'O'dd e'n blacmeilo hi, Haydn. Yn bygwth dweud wrthot ti amdanyn nhw, os na fydde hi'n dy adael di. A ti'n gwybod fydde hi byth yn dy adael di.'

'Y bastard bach,' meddai Haydn, a'i lygaid yn culhau. 'Wnest ti ffafr fowr i fi 'te, Rhys. Sa' i'n deall pam na 'set ti 'di gweud ynghynt. Ffafr anferth, yn lladd y diawl.'

Sythodd Rhys yn reddfol o gael ei gyhuddo ar gam.

'Nage fi laddodd e, Haydn. Wir i ti.' Llyfodd Rhys ei wefusau. Roedd Haydn yn amlwg wedi'i daflu oddi ar ei echel yn llwyr.

Ysgydwodd Haydn ei ben, yn methu deall na derbyn geiriau Rhys. Ceisiodd unwaith yn rhagor brosesu'r hyn yr oedd newydd ei glywed.

'Nage Ann? Na, byth, fydde hi byth wedi neud y fath beth,' meddai o'r diwedd.

Ni allai Rhys ateb ei gwestiwn, ond roedd ei dawelwch yn adrodd cyfrolau.

'Mae'n neud synnwyr nawr,' meddai Haydn.

'Beth?'

'Ar y pryd, o'n i'n meddwl taw wedi drysu achos y morffin oedd hi. Ac yn fwy diweddar, o'n i'n cymryd taw achos iddi fod yn anffyddlon wedodd hi fe. Ond wy'n gweld nawr, o'dd mwy na hynny. Ar ei gwely angau ... wnaeth hi ofyn i mi faddau iddi.'

Pennod 28

Gorffennaf 2023, Ceredigion

Roedd Haydn yn cael mwgyn bach tawel ar y fainc yn ei ardd. Roedd e wastad wedi tybio mai fe, nid Ann, fyddai'n marw gyntaf. Dyna oedd y drefn. Ar gyfartaledd, roedd menywod yn y Gorllewin datblygedig yn byw tua phum mlynedd yn hirach na dynion. Yna, yn Ebrill 2022, bu i Ann ganfod bod ganddi ganser yr ofari. Derbyniodd y newyddion yn nodweddiadol stoicaidd. A hithau wedi bod yn llyfrgellydd am y rhan fwyaf o'i hoes roedd hi'n hoff o ffeithiau – gwyddai fod y mwyafrif o achosion o ganser, os oedden nhw'n cael eu canfod yn gynnar, yn cael eu trin yn llwyddiannus. Roedd gwellhad llwyr yn bosib.

Ond roedd Ann wedi bod yn dioddef o boen yng ngwaelod ei chefn ers amser. Tueddai i fynd i'r tŷ bach yn amlach hefyd, ond roedd wedi meddwl taw rhan naturiol o heneiddio oedd y pethau hyn, felly aeth hi ddim at y meddyg. Mi oedd hi'n saith deg oed, wedi'r cwbl. Roedd Covid hefyd wedi meithrin diwylliant o beidio â bod yn drafferthus, peidio â chreu ffwdan ddiangen. Roedd cleifion eraill yn dioddef o gyflyrau llawer dwysach, pobl oedd wedi bod yn aros am driniaeth am fisoedd, rhai am flynyddoedd.

Roedd Haydn wedi sylwi ar ei diffyg chwant bwyd wrth y bwrdd swper, a'i bod bob amser yn teimlo'n llawn yn weddol glou. Sylwodd hefyd ei bod hi wedi magu pwysau o gwmpas ei bol. Ceisiodd Haydn sgubo'r peth o'r neilltu a pherswadio'i hun fod Ann yn adnabod ei chorff yn well nag unrhyw un arall, ac yn ddigon doeth i fynd i weld meddyg petai angen. Yn y pen draw cododd Haydn y pwnc – nid gydag Ann, ond gyda Teleri – ac o fewn yr wythnos roedd Ann wedi'i chyfeirio at arbenigwr. Bu i'r profion gwaed a'r gwahanol archwiliadau gadarnhau diagnosis difrifol: canser yr ofari Graddfa 3.

Gwyliodd Haydn ychydig o bincod yn yfed dŵr o'r cafn adar yn yr ardd ac ystyriodd pa mor hanfodol oedd dŵr i gynnal bywyd. Y bore hwnnw bu'n gwasgu diferion o ddŵr o sbwng gwlyb ar hyd gwefusau crychlyd, sych Ann, fel y gwnaeth sawl gwaith yn ystod y bythefnos ddiwethaf. Roedd hi wedi dweud ei bod hi eisiau marw adref, os oedd hynny'n bosib, gan ei bod yn caru Bryn Eglur. Haydn adeiladodd y tŷ, pob rhan ohono, ar ddarn o dir oedd â golygfa o'r dref a'r môr yn y pellter. Trowyd y cae yn aelwyd gartrefol, ac roedd Ann wedi bod mor falch ohono, yn ei atgoffa'n aml o faint ei gamp. Hwn oedd un o'i brosiectau cyntaf yn enw'i gwmni ei hun, ac roedd y ddau wedi byw yno, erbyn hyn, am bedwar deg tri o flynyddoedd. Roedd y lle'n llawn o atgofion, rhai hapus iawn, yn bennaf.

Ond cyn hir byddai'r tŷ yn rhan o atgof trist iawn.

Edrychodd o gwmpas yr ardd. Ar wahân i dorri'r lawnt yn weddol reolaidd, teyrnas Ann oedd hon. Llwyni gwsberis a llusi duon bach, pedair coeden ellyg, rhesi o riwbob, tatws, cennin a borderi bach lliwgar yn llawn blodau. Gwaith Ann oedd y cyfan, ac arferai'r ddau eistedd ar y fainc gyda'i gilydd ar ôl swper, yn rhannu potel o win wrth wylio'r machlud. Pan oedd Teleri'n fach roedden nhw wedi prynu siglen iddi, ac roedd honno'n dal yno. Prynwyd gôl bêl-droed iddi hefyd, un sylweddol gyda physt metel a rhwyd bwrpasol, a'i gosod ym mhen pellaf y lawnt. Mwynhaodd Haydn sawl sesiwn bêl-droed gyda'i ferch ar ôl diwrnod hir o lafur corfforol. Roedd y gôl yn dal yno hefyd, er bod y rhwyd yn garpiog erbyn hyn yn dilyn blynyddoedd mwy o ddefnydd gan Iwan a Manon a'u ffrindiau.

Roedd Haydn yn ymwybodol y gallai Teleri, neu hyd yn oed Ann, fod yn ei wylio o ffenest y stafell wely gefn, felly cadwodd ei fwgyn wrth ymyl ei ben-glin. Roedd hi'n ddiwrnod braf digwmwl, a'r awyr las mor dryloyw nes ei bod yn atgoffa rhywun o wydr lliw mewn eglwys. Roedd y ffaith fod rhywun yn marw ar y fath ddiwrnod bendigedig yn mynd yn groes i reolau natur rywsut.

Derbyniodd Haydn yr anochel. Pymtheng mis oedd ers y

diagnosis cyntaf, ac roedd y diwedd yn agos. Roedd y doctor ar ei ffordd i gynyddu'r dos o boenladdwr er mwyn lleddfu rhywfaint ar ddioddefaint Ann. Bythefnos yn ôl, ar ôl trafod gyda'r doctor, penderfynodd Haydn a Teleri y byddai un ohonyn nhw wastad wrth erchwyn ei gwely i fwytho'i llaw, ddydd a nos, ac i syllu i'w llygaid brown oedd bellach yn anghyfarwydd o bell. Gwyddai'r ddau y gallai hi lithro ymaith ar unrhyw adeg.

Galwai'r nyrs, Mared, ddwywaith, weithiau deirgwaith, y dydd. Roedd hi'n ferch i un o gyn-weithwyr Haydn, y plastrwr medrus, Berwyn Rees, ac yn adnabod Ann fel Mrs Thomas y Llyfrgellydd ers dyddiau ei phlentyndod.

Gwyddai Ann fod y diwedd yn agos, ac yn ei ffordd anhunanol ei hun, roedd yn dal i feddwl am bobl eraill. Nid oedd hi am i'w ffrindiau a'i chydnabod ddod i'w gweld hi a theimlo'n ddigalon – yn hytrach, dywedodd y byddai'n well ganddi dderbyn neges e-bost gan bwy bynnag oedd yn teimlo fel anfon un. E-bostiodd sawl aelod o Fethania ati, yn hel atgofion am wasanaethau di-ri lle bu Ann yn cyfeilio ar yr organ, pob un yn diolch am ei hymroddiad a'i dawn dros y degawdau. Gyrrodd Hazel Owen, menyw yn ei phedwardegau, e-bost o Awstralia ar ôl clywed am afiechyd Ann, gan ei bod yn dymuno iddi wybod taw Ann oedd yn gyfrifol am drawsnewid ei bywyd pan oedd hi'n mynd drwy gyfnod tywyll yn ei hieuenctid, yn yfed yn drwm ac yn cymryd cyffuriau. Cyflwynodd Ann hi i weithiau Simone de Beauvoir a Jean-Paul Sartre, yn ogystal â threulio amser gyda hi yn y llyfrgell, a newidiwyd cwys ei bywyd. Erbyn hyn roedd hi'n uwch-ddarlithydd yn Adran Astudiaethau'r Cyfryngau ym Mhrifysgol Sydney. Cyrhaeddodd yr e-bost hwnnw pan oedd Haydn gydag Ann, a lledodd gwên anferth ar draws ei hwyneb eiddil wrth i Haydn ei ddarllen iddi.

Tynnodd fwy o fwg i lawr i'w ysgyfaint wrth feddwl am wên ei wraig y diwrnod hwnnw, fel blodyn yn llwyddo i ganfod yr haul. Dim ond rhyw bythefnos yn ôl oedd hynny, ac roedd hi mewn hwyliau da er gwaetha'i gwendid. Er ei bod yn flinedig llwyddodd i gynnal sgwrs hir gyda Haydn, oedd yn ymdrybaeddu mewn hiraeth. Cawsant ail-fyw defodau mawr eu bywyd gyda'i gilydd: eu cusan gyntaf, y noson gyntaf iddyn nhw gysgu gyda'i gilydd, genedigaeth Teleri, symud mewn i Fryn Eglur, a defodau bach bob dydd fel gwylio rhaglenni natur David Attenborough fel teulu ar nosweithiau Sul. Atgoffodd Ann ef am un rhaglen yn benodol, am bengwiniaid. Roedd y ddau wedi dotio pan ddysgon nhw fod y rhywogaeth arbennig o bengwin oedd dan sylw yn paru am oes, gan rannu'u bywydau gyda'r un cymar. Fe wnaeth Ann, oedd â chof fel eliffant, ei atgoffa taw 'Pengwin' oedd enw Haydn arni pan oedden nhw'n blant bach.

Anadlodd Haydn yn uchel trwy'i drwyn a diffodd ei fwgyn ar un o'r slabiau concrit o dan ei draed. Roedd arogl cryf y blodau yn y border gerllaw yn cymysgu â gwynt melys ei fwgyn. Clywodd su egwan gwenynen weithgar yn hedfan o flodyn i flodyn. Sylweddolodd fod ei lygaid yn llenwi wrth iddo deimlo rhyw wayw yn ei frest. A oedd y fath beth â llinynnau i'r galon? Gwyddai'n iawn ei fod yn hiraethu, yn cofio rhannau o'u bywyd delfrydol gyda'i gilydd, ond beth oedd o'i le ar hynny? Roedd atgofion yn helpu i gadw pethau'n fyw yn y cof, y pethau pwysig. Dechreuodd lefain. Roedd yn caru Ann gymaint. Ni allai ddychmygu dyfodol hebddi.

Clywodd sŵn traed tu ôl iddo. Roedd Teleri, ei llygaid yn goch, yn dod tuag ato â darn o facyn papur yn ei llaw. Cynhyrfodd Haydn, gan neidio oddi ar y fainc.

'Dyw hi heb ...' ebychodd, ei lygaid yn wyllt.

'Na. Ond wy wedi gweud ta-ta wrthi, tra'i bod hi'n dal yn ymwybodol bo' fi 'na. Falle ddylech chi neud yr un peth.'

'Ti'n meddwl, unwaith geith hi fwy o'r morffin, falle neith hi ddim dihuno?' gofynnodd Haydn yn ddwys.

Codi ei hysgwyddau blinedig wnaeth Teleri. 'Nethon ni beth call yn gadael i'r plant 'i gweld hi bore 'ma, wy'n credu, er bod Iwan yn ypsét iawn.' Cerddodd draw at y tap allanol er mwyn ail-lenwi'r cafn dŵr lle bu'r pincod yn yfed.

'Af i ati hi 'te,' meddai Haydn yn nerfus. Nodiodd Teleri, cyn ysgwyd ei phen wrth wynto olion melys mwg drwg ei thad.

'Beth?' holodd Haydn, yn synhwyro fod rhyw gondemniad yn cyhwfan yn yr awyr.

'O'dd raid i chi smocio'r stwff 'na heddi?' holodd Teleri.

Nid atebodd Haydn. Aeth i mewn i'r tŷ trwy ddrws yr ystafell haul, a oedd ar agor led y pen.

Pan aeth i mewn i'r ystafell wely gefn roedd Ann yn eistedd i fyny, gan afael yn un o reiliau ochr y gwely ysbyty. Edrychai'n ddryslyd, yn amlwg wedi'i chynhyrfu, ac roedd hi'n chwysu'n helaeth. Am ennyd cafodd Haydn ei atgoffa o'i fam a'r olwg bell oedd arni bob tro y byddai'n ymweld â hi yng nghartref yr henoed. Bu'r dementia yn annioddefol i'w wylio.

'Haydn?' meddai Ann mewn llais ansicr.

'Ie, ie, fi sy 'ma. Nawr pwysa'n ôl a sycha i'r chwys oddi ar dy dalcen di gyda'r clwtyn hyn.'

Ufuddhaodd Ann, ac ymlaciodd wrth deimlo pwysau llaw ei gŵr ar y clwtyn oer. Yna gwingodd mewn poen a sythu ei chefn ryw fymryn.

'Bydd y doctor 'ma nawr, i helpu ti 'da'r boen,' meddai Haydn, i geisio'i hesmwytho. Doedd Ann erioed wedi bod yn fenyw fawr, ond erbyn hyn edrychai mor eiddil, druan. Ceisiodd lyfu ei gwefusau crimp, briwiedig, ond methodd. Cymerodd anadl ddofn a barodd loes iddi. Yna ochneidiodd yn flinedig.

'Cer di i gysgu, os ti moyn,' meddai Haydn.

Nodio'n annelwig o araf wnaeth Ann, ond yna, yn sydyn, gwelodd Haydn ryw olau yn tanio yn ei llygaid. 'Pengwins,' meddai'n ysgafn. 'Ti a fi. Pengwins.'

'Ha, ie. Feri gwd,' meddai Haydn wrth wasgu ei llaw, yn deall yn iawn.

Bu'n gorffwys am ryw ddeng munud, gyda Haydn yn dal ei llaw, cyn iddi fynd i gysgu. Roedd hi'n troi a throsi rhywfaint – y boen, siŵr o fod, meddyliodd Haydn wrth edrych ar ei oriawr. Ble oedd y meddyg? Yna, dechreuodd symud mwy, fel petai'n cael hunllef. Mwythodd Haydn ei thalcen eto gyda'r clwtyn gwlyb. Yn sydyn, agorodd Ann ei llygaid, oedd yn llawn ofn.

'Ydw i yn y Nefoedd?' holodd. Tywyllodd ei hwyneb a

saethodd rhyw arswyd o'i llygaid. 'Neu ydw i yn y lle arall?' Roedd hi ar fin llefain. 'Dyna'n sicr lle ddylen i fod,' ychwanegodd, gan ysgwyd ei phen yn ddryslyd. 'Plis madde i fi, Haydn.'

Mwythodd Haydn ei hysgwydd, yn ceisio'n ofer i'w chysuro, a diolch i'r drefn, daeth Teleri i mewn gyda'r meddyg ifanc, Dr Richards, y tu ôl iddi.

Deirawr yn ddiweddarach bu Ann farw, â Haydn yn dal i afael yn ei llaw.

Roedd Teleri'n llefain yn dawel yr ochr arall i'r gwely. Lawr staer, yn yr ystafell fyw, roedd Iwan a Manon yn gwylio un o'u hoff raglenni teledu, *The Simpsons*, gyda'u tad.

Pennod 29

Er bod Haydn wedi cael sioc, roedd Rhys yn sicr y byddai, yn y pen draw, yn falch ei fod yn gwybod y gwir am yr hyn ddigwyddodd dros ddeugain mlynedd yn ôl. Roedd e hyd yn oed wedi awgrymu y dylai'r ddau fynd i nofio yn y môr y diwrnod hwnnw, i nodi'r ffaith y gallen nhw, o'r diwedd, dynnu llinell yn y tywod ac edrych ymlaen at ddyfodol oedd yn rhydd o gyfrinachau a chelwyddau. Teimlai fel petai pwysau anferth wedi codi oddi ar ei ysgwyddau llydan.

Ond doedd Rhys ddim wedi ystyried digon ar ymateb posib Haydn. Pan gyrhaeddodd y ddau y garafán aeth Haydn yn syth i'w ystafell wely yn bwdlyd. Penderfynodd Rhys adael llonydd iddo, rhoi amser iddo i sortio'i ben. A bod yn deg, roedd lot gan Haydn i'w dreulio.

Ceisiodd Rhys wneud rhywbeth ymarferol. Prynodd bentwr o fwyd i wneud barbeciw ar gyfer eu noson olaf ar y maes carafannau. Chwaraeodd â'r syniad o wahodd Rachel hefyd, ond roedd e'n becso y byddai Haydn, yn ei gwrw, yn gollwng y gath o'r cwd ... neu'r babi o'r pram.

Y peth olaf roedd Teleri ei angen oedd dysgu bod ei mam wedi lladd ei thad.

Synnwyd Haydn gan y delweddau dyrys o orffennol Ann a Rhys oedd yn cyniwair ynddo. Y sibrydion taer fu rhwng y ddau dros y blynyddoedd, yr edrychiadau cyfrinachol, y gwenau gwybodus. Teimlodd ei stumog yn corddi. Roedd y ffaith i'r ddau rannu'r fath gyfrinach anferth cyhyd yn troi arno.

Yr agosatrwydd rhwng ei wraig a'i ffrind gorau oedd y gwenwyn a esgorodd ar ei genfigen. Bu'r ddau'n gefn i'w gilydd, a hynny am ddeugain mlynedd, ac roedd meddwl am y ddau'n celu'r gwir am gyfnod mor hir yn gwneud i Haydn deimlo fel petai wedi cael ei fradychu drachefn. Man a man i'r ddau fod wedi cael affêr.

Bu Rhys yn arwr i Ann. Nid oedd modd gwadu hynny. Cafodd wared â'r corff iddi. Bu'n gefn iddi pan oedd hi wir ei angen, yn graig. Trawodd Haydn y wal â'i ddwrn nes i'r garafán ddechrau siglo.

Penderfynodd Rhys geisio anwybyddu ymddygiad Haydn. Bwrodd ymlaen yn y gegin, gyda'i hoff jazz yn chwarae yn y cefndir, i baratoi salad o afocados, mintys, gellyg a chnau cashew, un o ffefrynnau Haydn. Arllwysodd wydraid sylweddol o Merlot iddo'i hun, a darllen ychydig mwy o'r arweinlyfr am Ynys Môn. Efallai y byddai'n syniad da iddyn nhw stopio yn rhywle ar yr ynys ar y ffordd adref drannoeth ... un o'r hen fannau claddu hynafol y bu'r ddau'n sôn amdanynt, o bosib?

Wrth i'r diwrnod fynd yn ei flaen, fodd bynnag, dechreuodd Rhys bryderu am gyflwr meddyliol Haydn. Bu yn ei ystafell ar ei ben ei hun am dros chwe awr, a heblaw am yr ergyd ffyrnig i'r wal bu tawelwch llethol. Doedd e ddim yn cysgu, neu byddai Rhys wedi ei glywed yn chwyrnu. Oedd e'n dal i gnoi cil ar y cyfan? Wnâi hynny ddim unrhyw les i neb, meddyliodd.

Er bod y bleinds ar gau roedd ffenest Haydn ar agor, felly ceisiodd Rhys ei ddenu allan gydag arogleuon amheuthun y barbeciw, oedd wedi ei osod yn fwriadol mor agos i'r ffenest â phosib.

Yn y bôn roedd Haydn yn fachan elfennol, a bu'r cynllun yn llwyddiannus. Daeth Haydn allan o'r garafán, a heb yngan gair anelodd yn syth i gyfeiriad y sied. Aeth ias drwy gorff Rhys – oedd Haydn wedi rhoi'r dryll yn ôl yno? Rhuthrodd draw, a rhoddodd ochenaid o ryddhad o weld Haydn yn gafael, nid mewn dryll, ond mewn can dyfrio, a'i lenwi. Yna, aeth o gwmpas y potiau i ddyfrio rhychwant eang o blanhigion yn cynnwys celyn y môr, *hydrangea* a ffefrynnau Rhys: dau *agapanthus* glas, tal a oedd newydd ddechrau blodeuo. Aeth pum munud heibio heb i'r un ohonynt yngan gair.

'Dyw e ddim fel ti i boeni am flodau, Haydn,' meddai Rhys o'r diwedd, yn methu dioddef y tawelwch.

'Ti ddim yn gwybod unrhyw beth amdana i,' oedd ateb Haydn mewn cywair fflat, anodd ei ddehongli.

'Wy'n gwybod nad oes unrhyw ddiddordeb 'da ti mewn garddio,' ychwanegodd Rhys wrth droi cwpwl o fyrgyrs â fforc.

'Pam blannest ti'r coed sycamor ar hyd y llwybr i'r afon yn Hen Felin? I dynnu dy feddwl di oddi ar yr hyn sydd dan y concrit?' holodd Haydn.

'Wyt ti'n treial gweud na ddylen i fod wedi helpu Ann, Haydn?'

'Wy'n gweud taw jyst hanner stori wyt ti wedi'i weud wrtha i. 'Na beth y'f i'n gweud.'

'Iawn. Ond wy ddim yn gwybod popeth 'yn hunan, cofia. Beth ti moyn gwybod, Haydn? Dria i 'ngore.'

'Shwt ddest ti'n rhan o'r peth? Dechre yn y dechre.'

Cymerodd Rhys anadl ddofn. Nodiodd ei ben a chliriodd ei wddf.

'Ffoniodd hi fi o'r ciosg ym Mlaen Esgair ar y nos Sadwrn o't ti bant yn Iwerddon, jyst wedi wyth. O'dd hi mewn tipyn o stad. Wedodd hi ble oedd hi a bod raid i fi ddod i'w helpu hi ar unwaith. O fewn dim o'n i ar ymyl y clogwyn: ro'dd ei gorff e ar lawr, a morthwyl yn ei llaw hi.'

'Golles i forthwyl brics tua'r adeg 'na. Wnes i ddim meddwl ddwywaith am y dam thing,' meddai Haydn yn freuddwydiol, bron fel petai'n meddwl yn uchel.

'Ges i wared â'r corff. Fuon ni'n lwcus – oherwydd hanes Ifan o iselder aeth pawb ar ôl y trywydd hwnnw. Sa' i'n siŵr beth mwy ti moyn i fi weud.'

'Pam? 'Na beth wy moyn 'i wybod. Pam wnaeth hi shwt beth? Shwt o'n nhw'n nabod ei gilydd? O'dd blynydde mowr ers taith y côr i Lydaw.'

Pesychodd Rhys. Trosglwyddodd y bwyd yn ofalus i blât metel ar ymyl y barbeciw i gadw'n dwym.

'Ddaeth Ann ar ei draws e ryw dri mis cyn hynny, ddechre

Gorffennaf wyth deg tri. Ddaeth e i'r drws, yn gwerthu brwshys.'

'Beth?'

'Mae'n wir. O'dd e wedi treial neud go ohoni fel canwr yng nghanol y saithdegau, mae'n debyg. Fuodd e yn y corws gyda Chwmni Opera Cenedlaethol Cymru am gyfnod, ond o'dd nerfe gwael 'dag e a goffodd e roi'r gorau iddi. Aeth i weithio fel clerc gyda'r Cyngor yng Ngheredigion, ond ar ôl bod yn rhan o ymgyrch brotest i sefydlu S4C yn niwedd y saithdegau, gath e gyfnod o garchar. Aeth pethe o ddrwg i waeth wedyn. Gollodd e ei hen swydd, ac yn y pen draw gath e jobyn fel gwerthwr i Kleeneze. Dyna sut oedd e'n gwerthu brwshys a deunydd glanhau o ddrws i ddrws.'

'Ann wedodd hyn wrthot ti?'

Nodiodd Rhys.

'Pryd?'

Oedodd Rhys, wedi'i daflu braidd. 'Y noswaith 'nny. Es i draw i'r tŷ wedyn, i neud yn siŵr bod hi'n iawn.'

'Arhosaist ti'r nos?'

'Naddo. Gath hi lased o frandi. O'dd hi'n wyn fel y galchen, ac o'n i'n meddwl y byddai e'n ei helpu hi i gysgu. Wnaeth hi ddim manylu rhyw lawer. Ond o'dd hi wedi, wel ...'

'Cysgu gydag Ifan?'

Nodiodd Rhys. 'Wy'n gwybod y bydd hyn yn anodd i ti ei glywed, ond wedodd hi 'i bod hi wedi neud hynny er dy fwyn di. Er mwyn treial cael babi, i chi fod yn deulu. Ro'dd hi'n amau fod 'na broblem ...'

'Mor bell 'nôl â 'nny?' holodd Haydn yn syn.

Nodiodd Rhys.

'O'dd hi'n gwybod bo' ti moyn plentyn, bo' ti'n torri dy galon ...'

'Achos o'n i'n hesb,' torrodd Haydn ar ei draws eto.

'Wel ...'

'Hesb fel mul. 'Sdim gair arall amdano fe.'

Nodiodd Rhys, ddim yn siŵr sut i ateb.

'Daeth e i wybod 'i bod hi'n disgwyl, do fe? Gwed y gwir nawr, Rhys.'

'Wy ddim yn credu y daeth e i wybod am hynny erioed,' meddai Rhys.

Edrychodd Haydn yn ddrwgdybus, gan chwythu ei sen trwy ei ddannedd.

'Wir i ti. 'Na beth wedodd hi. A pham fydde hi'n gweud wrtho fe, ta beth? Fydde hynny ddim ond wedi ei annog e i –' Stopiodd Rhys yn stond yng nghanol ei frawddeg.

'I beth?'

'I dreial 'i chael hi i d'adael di.'

Cododd Haydn ei aeliau wrth glywed hyn. Gafaelodd yng nghefn un o'r cadeiriau plastig gwyn ac eistedd arni i gnoi cil ar yr hyn roedd Rhys newydd ei ddweud.

'Fel mae'n digwydd o'dd e moyn iddi hi dy adael di ta beth. 'Na beth oedd y broblem. A fel wedes i, ti'n gwybod yn iawn na fydde Ann, byth bythoedd, wedi cytuno i wneud 'na.'

'Y bastard bach digywilydd,' sgyrnygodd Haydn.

'Ti'n iawn. Hen ddiawl bach o'dd e, 'sdim dowt am 'nny. Achos mewn dim o dro o'dd e'n bygwth Ann – bygwth gweud wrthot ti beth o'dd wedi bod yn mynd ymlaen. O'dd e'n benderfynol o ddod rhyngoch chi. Chwalu eich priodas chi.'

'A 'na'i gamgymeriad mowr e,' meddai Haydn wrth godi'i ben i edrych ar yr awyr las, fel petai'n edrych yn ôl i'r gorffennol.

'Wrth gwrs. Y mwya o'dd e'n bygwth, y mwya o'dd hynny'n gwylltio Ann.'

'O'dd hi wedi cael ei hunan mewn i dwll,' meddai Haydn, y dagrau'n dechrau cronni yn ei lygaid.

'Yn hollol. O'dd dim byd yn mynd i ddod rhyngddi hi a ti. Dim ond un ffordd mas o'r cawlach o'dd hi'n gallu'i gweld. Ro'dd yn rhaid iddi gael gwared ohono fe.'

'Wnaeth hi gwrdd ag e ym Mlaen Esgair gyda'r bwriad o'i ladd e? *Premeditated*?' gofynnodd Haydn, yn methu cuddio'r cryndod yn ei lais.

'Mae'n edrych fel 'nny,' atebodd Rhys â golwg ddwys.

Anadlodd Haydn yn ddwfn. Daliodd ochrau ei ben â'i ddwylo gan bwyso'i benelinoedd ar y bwrdd. Tynnodd Rhys gadair arall yn nes er mwyn eistedd wrth ei ochr a rhoi braich gydymdeimladol o amgylch ei gyfaill.

'Fel wedes i eisoes, wnaeth hi fe mas o gariad. Cariad dwfn iawn, tuag atat ti.'

'Wy'n gwybod,' meddai Haydn. 'Wy'n credu, tua'r diwedd, y gwnaeth hi dreial gweud 'nny wrtha i, yn ei ffordd ei hunan. Yn sôn amdanon ni fel dou bengwin.'

Llwyddodd Rhys, rywsut, i atal ei hun rhag chwerthin. Oedd e wedi clywed yn iawn? Nodiodd ei ben, fel petai'n deall y cyfeiriad i'r dim.

Setlodd y ddau o amgylch y bwrdd gyda bwyd y barbeciw wedi'i osod ar blatiau a'r salad gwyrdd mewn dysgl fawr wydr yn y canol. Roedd un o ganeuon y Manic Street Preachers yn chwarae o garafán gyfagos: 'If you tolerate this, then your children will be next'. Doedd e ddim yn uchel, ond yn ddigon clywadwy i fod yn boen. Neu'n bleser, petai rhywun yn digwydd bod yn ffan o'r Manics. Dechreuodd y ddau fwyta mewn distawrwydd.

'Wy'n cofio, est ti i'w gweld hi, am y tro ola, ryw wythnos cyn iddi farw,' meddai Haydn o'r diwedd. Roedd ychydig o afocado wedi dianc o'i geg i'w farf, oedd yn gwneud iddo edrych yn anniben. Ceisiodd Rhys anwybyddu hynny ac ateb ei ffrind mor onest ag y gallai.

'Do. A do, wnes i addo iddi na fyddet ti byth yn dysgu'r gwir am Ifan, fel ro'n ni wedi cytuno ar y pryd.'

'Y cwlwm cyfrinachol oedd rhyngoch chi wedi'i gynnal tan y diwedd. O'dd hi'n falch, siŵr o fod,' meddai Haydn â thinc sarcastig.

'Wnaeth hi esgus nad oedd hi'n gwybod am beth o'n i'n siarad,' atebodd Rhys.

Edrychodd Haydn yn syn, a bachodd Rhys ar y cyfle i sychu'r afocado oddi ar ei wyneb â napcyn.

'Gwadu'r peth?' holodd Haydn.

'Cwympodd pethe'n fflat rhyngddon ni, a gweud y gwir.'

'Ym mha ffordd?'

'O'n i'n cael yr argraff nad o'dd hi moyn i fi fod 'na. O'dd hi'n eitha negyddol 'da fi.'

'A shwt o't ti'n teimlo am 'nny?'

'O'n i'n ypsét, ond wnes i ddim dangos 'nny. Ond o'n i'n gwybod falle mai hwnnw fydde'r tro ola i fi ei gweld hi. O'dd hi fel 'se hi wedi digio 'da fi.'

'Ti jyst yn gweud hyn i neud i fi deimlo'n well, Rhys. Dere ...'

'Na, wir i ti, Haydn,' torrodd Rhys ar ei draws, 'o'dd e'n boenus iawn ffarwelio â hi. O'n i ddim moyn iddo fe fod fel'na. Yn y diwedd mynnodd hi bo' fi'n gadael. Moyn gorffwys, wedodd hi. Ond ddim moyn fy ngweld i o'dd hi. O'n i fel rhyw grachen salw o'i blaen hi.'

'A dyna'r tro olaf i ti i ei gweld hi?'

Nodiodd Rhys a rhoi mwy o sos coch ar ei fyrgyr. Cliriodd ei wddf ac edrych draw ar Haydn.

Edrychodd Haydn arno. Pan oedd Rhys yn gwneud y fath sioe o glirio'i wddf, fel arfer byddai ganddo rywbeth pwysig i'w ddweud, ond y tro hwn, anadlu'n ddwfn wnaeth e, a chymryd llymaid o win. Roedd fel petai wedi newid ei feddwl am rywbeth.

'Dere mlaen. *Spit it out*, ys dywedan nhw,' meddai Haydn.

'Beth?'

'Mae'n amlwg bod rhwbeth yn dy gorddi di. Gwed wrtha i be sy ar dy feddwl di.'

'Wnest ti sgrechen yn dy gwsg eto neithiwr,' meddai Rhys.

'So?'

''Na'r trydydd tro mewn jyst dros wythnos. Mae'n amlwg fod rhwbeth yn gwasgu arnot ti.'

'Mae pawb yn cael hunllefau nawr ac yn y man.'

'Sa' i'n nabod neb sy'n sgrechen,' meddai Rhys.

'Shwt fyddet ti'n gwybod?'

'Shwt fydden i'n gwybod beth?'

'Bod rhywun yn sgrechen. Ti'n byw ar ben dy hunan, so fyddet ti byth yn clywed neb yn sgrechen.'

''Co, treial helpu ti y'f i,' meddai Rhys. ''Sdim isie i ti fod mor amddiffynnol. 'Sdim cywilydd i'r peth, ti'n gwybod.'

Estynnodd Haydn am y botel win a llenwi ei wydr. Parhaodd Rhys â'r holi, yn benderfynol o wthio'r maen i'r wal.

'Ife'r un hunllef ti'n ei chael bob tro?'

'Ti'n seiciatrydd nawr, wyt ti?' meddai Haydn yn ddirmygus.

'Treial bod yn ffrind deche y'f i,' meddai Rhys.

Cymerodd Haydn lwnc mawr o'i Merlot a nodio'i ben.

'Ie, mwy neu lai yr un darlun bob tro. Ann mewn rhyw fath o amdo du, yn treial fy arwain i tuag ati, yn galw arna i. Wedyn, wrth i fi nesáu ati wy'n sylweddoli fod yr amdo ar dân, ac mae mwg yn dod mas o'i llygaid hi. Mae hi'n chwerthin, gan ddangos ei thafod du, ac yn treial fy nhynnu tuag ati.'

'A dyna pryd ti'n gweiddi "Na"?' holodd Rhys yn dyner.

'Wn i ddim. Wy'n dihuno weithie, ond wy byth yn cofio neud, ddim yn iawn.'

'Ddylet ti weld rhywun. Allith pethe fel hyn dy wthio di dros y dibyn lan fan hyn,' meddai Rhys, gan daro ochr ei ben.

Chwarddodd Haydn ac yfed mwy o'i win.

'Mae dy gonsýrn di'n *touching*, Rhys bach, ond mae'n weddol amlwg i fi taw treial achub Ann o Uffern y'f i. Cyn iddi farw weles i'r ofn yn ei llygaid hi,' eglurodd Haydn. 'Mi wnaeth hi ofyn, "Ydw i yn y Nefoedd? Neu'r lle arall?" Mae'n neud sens i fi nawr. Os o'dd hi wedi lladd rhywun, o'dd e'n naturiol i rywun fel hi, o'dd yn credu, i fecso y bydde hi'n mynd i Uffern.'

Tro Rhys oedd hi i gymryd llwnc mawr o'r Merlot. 'Druan â hi,' meddai'n syml, a sylwodd Haydn ar ddeigryn yn ei lygad.

'O't ti'n caru Ann, nago't ti? Yn difaru bo' chi wedi gwahanu? 'Na pam o't ti mor falch iddi droi atot ti am help y noson honno. Gest ti dy gyfle i neud lan am ei thrin hi'n wael.'

Wnaeth Rhys ddim ateb.

Clywsant sŵn traed: roedd Rachel yn sefyll gerllaw mewn ffrog oren hafaidd a threiners, yn dal potel o win.

'Meddwl o'n i, a chitha'n gadael bora fory, y bysan ni'n cael gwydraid bach i ffarwelio,' meddai, yn gwenu ar y ddau.

'Ie, ie, dewch at y ford. Wnewn ni fyth fwyta'r cig hyn i gyd,' meddai Rhys yn gwrtais, gan godi ar ei draed. Helpu'i hun i wydr mawr arall o Merlot wnaeth Haydn, a gwgodd Rhys arno. Taflodd Haydn gipolwg digon llym yn ôl.

'Daria, dim *screw-top* ydi hon. Ddylwn i fod wedi'i hagor hi cyn dod draw,' meddai Rachel.

'Un ddrud 'te, siŵr o fod. Feri gwd,' meddai Haydn.

'Mae'r corcsgriw ar y ford tu mewn,' meddai Rhys, gan bwyntio at ddrws agored y garafán. 'Allwch chi neud yr *honours*, os chi moyn.'

Wrth i Rachel fynd mewn i'r garafán daeth yn amlwg fod Rhys wedi'i hanfon hi allan o'r ffordd er mwyn cael gair preifat gyda Haydn.

'Gofalus gyda'r yfed, wir nawr, Haydn,' sibrydodd yn daer. 'Wy'n gwybod shwt mae dy dafod di'n llacio. Ni ddim moyn i hon wybod mwy nag y mae hi'n wybod yn barod. Ti'n deall?'

Nodiodd Haydn yn anfoddog.

'Mae'n bwysig,' ategodd Rhys.

Daeth Rachel yn ôl allan gyda'r botel Merlot wedi'i hagor, ac wrth iddi helpu'i hun i ychydig o'r bwyd edrychodd Rhys ar Haydn fel petai'n ei gymell i ddweud rhywbeth. Edrych yn ddryslyd wnaeth Haydn.

'O'dd Haydn wedi gobeithio'ch gweld chi cyn mynd, ta beth,' dechreuodd Rhys.

'Ie, ie, i weud ta-ta yn iawn, ontife,' ategodd Haydn gan arllwys gwydr mawr iddo'i hun o botel Rachel. Gwyddai fod Rhys yn ei wylio â llygaid barcud, felly yfodd hanner y gwin ac ail-lenwi'r gwydr i'r ymylon, gan wenu ar ei gyfaill.

'Moyn cael gair 'da chi o'dd e, wel ... am y busnes anffodus hyn ...' dechreuodd Rhys yn lletchwith, ond daeth Rachel i'w achub, gan dorri ar ei draws.

'Am fam Teleri. Ia. Dwi'n dallt,' meddai.

'Wy'n falch fod rhywun yn deall,' meddai Haydn drwy len o alcohol, hunandosturi a dicter.

'Meddwl o'dd Haydn allech chi fod yn help mowr ... treial annog Teleri i beidio â meddwl gormod am y gorffennol, ontife. Neith e'm lles i neb,' meddai Rhys.

''Swn i'n deud mai'r presennol sy'n ei phoeni hi fwya. Ma' hi'n poeni'n arw am ymateb Iwan a Manon iddi hi a Scott yn gwahanu.'

'O'n nhw ddim y math iawn o bengwins,' meddai Haydn rhwng cegeidiau o win.

Sylwodd Haydn ar olwg ddryslyd Rachel, ac ymhelaethodd. 'Mae sawl gwahanol fath, ch'wel. Lot ohonyn nhw'n aros 'da'i gilydd am byth, ond rhai eraill yn gwahanu. Mae'n dibynnu pa deip o bengwin y'ch chi,' meddai, ond doedd Rachel fawr callach. '*Monogamous* yw'r gair Saesneg. Ma' tipyn o anifeiliaid yn paru am oes. O'ch chi'n gwybod hynny, Rachel?'

'Nag o'n, cofiwch, Haydn,' meddai, heb fod yn frwd iawn, gan ystyried a oedd y cyfan yn cyfeirio ati hi yn chwalu priodas Teleri a Scott.

'Mae bleiddiaid yn mynd yn ôl at yr un cymar bob tymor bridio hefyd, a'r eryr penfoel. Ambell ddyfrgi hefyd. Rhai ystlumod. Ambell gadno hyd yn oed,' traethodd Haydn.

'Sori, Rachel fach. Ma' fe'n llawn o rwtsh fel hyn amser ma' fe 'di cael bach gormod o'r Merlot,' meddai Rhys, gan edrych yn flin ar Haydn.

'Mae'n iawn. Mae o'n addysgiadol tu hwnt,' meddai Rachel, yn ceisio ysgafnhau pethau.

'Bwyta fwy o'r bara 'na, 'mwyn dyn, Haydn, i sôcan bach o'r gwin lan,' meddai Rhys yn ddiamynedd.

'Bara a gwin. Y Swper Olaf, myn yffarn i!'

'Ni ar ein trydedd potel o win,' ceisiodd Rhys egluro, fel ymddiheuriad i Rachel.

'Gwallt coch oedd 'da Jiwdas, medden nhw. Nage Jiwdas o'dd hwn yn y diwedd,' meddai, gan bwyntio at Rhys â'i wydr gwin, 'neu falle'i fod e hefyd. Sa' i 'di neud 'yn meddwl i lan 'to ...'

''Na ddigon!' torrodd Rhys ar ei draws.

Anwybyddu Rhys wnaeth Haydn, gan edrych yn ddwys ar Rachel. 'Gwallt coch o'dd 'da fi hefyd, flynydde mowr yn ôl,' meddai.

'Wn i. Welis i o. Wel, rhywfaint ohono fo, pan o'n i'n fyfyrwraig yn Aber,' meddai Rachel.

Wrth i Haydn geisio tywallt mwy o win eto fyth, rhoddodd Rhys ei law sylweddol dros rimyn y gwydr.

'Symud dy law. Paid bod yn ddwl,' meddai Haydn yn fygythiol.

'Mae'n ddrwg gen i am hyn, Rachel. Mae'r holl newyddion yr wythnos hyn, chi'n gwybod, wedi bod yn anodd,' meddai Rhys.

Nodiodd Rachel. Roedd hi wedi synhwyro'r awyrgylch lletchwith oedd rhwng y ddau ddyn, ac ar ôl ychydig funudau o fân siarad cwrtais, ffarweliodd â'r ddau.

Pan agorodd Haydn botel arall o win, penderfynodd Rhys na allai ddioddef mwy o'r sioe a mentrodd ar wâc ar hyd Llwybr yr Arfordir gan ddal pelydrau olaf y machlud. Erbyn iddo ddychwelyd i'r garafán roedd Haydn wedi llwyddo i gyrraedd ei wely, lle roedd e'n gorwedd â'i wyneb i lawr, yn dal yn ei ddillad.

Cymerodd Rhys allwedd y sied, oedd o dan y tostiwr, er mwyn chwilio trwyddi'n drylwyr, ond chafodd e ddim lwc. Efallai fod y dryll gan Haydn yn ei ystafell, ystyriodd. Roedd y ffaith na wyddai ble roedd y dryll yn peri pryder iddo. Pam na fyddai wedi mynnu dal ei afael arno pan oedd e yn ei law? Er ei fod wedi gwaredu'r cetris, camgymeriad oedd ei ddychwelyd i Haydn. Gallai Haydn fod wedi cadw cetris sbâr, a dylai Rhys fod wedi sylweddoli hynny.

Erbyn iddo orffen glanhau'r garafán yn drylwyr roedd hi wedi tywyllu, felly trodd y golau allanol ymlaen ac arllwys gwydryn o'i hen ffefryn, Calvados, iddo'i hun cyn noswylio. Yn y golau pŵl gwelodd gysgodion yn symud ger y clawdd, ac ambell fflach fach o wyn – cwningod, yn chwarae yn y gwyll. Gwyliodd nhw am sbel wrth sipian ei frandi, ond fel yr aeth amser yn ei flaen, dechreuodd gael y teimlad fod rhywbeth o'i le. Yn sydyn, sylweddolodd: er bod ffenest Haydn ar agor doedd dim sŵn chwyrnu.

Cododd i gael pip drwy ddrws cilagored ei stafell. Doedd Haydn ddim yno.

Cyflymodd curiad calon Rhys. Roedd Haydn yn gwegian mewn sefyllfa feddyliol fregus, wedi bod yn yfed yn drwm ac, o bosib, yn cario gwn. Doedd hwn ddim yn gyfuniad da. Am y tro cyntaf ers iddyn nhw gyrraedd Ynys Môn ystyriodd Rhys y posibilrwydd y gallai Haydn droi'r arf arno'i hun.

Cymerodd y dortsh o'r drâr a'i heglu hi am y llwybr a arweiniai at y môr. Baglodd ar hyd y llwybr gan geisio chwilio am ei gyfaill yn y tywyllwch, ac yna, tua hanner ffordd i lawr i'r traeth, daeth ar draws Haydn. Roedd e'n gwenu fel giât, gyda gweddill sbliff yn ei law dde.

'Ble est ti?' holodd Rhys yn flin.

'Dim ond am wâc fach, i glirio 'mhen.'

'Pam 'set ti 'di gweud bo' ti'n mynd?'

'Wnes i, wy'n credu. Falle glywest ti ddim, achos o't ti'n fisi'n glanhau.' Chwarddodd Haydn fel plentyn bach.

'Be sy mor ddoniol?' holodd Rhys.

'Ti. Mewn panic. O'm hachos i,' meddai'n goeglyd. 'Dyw 'na erioed 'di digwydd o'r blaen, ody e? Ha.'

Gwenodd Rhys, yn rhannol oherwydd y rhyddhad o ganfod bod ei gyfaill yn ddiogel. Trodd y ddau tua thre.

'Ti *yn* ffrind da i fi, Rhys. Wy'n gwybod 'nny. Diolch am ddweud popeth wrtha i, yn y diwedd, ife. Er, wy'n deall erbyn hyn pam o't ti'n dala'n ôl. Galle pethe ddim 'di bod yn hawdd i ti chwaith.'

Gwenodd Rhys yn ddiffuant arno, yn gwerthfawrogi'r geiriau.

Y noson honno, cysgodd Haydn fel babi. Wnaeth e ddim chwyrnu, na bloeddio yn ei gwsg.

Pennod 31

Er bod ei lygaid yn goch a'i geg yn sych, roedd Haydn mewn hwyliau da yn gynnar y bore canlynol. Sylwodd Rhys ei fod yn chwibanu fel aderyn ger y sinc wrth gymysgu rhyw bowdwr oren gyda dŵr i greu diod-gwella-pen. Llyncodd y cymysgedd mewn un, a rhedodd ton o gryndod drwy ei gorff mewn ymateb i'r blas ffiaidd.

'Wy 'di neud tipyn o'r pacio yn barod, tra o't ti'n cysgu,' meddai Rhys, gan estyn mỳg o de i'w gyfaill.

Sipiodd Haydn ychydig o'r te, yna trawodd ei frest noeth gan weiddi fel y byddai Tarzan yn ei wneud. Gwenodd ar Rhys, ei lygaid yn goleuo.

'Be sy'n gyfrifol am yr hwylie da hyn 'te? Falch bo' ti'n mynd adre, ife?' holodd Rhys.

'O, fel mae'n dda gen i 'nghartref, does unman yn debyg i gartref!' dechreuodd Haydn ganu yn ei lais main, ymhell allan o diwn.

Torrodd Rhys ar ei draws. 'O, plis, paid neud 'na'r peth cynta yn y bore.'

'Pam?'

'Ti'n ypseto'r adar. Ac mae'r cwningod yn rhoi eu pawennau dros eu clustiau.'

Chwarddodd Haydn, a sipian mwy o'i de. Roedd ar fin canu eto, ond torrodd Rhys ar ei draws unwaith yn rhagor. 'Aaa, wir nawr. Faint o withe sy rhaid gweud 'thot ti? Ti'n ffaelu canu, Haydn.'

'O'n i'n un o aelodau cynta'r Côr Meibion, gw'boi, 'nôl yn oes yr arth a'r blaidd,' meddai Haydn mewn cywair ffug-rodresgar.

'Yn anffodus o't ti'n canu fel blaidd hefyd.'

Edrychodd Haydn o amgylch y garafán, gan sylwi ar waith glanhau Rhys.

'Ma' hi fel pìn mewn papur 'ma.'

'Ie. Daeth y tylwyth teg yng nghanol y nos,' atebodd Rhys.

'Fydd Eirlys ddim yn nabod ei charafán ei hunan,' meddai Haydn. 'Dere mas i fennu'r te hyn, i gael bach o awyr iach.'

Unwaith roedd e tu allan, agorodd Haydn fŵt y car i weld faint roedd Rhys wedi'i bacio. Sylwodd fod y ddwy gadair traeth streipiog las a gwyn yn dal yn y bŵt, heb gael eu defnyddio o gwbl.

'Mae 'da fi syniad,' meddai Haydn yn frwd, gan dynnu'r cadeiriau mas. 'Beth am i ni gael un picnic bach ola ar y traeth? Cael beth sydd ar ôl o'r barbeciw. Ewn ni â'r *deck chairs* hyn 'da ni. Trueni peidio'u defnyddio nhw o gwbl, on'd yw hi?'

'Ti o ddifri? Byrgyrs oer i frecwast?' holodd Rhys.

'Pam lai? Ma' sosejys, nago's e? Ma' gwell blas ar sosejys yn oer, w. Bach o salad hefyd. Lyfli. Af i i'w nôl nhw nawr. Ma' nhw yn y ffoil arian yn y ffrij.'

'A gwisga rywbeth, 'mwyn dyn,' galwodd Rhys ar ei ôl, 'ti'n edrych fel ffowlyn heb ei blufio!'

Bownsiodd Haydn yn gloff, yn wên o glust i glust, lan y grisiau metel gan ddynwared iâr. Teimlodd Rhys ryw dyndra'n gafael ynddo, a symudodd ei ben yn ôl ac ymlaen, ac o ochr i ochr, mewn ymdrech i ymlacio. Doedd e ddim yn hoffi gweld Haydn yn bihafio mor fanig. Hon oedd y storm cyn y distawrwydd dwys, gallai Rhys deimlo hynny yn ei ddŵr. Roedd rhyw egni peryglus yn perthyn i Haydn heddiw. Ni allai Rhys roi ei fys arno, ond roedd e yno yn bendant, dan yr wyneb, yn ysu i ffrwydro unrhyw eiliad.

Er ei fod yn dal i fod fymryn yn gloff, aeth Haydn i lawr i'r traeth yn ysgafn droed, fel plentyn yn ymweld â glan y môr am y tro cyntaf. Parablodd yn ddi-baid, yn llawn cynnwrf. Roedd yn cario'r ddwy gadair, un ym mhob llaw, a hongiai ei sbiendrych o amgylch ei wddf. Rhys oedd yn cario'r bwyd yn y bocs oer, a dau dywel traeth.

Setlodd y ddau yng nghanol y traeth, heb fod ymhell o'r twyni. Roedd hi'n ddigon poeth i fynd am drochiad bach yn y môr, felly gwisgai'r ddau eu trowseri nofio, ond roedd gweddill eu gwisgoedd yn wahanol iawn. Roedd Rhys mewn crys llewys byr lliw hufen gan Ralph Lauren, oedd wedi ei smwddio'r bore hwnnw. Gwisgai Haydn grys-T crychlyd a brynodd yn un o gigs y Rolling Stones yn Lerpwl rai blynyddoedd ynghynt.

Wrth i Rhys baratoi'r brecwast ar y tywelion roedd Haydn yn ffocysu ei sbienddrych ar yr aber ym mhen pellaf y traeth.

'Wy'n deall hwn yn eitha da nawr. Ti'n gallu gweld yn glir yn bell iawn 'dag e, whare teg, os ti'n gwybod be ti'n neud,' meddai, yn parhau i edrych i gyfeiriad yr aber.

'O's rhywbeth da i'w weld 'na? Mwy o balod falle?' holodd Rhys.

'Na. Dim byd arbennig. Bilidowcar eitha pert, ond gwylanod sy 'na fwya. O, dal sownd, ma' gwalch y môr newydd gyrraedd nawr.'

'Gad dy ddwli. Ond mae'n cymryd gwalch i nabod gwalch, ife,' meddai Rhys yn ysgafn.

'Dere, Rhys. Ti yw'r gwalch, stica at dy ran,' meddai Haydn, yn gadael i'r sbienddrych hongian o amgylch ei wddf. 'Gwalch a hanner hefyd,' ychwanegodd, gan edrych yn chwareus i lygaid ei gyfaill.

Dechreuodd edrychiad Haydn aflonyddu ar Rhys, felly newidiodd y pwnc.

'Ni 'di gwasgu itha lot mewn i'r gwylie hyn, o ystyried i ni ddod 'ma i chwarae ditectifs,' meddai. 'Carchar Biwmares, y palod ar Ynys Seiriol, Pili Palas, y fordaith bysgota. Ac allen ni fynd i weld Din Lligwy ar y ffordd adre – dyw e ddim lot mas o'r ffordd.'

'Ie. Pam lai? Bennu'r gwyliau 'da golwg ar siambr gladdu. Addas iawn. Allet ti ddefnyddio dy arbenigedd i 'nhywys i, yr ymwelydd cyffredin, o gwmpas y lle,' meddai Haydn yn smala.

Roedd Rhys yn benderfynol o beidio â gadael i Haydn lywio'r sgwrs ar drywydd negyddol. 'Beth o'dd yr elfen fwya cofiadwy i ti 'te, Haydn, o'n hamser ni yn Sir Fôn?' meddai'n sionc.

'O, heb amheuaeth, ffeindio mas bod fy ngwraig yn llofrudd,' atebodd Haydn mewn llais fflat, ei wyneb yn anodd ei ddarllen.

'Ar yr ynys o'n i'n feddwl. Ti'n gwybod, y pethe ni wedi neud 'da'n gilydd,' mynnodd Rhys, gan gadw'i ben a cheisio peidio ildio i abwyd dinistriol ei ffrind.

Dechreuodd Haydn chwerthin – rhyw glegar isel, anghyffredin a roddodd fraw i Rhys.

'Na. Ti'n itha reit. Ma' fe wedi bod yn frêc, o fath. A wy'n ddiolchgar bo' ti wedi dod gyda fi, wir i ti nawr. Wna i byth anghofio ti,' meddai Haydn.

'Sa' i'n mynd i unman,' meddai Rhys, ychydig yn nerfus, 'y'f i?'

'Na, gweud ydw i y gwna i gofio am dy help di. Dy gyfraniad di ar y trip hyn. Wy wir wedi'i werthfawrogi fe. Ma' fe 'di bod yn bwysig iawn i fi.'

Nid atebodd Rhys. Roedd defnydd Haydn o'r amser gorffennol yn gwneud i'w galon guro'n gynt.

'Ddylen ni neud rhwbeth 'da'n gilydd bob blwyddyn. Mynd bant i rywle yng Nghymru, ife. Ni'n byw mewn gwlad mor bert a sa' i 'di gweld 'i hanner hi,' parhaodd Haydn yn frwd.

'Ie. Ie, pam lai?' atebodd Rhys yn ofalus.

'Os byw ac iach, ontife,' meddai Haydn. 'Sôn am lwc y'f i, yn y bôn,' parhaodd. 'Ma' rhaid cael dy siâr o lwc mewn bywyd. A ni'n dou wedi neud yn eitha da. Hyd yma.'

Hyd yn oed trwy ei sbectol haul Gucci gallai Rhys weld bod llygaid Haydn yn disgleirio'n ddrygionus wrth ei herio gyda'i 'hyd yma'. Ceisiodd Rhys ei anwybyddu, gan barhau i osod y bwyd ar blatiau glas plastig. Synnodd nad oedd neb arall o gwbl ar y traeth.

Cododd Haydn ar ei draed yn sydyn, a dechrau cerdded i gyfeiriad y twyni tywod.

'Ble ti'n mynd?' holodd Rhys.

'Tapad. Ddylen i 'di mynd cyn gadael y garafán,' meddai Haydn.

'Watsia – y peth dwetha ni moyn nawr yw i ti gael dy arestio am fflashio,' meddai Rhys.

Nid ymatebodd Haydn o gwbl. Dim hyd yn oed gwên fach o gydnabyddiaeth. Roedd hynny'n od, ystyriodd Rhys, fel petai ei feddwl ar rywbeth arall. Fel petai'n canolbwyntio ar rywbeth o bwys … rhywbeth heblaw pisiad. Canodd larwm ym mhen Rhys, a dechreuodd yr adrenalin bwmpio. Roedd yn rhaid iddo ddilyn ei ffrind, a hynny ar fyrder.

Cadwodd Rhys bellter synhwyrol rhyngddo'i hun a Haydn, ac er mwyn gweld symudiadau ei gyfaill yn well rhoddodd ei sbectol haul ym mhoced frest ei grys. Roedd Haydn yn anelu am gysgod y twyni mawr ar y chwith, fel y byddai Rhys yn disgwyl iddo'i wneud petai wir yn mynd i gael pisiad, gan roi digon o bellter rhyngddo a'r llwybr fel bod neb yn ei weld. Efallai ei fod e'n poeni heb eisiau, meddyliodd Rhys, ond eto, er gwaetha'i gloffni, roedd rhyw ffocws yng ngherddediad Haydn: golwg benderfynol dyn ar drywydd rhywbeth amgenach na mynd i'r tŷ bach.

Yna, gwelodd Rhys symudiad wnaeth ei rewi yn y fan a'r lle. Roedd Haydn ar ei bengliniau, yn defnyddio'i ddwylo i rofio trwy'r tywod, ei dafod mas fel ci yn chwilio am asgwrn. Er mwyn aros ynghudd, brasgamodd Rhys o gwmpas ochrau'r twyni llai, ac o fewn llai na munud roedd wrth ymyl Haydn. Sylwodd Rhys yn syth ar yr olwg fanig yn llygaid ei gyfaill wrth iddo dynnu rhywbeth allan o'r tywod. Gwelodd fflach oren yr hen fag Sainsbury's, a sylweddolodd yr eiliad honno taw'r dryll oedd yno. Roedd yn rhaid iddo weithredu'n sydyn.

Neidiodd Rhys at y bag gan geisio'i dynnu o afael Haydn, ond daliodd hwnnw ymlaen â'i holl nerth. Eiliadau yn ddiweddarach, wrth i'r ddau ymrafael, taniwyd y gwn.

Atseiniodd sgrech o boen dros y twyni.

Roedd Haydn wedi saethu ei hun yn ei droed.

Pennod 32

Hanner awr yn ddiweddarach roedden nhw yn y car yn nesáu at Bont Britannia, ar eu ffordd i drin troed Haydn. Ond nid i Adran Frys Ysbyty Gwynedd ym Mangor roedd Rhys yn gyrru – byddai cyrraedd i'r fan honno gyda rhywun oedd wedi'i saethu yn codi gormod o gwestiynau. Na, roedd e wedi ffonio'i hen gyfaill o lawfeddyg, Paul O'Connell, yn Neganwy.

Tra oedd Rhys yn canolbwyntio ar yrru'r car roedd Haydn yn canolbwyntio ar atal y gwaed rhag llifo allan o ochr ei droed chwith. Caeodd ei lygaid a cheisio anwybyddu'r boen. Bob hyn a hyn roedd yn gwingo ac yn edrych yn ddig ar Rhys.

''Sdim iws i ti edrych arna i fel'na. O'n i'n meddwl bo' ti'n mynd i fy saethu i. Neu dy hunan,' meddai'n ddwys.

'Pam fydden i'n neud 'nny?'

'Pam o't ti 'di claddu'r dam thing, 'te?'

'Cwates i fe neithiwr, rhag ofn y byddet ti'n whilo amdano fe yn y fan a mynd ag e oddi wrtha i. Ond erbyn heddi, a finne 'di sobri, o'n i moyn 'i roi e'n ôl i ti ... fel anrheg. Sypréis.'

Edrychodd Rhys arno heb gredu gair.

'Wir i ti. 'Sdim angen e arna i,' meddai Haydn. 'O'n i'n meddwl, gyda dy hanes amheus di yn Llundain, falle y byddai e'n handi ryw ddiwrnod.'

Ochneidiodd Rhys.

'Ma' cwpwl o ddrylle eraill 'da fi, ond bydd e'n bleser 'i gymryd e oddi arnot ti. Cofia, wy'n credu taw jyst wedi sgathru ochr dy droed wyt ti, diolch byth. Lwcus.'

'Mae'r boen uffernol hyn yn lwcus 'te, ody e?' holodd Haydn yn goeglyd.

'Ha, ody, mewn ffordd. Alle fe 'di bod lot gwaeth. Ond ma' pethe fel'na yn gallu troi'n haint, t'wel, felly rhaid i ti gael ei drin e. A bydd Paul yn fwy... *discreet* na'r ysbyty.'

Sylwodd Haydn fod Rhys yn gwenu. 'Wy'n falch bod rhywun yn gweld hyn yn ddoniol,' meddai'n flin.

'Sori, ond alla i byth a helpu teimlo rhyw *déjà vu*, achan. Beth o'dd y gân 'na ganon ni yn y tacsi yn Llydaw, ar y ffordd i'r ysbyty? "Cytgan y Milwyr"?'

Ysgydwodd Haydn ei ben, yn esgus peidio cofio.

Dechreuodd Rhys ganu wrth fynd dros y bont, 'Glory and love to the men of old, Their Sons may copy their virtues bold,' yn ei lais bas soniarus. Edrychodd draw ar Haydn, yn welw yn sedd y teithiwr, a'i annog i ganu gydag e gan ddefnyddio'i law chwith i'w arwain.

Ysgydwodd Haydn ei ben eto. Roedd ei hwyl dda wedi diflannu.

'Mewn tamed bach dros wythnos lan fan hyn wy wedi ffeindio mas bod fy ngwraig yn llofrudd, bod fy ffrind gore wedi cadw cyfrinach fowr oddi wrtha i am dros ddeugain mlynedd, a bod fy merch yn mynd off 'da menyw arall. Ar ben hynny, wy wedi troi pigwrn fy nhroed dde a saethu fy hunan yn fy nhroed chwith. Na, ffaelais i neud hynny'n iawn, hyd yn oed! Madde i fi os wy ddim yn teimlo fel blydi canu!' meddai Haydn, gan wasgu'r tywel glan-môr yn dynnach am ei droed.

Gwenodd Rhys, a chanodd gyda mwy fyth o arddeliad.

'Courage in heart and a sword in hand, Ready to fight or ready to die for the Fatherland.'

* * *

Dri mis yn ddiweddarach mae'r Uwch-arolygydd Colin Williams yn dangos gwarant chwilio i Rhys ar garreg drws Hen Felin. Mae gan yr heddwas boliog, barfog olwg foddhaus ar ei wep, yn gwenu'n braf fel petai newydd ennill y Loteri.

Darllena Rhys y darn papur mewn syndod. Mae golwg hyd yn oed mwy syn ar ei wep wrth iddo sylwi ar y ddau jac codi baw sy'n barod i dwrio ar ei dir. Mae'r gyrwyr, yn eu siacedi oren *hi-vis*, yn anelu am y waliau brics o amgylch y patio, a'r *water feature* gyda'i gerfluniau pysgod uwchben y pibennau carthffosiaeth. Rhuthra Rhys draw gan weiddi arnynt i fod yn ofalus, ond ofer yw ei brotest. Maent yn chwalu'r waliau'n yfflon, gan greu pedair tomen daclus o frics. Yna maen nhw'n gwneud yr un peth gyda'r cerfluniau pysgod, yn chwe phentwr llychlyd. Ysgwyd ei ben yn anghrediniol wna Rhys wrth iddo sylwi ar ddau ddyn arall gerllaw sydd wrthi'n chwalu'r hen goncrit â chaib a rhaw.

Mae Haydn yn gwylio'r cyfan, yn cwato tu ôl i un o'r coed sycamor. Clyw sŵn y cŵn arbenigol yn cyfarth yn ffyrnig, ond all e ddim gweld ble maen nhw. Mae'n eu dychmygu nhw'n tynnu ar eu tenynnau, yn ffromi, yn ysu i ganfod yr hyn maen nhw'n chwilio amdano. Mae sŵn llafnau hofrennydd yr heddlu yn troi'n ddi-baid uwchben to'r tŷ, eu goleuadau coch a glas cyhuddgar yn taflu eu pelydrau i bob cyfeiriad.

Mae Rhys, erbyn hyn, yn eistedd ar ei fainc, yn dal ei ben yn ei ddwylo fel petai yng nghanol hunllef, ac mewn dim o dro mae'r Uwch-arolygydd yn rhwbio'i ddwylo ynghyd yn fuddugoliaethus.

Galwa un o'i swyddogion draw arno – maen nhw wedi canfod esgyrn ... sy'n edrych fel esgyrn dynol.

Gwylia Haydn un o'r heddweision yn rhoi cyffion ar ddwylo'i gyfaill a'i dywys i un o geir yr heddlu. Ysgydwa Rhys ei ben moel, sy'n sgleinio yn haul yr haf bach Mihangel. Edrycha o gwmpas tir Hen Felin wrth fynd, fel petai'n chwilio am rywbeth, am rywun.

Nid yw Haydn yn siŵr sut i ymateb. Yn sydyn, mae awel oer yn llifo drosto. Cwyd ei ben i weld brân anferth yn ysgwyd ei phen ac yn fflapio'i hadenydd. Mae'n rhythu arno, ei llygaid brown yn llawn siom, yn ei gyhuddo o frad. Yna mae'n sylwi fod ymylon plu'r frân yn oren, ar dân.

Dyna pryd mae'n dihuno. Yn union yr un lle bob tro. Mae'r hen hunllef oedd yn cael ei hailadrodd yn ddi-baid wedi mynd yn angof, a hon wedi ymddangos yn ei lle, yn llawer mwy dramatig. Wrth droi yn ei wely mae Haydn yn anadlu'n ddwfn, mewn ochenaid o ryddhad.

Yn Hen Felin mae Rhys, yn ôl ei arfer, wedi hen godi. Mae'n mynd am ei wâc arferol, yn hyderus ei gerddediad wrth droedio glannau'r afon, yn dawel ei feddwl. Mae'n gwybod, petai unrhyw drybini o'i orffennol yn Llundain yn dod i'w ganlyn, fod hen ddryll Haydn o dan ei wely, yn barod i'w danio.

Galwch heibio i wefan
Gwasg Carreg Gwalch
i weld ein casgliad o lyfrau amrywiol

carreg-gwalch.cymru